Asesinato en Mesopotamia

T0061639

Agatha Christie
Asesinato en Mesopotamia

Traducción de A. Soler Crespo

 Planeta

Biografía

Agatha Christie es conocida en todo el mundo como la Dama del Crimen. Es la autora más publicada de todos los tiempos, tan sólo superada por la Biblia y Shakespeare. Sus libros han vendido más de cuatro mil millones de ejemplares en todo el mundo. Escribió un total de ochenta novelas de misterio y colecciones de relatos breves, diecinueve obras de teatro y seis novelas escritas con el pseudónimo de Mary Westmacott. Probó suerte con la pluma mientras trabajaba en un hospital durante la Primera Guerra Mundial, y debutó en 1920 con *El misterioso caso de Styles*, cuyo protagonista es el legendario detective Hércules Poirot, que luego aparecería en treinta y tres libros más. Alcanzó la fama con *El asesinato de Roger Ackroyd* en 1926, y creó a la ingeniosa Miss Marple en *Muerte en la vicaría*, publicado por primera vez en 1930. Se casó dos veces, una con Archibald Christie, de quien adoptó el apellido con el que es conocida mundialmente como la genial escritora de novelas y cuentos policiales y detectivescos, y luego con el arqueólogo Max Mallowan, al que acompañó en varias expediciones a lugares exóticos del mundo que luego usó como escenarios en sus novelas. En 1961 fue nombrada miembro de la Real Sociedad de Literatura y en 1971 recibió el título de Dama de la Orden del Imperio Británico, un título nobiliario que en aquellos días se concedía con poca frecuencia. Murió en 1976 a la edad de ochenta y cinco años. Sus misterios encantan a lectores de todas las edades, pues son lo suficientemente simples como para que los más jóvenes los entiendan y disfruten, pero a la vez muestran una complejidad que las mentes adultas no consiguen descifrar hasta el final.

www.agathachristie.com

Dedicado a mis muchos amigos arqueólogos
en Irak y Siria

Introducción

Por el doctor Giles Reilly

Los hechos cuya crónica se incluye en esta narración ocurrieron hace unos cuatro años. Determinadas circunstancias han hecho necesario, en mi opinión, que se hiciera público un relato íntegro de éstos. Han corrido por ahí rumores absurdos y ridículos diciendo que se habían suprimido pruebas importantes para el caso y otras sandeces de este orden. Tales falsas interpretaciones han aparecido, principalmente, en la prensa americana.

Por razones obvias, no era aconsejable que dicho relato saliera de la pluma de uno de los que componían aquella expedición arqueológica, ya que era natural suponer que tuviera ciertos prejuicios sobre la cuestión. En consecuencia, sugerí a miss Amy Leatheran que se encargara de aquel trabajo, pues era la persona, a mi juicio, más indicada para ello. Su categoría profesional era inmejorable; no se sentía ligada por ningún contacto previo con la expedición a Irak que organizó la Universidad de Pittstown y, además, era una testigo observadora e inteligente.

No fue tarea fácil convencer a miss Leatheran. He de confesar que persuadirla fue una de las dificultades más arduas con que he tropezado a lo largo de mi carrera. Y hasta cuando tuvo terminado el trabajo demostró una curiosa resistencia a dejarme leer el manuscrito. Descubrí luego que ello era debido, en parte, a ciertas observaciones críticas que había hecho relacionadas con mi hija Sheila.

Me apresuré a desechar sus temores al asegurarle que, ya que los hijos se atrevían en la actualidad a criticar abiertamente a sus padres en letra de molde, los padres no podían por menos que estar encantados cuando veían a sus retoños compartir el vapuleo de la crítica ajena. Puso otra objeción, basada en una modestia extrema acerca de su estilo literario. Expresó el deseo de que yo «cuidara de pulirle un poco la sintaxis».

Después no me atreví a enmendarle ni una sola expresión. El estilo de miss Leatheran es vigoroso, personal y enteramente adaptado a lo que relata. Si en algún caso llama a Poirot «Poirot» a secas, y en el siguiente párrafo lo trata de «monsieur Poirot», la variación resulta interesante y sugestiva. Hay momentos en que, por decirlo así, «recuerda sus maneras profesionales», y ya se sabe que las enfermeras son defensoras acérrimas de la etiqueta. Sin embargo, en otros ratos su interés por lo que está contando es el de un simple ser humano; se olvida entonces por completo de la cofia y de los puños almidonados.

La única libertad que me he tomado ha sido escribir el primer capítulo con la ayuda de una carta que me facilitó amablemente una amiga de miss Leatheran. Lo hice a modo de prólogo, como un bosquejo algo tosco de la personalidad de la narradora.

Capítulo 1

Prólogo

En el vestíbulo del hotel Tigris Palace, de Bagdad, una enfermera estaba escribiendo una carta. Su pluma corría velozmente sobre el papel:

... Bueno; creo que esto es, en resumen, todo lo que tengo que contarte. Confieso que no está mal viajar y ver un poco de mundo, aunque para mí no hay nada como Inglaterra. No puedes imaginarte la suciedad y la confusión que reinan aquí en Bagdad. No tiene nada de romántico, como pudieras suponer al leer Las mil y una noches. *Las orillas del río son bonitas, desde luego; pero la ciudad es horrorosa. No hay ni una tienda que pueda considerarse como tal. El mayor Kelsey me llevó a dar una vuelta por los bazares, y no niego que son curiosos. Pero en ellos no hay más que cachivaches y un estruendo terrible, producido por los repujadores de cobre, que ocasiona a cualquiera un dolor de cabeza insoportable. Ya sabes que no me gusta usar utensilios de cobre, a no ser que me asegure de que están completamente limpios. Hay que tener mucho cuidado con el cardenillo.*

Ya te escribiré y te diré si resulta algo definitivo del trabajo del que me habló el doctor Reilly. Me han dicho que ese caballero americano se encuentra ahora en Bagdad y tal vez venga a verme esta tarde. Se trata de su mujer. El doctor Reilly dice que «tiene fantasías». No añadió más, aunque ya sabes lo que por regla general significa eso. Espero que no sea algo grave. Como te iba contando, el doctor Reilly no añadió nada más, pero me miró de una forma...

bueno, ya imaginas a qué me refiero. El doctor Leidner es arqueólo-
go y está haciendo unas excavaciones en el desierto por encargo de
un museo americano.

Bien, querida, termino aquí. Creo que lo que me has contado
acerca de la pequeña Stubbins es agotador. ¿Qué dice la directora?

Nada más por ahora. Tuya siempre,

AMY LEATHERAN

Metió la carta en un sobre y lo dirigió a la hermana Cur-shaw, Hospital de San Cristóbal, Londres. Estaba cerrando la estilográfica cuando se le acercó un botones.

—Un caballero, el doctor Leidner, desea verla.

La enfermera Leatheran se volvió y vio ante ella a un hombre de mediana estatura, cargado ligeramente de hombros; tenía barba de color castaño y ojos de expresión dulce y cansada.

El doctor Leidner, por su parte, contempló a una mujer de unos treinta y cinco años, de aspecto erguido y confiado. Su cara reflejaba un carácter agradable; sus ojos eran dulces y saltones, y poseía una lustrosa cabellera de color castaño. Tenía el aspecto, según pensó él, que justamente tiene que presentar una enfermera que deba encargarse de un caso nervioso: alegre, robusta, perspicaz y práctica.

La enfermera Leatheran serviría para el caso.

Capítulo 2

Amy Leatheran se presenta

No pretendo ser escritora ni conocer los secretos de la literatura. Hago esto simplemente porque el doctor Reilly me lo rogó, y es cosa sabida que cuando el doctor Reilly te pide que hagas algo, no hay manera de rehusar.

—Pero, doctor —le dije—, no soy escritora ni entiendo nada de eso.

—Tonterías —replicó él—. Hágase a la idea de que está redactando las notas de un caso clínico.

No cabe duda de que tenía razón.

El doctor Reilly prosiguió diciéndome que era necesario que se publicara un relato claro y sencillo del asunto ocurrido en Tell Yarimjah.

—Si lo tuviera que escribir alguno de los que intervinieron en él, no convencería a nadie. Dirían que tenía prejuicios por unos o por otros.

Y aquello, por cierto, también era verdad. Aunque yo estuve allí, podía considerarme como una extraña a la cuestión planteada.

—¿Y por qué no lo escribe usted mismo, doctor? —pregunté.

—No estaba presente cuando sucedió y usted sí. Además —añadió dando un suspiro—, mi hija no me dejaría.

La forma en que se dejaba dominar por aquella chiquilla era algo verdaderamente vergonzoso. Estaba a punto de decírselo así cuando vi una expresión maliciosa en sus

13

ojos. Eso es lo malo del doctor Reilly. Nunca se sabe si está bromeando o qué. Siempre dice las cosas con el mismo tono lento y melancólico, pero la mitad de las veces se nota en sus palabras cierta ironía.

—Bueno —dije sin mucha confianza—. Supongo que podré llevarlo a cabo.

—Claro que podrá.

—Lo que no sé es cómo empezar.

—Para eso existen buenos precedentes. Empiece por el principio y siga adelante hasta el final.

—Ni siquiera sé con seguridad dónde y cómo empezó —repliqué.

—Créame, enfermera, la dificultad de empezar no va a ser nada comparada con la de saber cuándo terminar. Al menos eso es lo que me sucede a mí cuando tengo que pronunciar una conferencia. Alguien tiene que tirarme del faldón del frac para hacerme descender a la fuerza de la tribuna.

—¿Está usted bromeando, doctor?

—No puedo hablarle más en serio. Y bien, ¿qué me dice?

Otra cosa me preocupaba. Después de vacilar unos momentos, dije:

—Vea usted, doctor. Temo que algunas veces... mis comentarios sean demasiado personales.

—¡Pero, por Dios, mujer! ¡Cuanto más personales sean, mucho mejor! Es una historia sobre seres humanos, no sobre maniquíes. Personalice, muestre sus preferencias, sea chismosa, ¡lo que usted guste! Escríbalo a su manera. Siempre estaremos a tiempo de eliminar los pasajes difamatorios antes de publicarlo. Adelante. Es usted una mujer sensata y estoy seguro de que nos proporcionará un relato fiel del asunto.

Así quedó la cosa, y le prometí que me esmeraría en hacerlo.

Supongo que debería decir algo acerca de mí. Tengo treinta y dos años, y me llamo Amy Leatheran. Realicé mi aprendizaje en el Hospital de San Cristóbal y luego hice dos años de prácticas como comadrona. Trabajé también para particulares y estuve cuatro años en la casa de maternidad de miss Bendix, en Devonshire Place. Fui a Irak acompañando a una señora llamada Kelsey. Cuidé de ella cuando nació su hija. Debía trasladarme a Bagdad con su marido y ya tenía contratada a una niñera que servía desde hacía dos años a unos amigos que residían en aquella ciudad. Los hijos de dichos amigos regresaban a Inglaterra para estudiar y la niñera había convenido con Mrs. Kelsey que entraría a su servicio cuando los chicos se marcharan. Mrs. Kelsey estaba algo delicada y le preocupaba hacer el viaje con una niña de tan corta edad, así que su marido arregló el asunto para que yo la acompañara y cuidase de ella y de la niña. Me pagarían el viaje de vuelta en caso de no encontrar a nadie que necesitara los servicios de una enfermera para hacer el viaje de retorno a Inglaterra.

No creo que sea necesario describir a los Kelsey. La pequeña era una preciosidad de criatura y Mrs. Kelsey tenía un carácter muy agradable, aunque era de las que se inquietan por todo. Disfruté mucho durante el viaje. Nunca había hecho una travesía tan larga por mar.

El doctor Reilly viajaba en el mismo barco. Era un hombre de cabellos negros y cara estirada, que decía las cosas más divertidas con una voz baja y lúgubre. Creo que le gustaba tomarme el pelo y tenía la costumbre de contarme anécdotas absurdas para ver si me las tragaba. Tenía un destino de cirujano en un lugar llamado Hassanieh, a un día y medio de viaje desde Bagdad.

Llevaba cerca de una semana en dicha ciudad cuando me lo encontré y me preguntó si dejaba ya a los Kelsey. Le repliqué que era curioso que me dijera aquello, pues se daba el caso de que los hijos de los Wright, los amigos de los Kelsey a los que antes me he referido, volvían a Inglaterra antes de la fecha prevista y su niñera quedaba libre.

Me confesó entonces que se había enterado de la marcha de los Wright y que por eso me lo había preguntado.

—En resumen, enfermera, posiblemente le pueda ofrecer un empleo.

—¿Algún caso?

Torció el gesto como si considerara la pregunta.

—No puedo calificarlo así. Sólo se trata de una señora que tiene... digamos... fantasías.

—¡Oh! —exclamé.

Por lo general, una sabe perfectamente qué significa tal cosa... Alcohol o drogas.

El doctor Reilly no fue más allá en sus explicaciones.

—Sí —dijo—. Se trata de Mrs. Leidner. Es la esposa de un americano, o mejor dicho, de un sueco-americano que dirige unas grandes excavaciones por cuenta de una universidad de su país.

Y me explicó que la expedición estaba excavando en el lugar que había ocupado una gran ciudad asiria, algo así como Nínive. La casa en la que vivían los que componían la expedición no estaba en realidad muy lejos de Hassanieh, aunque se hallaba en un descampado y al doctor Leidner hacía tiempo que le preocupaba la salud de su esposa.

—No ha sido muy explícito acerca de ello, pero parece que Mrs. Leidner tiene repetidos accesos de terror nervioso.

—¿Se queda sola con los nativos durante todo el día? —pregunté.

—No. Los de la expedición son muchos. Siete u ocho. No creo que se quede nunca sola en la casa. Pero, por lo visto, no hay duda de que ella se está agotando y de que ha llegado a un extraño estado de ánimo. Leidner lleva sobre sí toda la responsabilidad del trabajo y, además, como está muy enamorado de su mujer, le preocupa el estado en que ella se encuentra. Opina que estaría mucho más tranquilo si supiera que una persona responsable y con experiencia está a su cuidado.

—¿Y qué dice la propia Mrs. Leidner?

El doctor Reilly contestó con acento grave:

—Mrs. Leidner es una persona encantadora. Raramente persiste en una opinión durante más de dos días consecutivos. Pero, en términos generales, no le desagrada la idea de su marido. Es una mujer extraña. Es afectada en extremo y, según creo, una mentirosa empedernida, aunque Leidner parece estar convencido de que algo la ha asustado terriblemente.

—¿Qué le contó ella, doctor?

—No fue ella quien vino a verme. No le gusto... por varias razones. Fue Leidner quien me propuso el plan. Bien, enfermera, ¿qué le parece la idea? Ver algo del país antes de volver al suyo. Continuarán las excavaciones durante otros dos meses. Y es un trabajo interesante.

Después de unos instantes de vacilación, durante los cuales le di vueltas al asunto, contesté:

—Bueno. Creo que puedo probar.

—Espléndido —dijo el doctor Reilly, levantándose—. Leidner está ahora en Bagdad. Le diré que venga y trate de arreglar el asunto con usted.

El doctor Leidner vino al hotel aquella misma tarde. Era un hombre de mediana edad, de ademanes nerviosos y vacilantes. Se apreciaba en él un fondo benévolo, amable y un tanto desvalido. Por lo que dijo, parecía estar muy enamorado de su esposa; pero fue muy poco concreto acerca de lo que le pasaba.

—Verá usted —dijo atusándose la barba en una forma que, según pude comprobar más tarde, era característica en él—, mi esposa se encuentra presa de una gran excitación nerviosa. Estoy... muy preocupado por ella.

—¿Disfruta de buena salud física? —pregunté.

—Sí, sí. Eso creo. Yo diría que su estado físico no tiene nada que ver con la cuestión. Pero... bueno... se imagina cosas.

—¿Qué clase de cosas?

Él eludió este punto, murmurando perplejo:

—Se agota por situaciones sin importancia. En realidad, no encuentro fundamento alguno para sus temores.

—¿Temores de qué, doctor Leidner?

—Pues... tan sólo es terror nervioso —respondió.

«Apuesto diez contra uno a que se trata de drogas —pensé—. Y él no se ha dado cuenta todavía.» A muchos hombres se les pasa por alto algo así y se limitan a preguntarse las causas de que sus esposas estén tan excitadas y tengan tan extraordinarios cambios de humor.

Le pregunté si Mrs. Leidner aprobaba la idea de mis servicios.

Su cara se iluminó.

—Sí. Me sorprendió mucho y al mismo tiempo me alegré. Dijo que era una buena idea y que se sentiría mucho más segura.

La palabra me chocó. Segura. Una palabra extraña para usarla en aquella ocasión. Empecé a figurarme que el caso de Mrs. Leidner era un asunto apropiado para un especialista.

El hombre prosiguió, con una especie de anhelo juvenil.

—Estoy seguro de que usted se llevará muy bien con ella. Es una mujer verdaderamente encantadora —sonrió—. Cree que usted la animará muchísimo y lo mismo he pensado yo al verla. Tiene usted el aspecto, si me permite decirlo así, de tener una salud espléndida y un notable sentido común. Estoy convencido de que es la persona apropiada para Louise.

—Bien, podemos probar, doctor Leidner —repliqué yo alegremente—. Espero poder ser útil a su señora. ¿Tal vez los árabes y la gente de color la ponen nerviosa?

—No, nada de eso. —Sacudió la cabeza, como si la idea le divirtiera—. A mi mujer le gustan mucho los árabes; sabe apreciar su sencillez y su sentido del humor. Ésta es la segunda vez que viene conmigo, pues hace menos de dos años que nos casamos, y habla ya bastante bien el árabe.

Guardé silencio durante unos momentos y luego hice un nuevo intento.

—¿Y no puede usted decirme qué es lo que le asusta a su esposa, doctor Leidner? —pregunté.

El hombre vaciló y después respondió lentamente:

—Espero... creo... que se lo dirá ella misma.

Y eso fue todo lo que pude conseguir de él.

Capítulo 3

Habladurías

Se convino en que yo iría a Tell Yarimjah a la semana siguiente.

Mrs. Kelsey estaba acomodándose en su nueva casa de Alwiyah, y me alegré de poder ayudarla en algo. Durante aquellos días tuve ocasión de oír una o dos alusiones a la expedición de Leidner. Un amigo de Mrs. Kelsey, un joven militar, frunció los labios sorprendido y exclamó:

—¡La adorable Louise! ¡Así que ésa es la última de las suyas! —Se volvió hacia mí—. Es el apodo que le hemos puesto, enfermera. Siempre se la ha conocido como la adorable Louise.

—¿Tan guapa es entonces? —pregunté.

—Eso es valorarla según su propia estimación. ¡Ella cree que lo es!

—No seas vengativo, John —intervino Mrs. Kelsey—. Ya sabes que no es ella sola la que piensa así. Mucha gente ha sucumbido a sus encantos.

—Tal vez tengas razón. Sus dientes son un poco largos, pero es atrayente a su manera.

—A ti también te hace ir de cabeza —comentó Mrs. Kelsey, riendo.

El militar se sonrojó y admitió, algo avergonzado:

—Bueno, hay algo en ella que atrae. Leidner venera hasta el suelo que ella pisa... y el resto de la expedición tiene que venerarlo también. Es algo que se espera de ellos.

—¿Cuántos son en total? —pregunté.

—Muchos y de todas las clases y nacionalidades, enfermera —replicó el joven alegremente—. Un arquitecto inglés, un cura francés, de Cartago, que es el que trabaja con las inscripciones, las tablillas y cosas parecidas, ya sabe. Luego está miss Johnson. También es inglesa y una especie de remendona de todos los cachivaches que desentierran. Un hombrecillo regordete que hace las fotografías... es americano. Y los Mercado. Sólo Dios sabe de qué nacionalidad son... ¡Latinos! Ella es muy joven y de aspecto sinuoso. ¡Y cómo odia a la adorable Louise! Después tenemos a un par de jóvenes que completan el grupo. Forman un colectivo bastante raro, pero agradable en su conjunto... ¿no le parece, Pennyman?

Se dirigió a un hombre de bastante edad que estaba sentado, mientras daba vueltas con aire distraído a unas gafas de pinza.

El interpelado pareció sobresaltarse y levantó la mirada.

—Sí..., sí..., muy agradables. Es decir, considerándolos individualmente. Desde luego, Mercado parece un pájaro bastante raro...

—¡Qué barba tan extraña! —comentó Mrs. Kelsey—. Es una de esas barbas fláccidas, tan raras... tan singulares...

El mayor Pennyman prosiguió, sin darse cuenta, al parecer, de la interrupción:

—Los dos jóvenes son agradables. El americano es más bien reservado y el inglés habla demasiado. Es curioso, pues por lo general suele ser al contrario. El propio Leidner es un hombre modesto y nada engreído. Sí, individualmente son gente agradable. Pero de cualquier forma, y tal vez sean imaginaciones mías, la última vez que fui a verlos me dio la impresión de que algo no iba bien entre ellos. No sé qué fue exactamente..., pero nadie parecía ser el mismo. Se notaba cierta tensión en el ambiente. Lo explicaré mejor diciendo que se pasaban la mantequilla de unos a otros con demasiada cortesía.

21

Sonrojándome ligeramente, pues no me gusta sacar a relucir mis propias opiniones, dije:

—Cuando la gente se ve obligada a convivir por fuerza durante mucho tiempo siempre se resienten los nervios de todos. Lo sé por mi experiencia en el hospital.

—Es verdad —dijo el mayor Kelsey—. Pero la temporada acaba de empezar y todavía no ha habido tiempo de que se dé algo así.

—El ambiente de una expedición se parece, aunque en pequeño, al que reina entre nosotros aquí —opinó el mayor Pennyman—. Se forman bandos y salen a relucir rivalidades y envidias.

—Parece como si este año hubiera llegado gente nueva —dijo el mayor Kelsey.

—Veamos. —El joven militar empezó a contar con los dedos—. Coleman y Reiter son nuevos. Emmott vino el año pasado y los Mercado también. El padre Lavigny, asimismo, es la primera vez que viene. Sustituye al doctor Byrd, que este año está enfermo. Carey, desde luego, es de los veteranos. Ha venido desde que empezó la excavación, hace cinco años. Miss Johnson es casi tan veterana como Carey.

—Siempre pensé que se llevaban todos muy bien en Tell Yarimjah —observó el mayor Kelsey—. Parecía una familia bien avenida, lo cual es realmente sorprendente si se tiene en cuenta la flaqueza de la naturaleza humana. Estoy seguro de que la enfermera Leatheran coincide conmigo.

—Pues... es posible que tenga razón. En el hospital he presenciado peleas cuyo motivo ha sido algo tan nimio como una disputa sobre una tetera.

—Eso es. Uno tiende a ser mezquino en cualquier comunidad donde haya un contacto muy directo entre sus componentes —observó el mayor Pennyman—. Pero, de todos modos, creo que debe de haber algo más en este caso. Leidner es un hombre apacible y modesto, con un destacado sentido diplomático. Siempre se ha preocupado de que los de la expedición estén contentos y se lleven bien unos con otros. Y, sin embargo, el otro día noté una sensación de tirantez.

Mrs. Kelsey rio.

—¿Y no se da usted cuenta de la explicación? Pero si salta a la vista...

—¿Qué quiere decir?

—¡Mrs. Leidner, desde luego!

—Vamos, Mary —dijo su marido—. Es una mujer encantadora, de las que no se pelean con nadie.

—Yo no digo que se pelee. Ella es la causa de las peleas.

—¿De qué forma? ¿Por qué tiene que serlo?

—¿Por qué? Pues porque está aburrida. Ella no es arqueóloga, sino la mujer de uno de ellos. Como le está vedada toda emoción, se preocupa ella misma de tramar su propio drama. Se divierte haciendo que los demás se enfrenten entre ellos.

—Mary, tú no sabes absolutamente nada. Te lo estás imaginando.

—¡Claro que me lo imagino! Pero verás cómo tengo razón. La adorable Louise no se parece en nada a la Mona Lisa. Tal vez no quiera causar perjuicios, pero prueba a ver qué pasará.

—Le es fiel a Leidner.

—No digo lo contrario. Ni estoy sugiriendo que existan intrigas vulgares. Pero esa mujer es una *allumeuse*.

—Hay que ver con qué dulzura se califican las mujeres entre sí —comentó el mayor Kelsey.

—Ya sé. Nos arañamos como si fuéramos gatas. Eso es lo que decís vosotros, los hombres. Pero nosotras no solemos equivocarnos acerca de nuestro sexo.

—Al fin y al cabo —dijo pensativamente el mayor Pennyman—, aun suponiendo que sean verdad las poco caritativas conjeturas de Mrs. Kelsey, no creo que puedan ex-

plicar por completo aquella curiosa sensación de tirantez...,
aquella tensión parecida a la que se experimenta antes de
una tormenta. Tuve la impresión de que la tempestad iba a
estallar de un momento a otro.

—No asuste a la enfermera —dijo Mrs. Kelsey—. Tiene
que ir allí dentro de tres días y es usted capaz de hacerla
desistir.

—No se alarme. No me asusta —aseveré, riendo.

Pero a pesar de ello, pensé mucho tiempo en lo que se
había dicho en aquella ocasión. Me acordé de la peculiar
forma que el doctor Leidner había empleado para pronunciar la palabra *segura*. ¿Era el temor secreto de su esposa,
tal vez desconocido, lo que hacía reaccionar al resto de sus
compañeros? ¿O era la propia tensión o quizá la causa des-
conocida de ella la que reaccionaba sobre los nervios de
Mrs. Leidner?

Busqué en un diccionario el significado de la palabra
allumeuse que había usado Mrs. Kelsey, pero no logré entender su sentido.

«Bueno —pensé—. Esperaremos a ver qué pasa.»

Capítulo 4

Llego a Hassanieh

Tres días después salí de Bagdad.

Sentí dejar a Mrs. Kelsey y a la pequeña, que era un encanto y crecía espléndidamente, ganando cada semana el número requerido de gramos. El mayor Kelsey me acompañó a la estación para despedirme. Llegaría a Kirkuk a la mañana siguiente y allí vendría alguien a esperarme.

Dormí muy mal. Nunca duermo bien cuando viajo en tren y aquella noche soñé mucho. No obstante, a la mañana siguiente, cuando miré por la ventanilla vi que había amanecido un día espléndido. Me sentí interesada y curiosa acerca de la gente que iba a conocer.

Cuando bajé al andén me detuve indecisa, mirando a mi alrededor. Entonces vi a un joven que se dirigía hacia mí. Tenía una cara redonda y sonrosada. He de confesar que en mi vida había visto a alguien que se pareciera más a uno de los jóvenes personajes que crea P. G. Wodehouse en sus libros.

—¡Hola, hola, hola! —dijo—. ¿Es usted la enfermera Leatheran? Bueno, quiero decir que debe de ser usted..., ya me doy cuenta. ¡Ja, ja, ja! Me llamo Coleman. El doctor Leidner me ha enviado a esperarla. ¿Qué tal se siente? ¡Vaya viajecito! ¿Eh? ¡Si conoceré yo estos trenes! Bien, ya está aquí... ¿Ha desayunado? ¿Es éste su equipaje? Muy modesto, ¿no le parece? Mrs. Leidner tiene cuatro maletas y un baúl, sin contar una sombrerera, un almohadón de piel y otras muchas cosas. ¿Estoy hablando demasiado? Venga.

A la salida de la estación nos esperaba lo que, según me enteré después, se llamaba *rubia*. Sus características participaban un poco de las de una furgoneta, un camión y un coche de turismo. Mr. Coleman me ayudó a subir, explicándome que iría mejor en el asiento delantero, junto al conductor, donde acusaría menos el traqueteo.

¡Traqueteo! ¡Me quedé maravillada de que aquel armatoste no se deshiciera en mil pedazos! Allí no había nada que se pareciera a una carretera, sólo una especie de vereda llena de surcos y baches.

¡Vaya con el «glorioso Este»! Cuando me acordé de las espléndidas carreteras de Inglaterra, sentí que me invadía la nostalgia.

Mr. Coleman se inclinó hacia mí desde el asiento que ocupaba, detrás del mío, y me gritó junto a la oreja:

—¡El camino está en muy buenas condiciones! —aulló, justamente después de que hubiéramos sido lanzados de nuestros asientos hasta tocar el techo con la cabeza.

Y parecía estar hablando en serio.

—Esto es muy bueno... Estimula el hígado —dijo—. Usted debe saberlo, enfermera.

—Un hígado estimulado va a servirme de poco si me abro la cabeza —observé ácidamente.

—¡Tenía que haber venido aquí después de una buena lluvia! Los patinazos son soberbios. La mayor parte del tiempo, el coche va de través.

A esto no respondí.

Al cabo de un rato tuvimos que cruzar un río, y lo hicimos en el transbordador más estrambótico que pueda imaginarse. El que lográramos pasar me pareció un milagro, pero los demás, por lo visto, consideraron aquello como lo más natural del mundo. Nos costó casi cuatro horas llegar a Hassanieh. Con gran sorpresa por mi parte, vi que era una ciudad de amplias proporciones. Desde el otro lado del río, antes de llegar a ella presentaba un bonito aspecto: blanca y como arrancada de las páginas de un libro de cuentos, con sus altos minaretes destacándose contra el cielo. No obstante, cuando se cruzaba el puente y se entraba en ella, la cosa cambiaba, pues el olor era desagradable, todo estaba desvencijado y ruinoso, y el lodo y la porquería reinaban por doquier.

Mr. Coleman me llevó a casa del doctor Reilly, donde, según me dijo, me esperaban para comer.

El doctor Reilly estuvo tan amable como de costumbre. Su casa tenía un aspecto atractivo; disponía de un cuarto de aseo y todo estaba limpio y reluciente. Tomé un baño delicioso y, cuando me puse de nuevo el uniforme y bajé a comer, me sentí mucho mejor.

El almuerzo estaba servido. Entramos en el comedor mientras el médico excusaba la ausencia de su hija, que, según dijo, siempre llegaba tarde. Acabábamos de tomar un plato muy bueno de huevos en salsa cuando entró la joven y el doctor Reilly me la presentó:

—Enfermera, ésta es mi hija Sheila.

Me estrechó la mano y me dijo que esperaba que hubiera tenido un feliz viaje. Luego se quitó el sombrero, hizo una fría inclinación de cabeza a Mr. Coleman y tomó asiento.

—Bueno, Bill, ¿cómo van las cosas? —preguntó.

El joven empezó a hablarle acerca de una reunión que debía celebrarse en el club y yo, entretanto, me dediqué a estudiarla.

No puedo decir que me gustara demasiado. Su modo de pensar, tan frío, no me complacía. Una muchacha impulsiva y de buena presencia. Tenía el cabello negro y los ojos azules; una cara pálida y la consabida boca pintada. Su sarcástica forma de hablar casi llegó a molestarme. En cierta ocasión tuve a mi cargo a una buena aprendiza parecida a ella; una chica que trabajaba bien, lo admito, pero cuyas maneras tenían la virtud de encolerizarme.

Me pareció que Mr. Coleman estaba algo prendado de ella. Tartamudeaba al hablar y su conversación se volvió un poco más necia que de costumbre, si es que ello era posible. Me dio la impresión de ser un perrazo atontado, que movía la cola y trataba de hacerse el gracioso.

Después del almuerzo, el doctor Reilly se fue al hospital. Mr. Coleman tenía que hacer algunas gestiones en la ciudad y miss Reilly me preguntó si me gustaría dar una vuelta o prefería quedarme en casa. Mr. Coleman, me dijo, volvería a buscarme dentro de una hora.

—¿Hay algo que ver por aquí? —inquirí.

—Algunos rincones pintorescos —contestó miss Reilly—. Pero no sé si le gustarán. Están llenos de suciedad.

Finalmente me llevó al club, que no estaba del todo mal. Allí encontré varios periódicos y revistas y buenas vistas al río.

Cuando regresamos a casa Mr. Coleman aún no había llegado. Nos sentamos y charlamos un rato. No fue agradable.

La joven me preguntó si yo conocía a Mrs. Leidner.

—No. Sólo conozco a su marido —contesté.

—¡Oh! Me gustará saber qué opina de ella.

No repliqué a este comentario. Y prosiguió:

—Me gusta mucho el doctor Leidner. Todos le quieren.

«Eso es lo mismo que decir que no te gusta su mujer», pensé. Seguí sin replicar y al poco rato me preguntó súbitamente:

—¿Qué le pasa a Mrs. Leidner? ¿Se lo ha dicho su marido?

No estaba dispuesta a cotillear sobre una paciente antes de haberla conocido, así es que contesté evasivamente:

—Tengo entendido que está un poco deprimida y necesita de alguien que la cuide.

La joven rio. Fue una risa desagradable y dura.

—¡Por Dios! —dijo—. ¿Es que no tiene bastante con nueve personas para cuidarla?

—Supongo que todos tendrán algo que hacer —repliqué.

—¿Algo que hacer? Claro que lo tienen. Cuidar a Louise antes que nada... Y ya se encarga ella de que sea así si se lo ha propuesto.

«No te gusta lo más mínimo», me dije.

—De todas formas —siguió la muchacha—, no comprendo para qué necesita una enfermera profesional. Yo hubiera creído que una aficionada cuadraría mejor con sus métodos; pero no alguien que le meta un termómetro en la boca, le tome el pulso y reduzca todas las fantasías a hechos concretos.

He de reconocer que en aquel momento sentí curiosidad.

—¿Cree usted que en realidad no le pasa nada? —pregunté.

—¡Claro que no le pasa nada! Esa mujer es más fuerte que un toro: «La pobrecita Louise no ha dormido», «Tiene ojeras». ¡Naturalmente..., se las ha pintado con un lápiz! Cualquier cosa que llame la atención, que atraiga a todos a su alrededor para que la mimen.

Algo había de verdad en todo aquello, desde luego. Yo había visto casos, y como yo cualquier enfermera, de hipocondríacos cuya delicia era tener en constante movimiento a toda la familia. Y si un médico o una enfermera les dice: «A usted no le pasa nada», en primer lugar no le creen y luego demuestran una indignación tan genuina como la verdadera.

Era muy posible que Mrs. Leidner fuera uno de estos casos. El marido, como es natural, sería el primer engañado. Los maridos, según he comprobado, son unos crédulos cuando se trata de enfermedades. Pero de todas formas aquello no cuadraba con lo que yo había visto antes. No coincidía, por ejemplo, con la palabra *segura*.

Era curiosa la impresión que aquella palabra me había producido.

Reflexionando sobre ello, pregunté:

—¿Es nerviosa Mrs. Leidner? ¿Le ataca los nervios, por ejemplo, el vivir alejada de todo?

—¿Y de qué tiene que ponerse nerviosa allí? ¡Cielo santo, si son diez! Y además tienen guardias, por las antigüedades que van acumulando. No, no está nerviosa... Al menos...

Pareció que le asaltaba una idea y se detuvo. Al cabo de unos segundos prosiguió lentamente.

—Es extraño que diga usted eso.

—¿Por qué?

—El teniente de aviación Jarvis y yo fuimos hasta allí el otro día. Era por la mañana y muchos de ellos estaban en las excavaciones. Mrs. Leidner estaba escribiendo una carta y no nos oyó llegar. El criado que de costumbre nos acompaña hasta el interior de la casa no se veía por allí y mi acompañante y yo nos dirigimos hacia el porche. Al parecer, ella vio la sombra del teniente Jarvis reflejada en la pared y lanzó un grito. Después se excusó. Pensó que se trataba de un desconocido. Fue algo raro, pues aunque hubiera sido un desconocido, ¿qué necesidad había de asustarse?

Yo asentí pensativamente.

Miss Reilly calló y luego habló de pronto.

—Yo no sé qué es lo que les pasa este año. Están todos fuera de sí. Miss Johnson anda por ahí tan malhumorada que ni siquiera abre la boca para hablar. David tampoco habla si puede evitarlo. Bill, desde luego, no para ni un momento, pero su incesante parloteo parece agravar la situación de los demás. Carey tiene el aspecto del que espera que algo estalle de repente. Y todos se vigilan unos a otros como si... como si... ¡Oh! No lo sé, pero es extraño.

«Es curioso que dos personas tan diferentes como miss Reilly y el mayor Pennyman hayan coincidido en la misma idea», pensé.

En aquel instante entró Mr. Coleman con enorme apresuramiento. Apresuramiento es poco. Si hubiera llevado la lengua colgando y de pronto le hubiera salido una cola y la hubiese movido, no me habría sorprendido.

—¡Hola, hola! —dijo—. El mejor comprador del mundo... ése soy yo. ¿Le has mostrado a la enfermera todas las bellezas de la ciudad?

—No se ha impresionado lo más mínimo —contestó con sequedad miss Reilly.

—No se la puede censurar por ello —opinó Mr. Coleman con entusiasmo—. ¡No he visto sitio más triste y ruinoso!

—No te gustan mucho las cosas pintorescas ni antiguas, ¿verdad, Bill? No comprendo cómo has llegado a ser arqueólogo.

—No me eches a mí la culpa. Échasela a mi tutor. Es un erudito profesor, un ratón de biblioteca con zapatillas. Le resulta algo pesado tener a un pupilo como yo.

—Creo que has sido un estúpido al permitir que te metieran a la fuerza en una profesión que no te gusta.

—A la fuerza, no, Sheila. A la fuerza, no. El viejo me preguntó si tenía preferencia por alguna profesión. Yo le dije que no, y entonces él me agregó a esta expedición.

—¿Y no tienes idea de qué es lo que te gustaría hacer? ¡Debes de tener alguna!

—Claro que la tengo. Mi ideal sería no hacer nada. Lo que me gustaría es tener mucho dinero y dedicarme a las carreras de caballos y de automóviles.

—¡Eres absurdo! —exclamó miss Reilly. Parecía estar enfadada.

—Ya sé que en eso no hay ni que pensar —añadió Mr. Coleman con tono alegre—. Por lo tanto, si tengo que hacer algo, no me importa lo que sea con tal de no estar todo el día encerrado en un despacho. Resulta agradable ver un poco de mundo. Así es que aquí estoy.

—¡Y habrá que ver lo útil que serás a la expedición!

—En eso te equivocas. Puedo estarme en las excavaciones y gritar «*Insha'Allah*» como podría hacerlo otro. Y tampoco soy tan malo dibujando. Imitar la escritura de los demás era una de mis especialidades en el colegio. Hubiera sido un falsificador de primer orden. Todavía puedo dedicarme a ello. Si algún día mi Rolls-Royce te salpica de barro mientras esperas el autobús, sabrás que me he dedicado a la delincuencia.

—¿No crees que sería hora de que te fueras, en lugar de hablar tanto? —preguntó fríamente miss Reilly.

—Somos muy hospitalarios, ¿verdad, señorita enfermera?

—Estoy segura de que la enfermera Leatheran tendrá ganas de llegar ya a su destino.

—Tú siempre estás segura de todo —replicó Mr. Coleman haciendo una mueca.

En realidad, era bastante cierto.

—Tal vez sería preferible que nos fuéramos, Mr. Coleman.

—Tiene usted razón, enfermera.

Le estreché la mano a miss Reilly al tiempo que le daba las gracias por todo y nos marchamos.

—Sheila es una chica muy atractiva —comentó Mr. Coleman—. Aunque nunca le permite a uno confianzas.

Salimos de la ciudad y emprendimos el camino por una especie de vereda bordeada de verdes campos llenos de mies. Como era costumbre en aquel país, no faltaban los baches.

Después de media hora de viaje, Mr. Coleman me indicó un montículo bastante elevado, situado a la orilla del río, frente a nosotros.

—Tell Yarimjah —anunció.

Distinguí unos puntitos negros que se movían como si fueran hormigas.

Mientras los contemplaba, vi cómo empezaban a correr

todos juntos y a descender por una de las laderas del montículo.

—Es la hora de dejar el trabajo —comentó Mr. Coleman—. Se da por terminada la tarea diaria una hora antes de ponerse el sol.

La casa que ocupaba la expedición estaba un poco alejada del río.

El conductor dobló una esquina, hizo pasar el coche por un portalón y luego paró en mitad de un patio.

El edificio estaba construido a su alrededor. En principio consistía solamente en la parte que formaba el lado sur del patio, además de unas edificaciones sin importancia hacia el este. La expedición construyó luego los otros dos lados. Como el plano de la casa reviste especial interés, incluyo un croquis del mismo.

Todas las habitaciones daban al patio interior, así como la mayor parte de las ventanas. La excepción la constituía el primitivo edificio de la parte sur, cuyas ventanas daban al campo. Estas ventanas, sin embargo, estaban protegidas por rejas.

Del rincón sudoeste del patio arrancaba una escalera que conducía a la azotea, situada sobre todo el cuerpo del edificio sur, el cual era un poco más alto que las otras tres alas.

Mr. Coleman me condujo, dando la vuelta, hasta un gran porche que ocupaba el centro de la parte sur.

Empujó una puerta situada en el lado derecho y entramos en una habitación, donde varias personas estaban sentadas alrededor de una mesa tomando té.

—¡Hola, hola! —exclamó Mr. Coleman—. Aquí está el caballero andante.

La señora que ocupaba la cabecera de la mesa se levantó y vino hacia mí para saludarme.

Entonces vi por primera vez a Louise Leidner.

PLANO DE LA CASA DE LA EXPEDICIÓN
EN TELL YARIMJAH

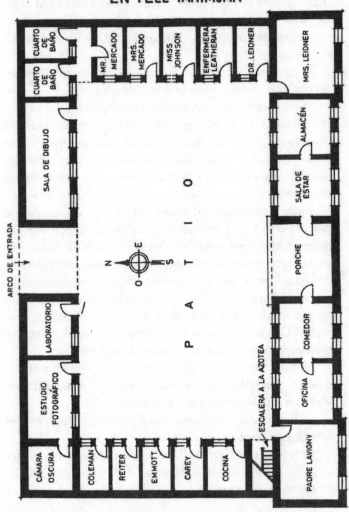

Capítulo 5

Tell Yarimjah

No tengo inconveniente en admitir que mi primera impresión al ver a Mrs. Leidner fue de franca sorpresa. Cuando se oye hablar mucho de una persona, cada cual forma en su mente la imagen que le sugieren los comentarios. Yo estaba firmemente convencida de que Mrs. Leidner era una mujer tétrica y malhumorada. De las que siempre tienen los nervios de punta. Y además esperaba que fuera, hablando con franqueza, un poco vulgar.

Pero no era, ni por asomo, lo que yo me había figurado. En primer lugar, era rubia. No era sueca, como su marido, pero por su aspecto podía muy bien haber pasado por tal. Sus cabellos tenían ese color rubio escandinavo que tan raras veces se encuentra. No era joven. Calculé que tendría entre treinta y cuarenta años. El aspecto de su cara era algo macilento y entre sus rubios cabellos se distinguían algunas canas. Por otra parte, sus ojos eran muy hermosos. Hasta entonces no me había topado con ningunos ojos como aquellos, cuyo color pudiera describirse como violeta.

Mrs. Leidner era delgada y de aspecto delicado. Si dijera que tenía un aire de intenso cansancio y, al mismo tiempo, de gran viveza, parecería que digo una tontería, pero tal fue la impresión que me causó. Me di cuenta, también, de que era toda una señora. Y esto significa algo, aun en estos tiempos.

Me tendió la mano y me sonrió. Su voz tenía un tono bajo y suave, y hablaba con un ligero acento americano.

—Me alegro de que haya venido, enfermera. ¿Quiere tomar el té o prefiere usted que vayamos a ver su habitación primero?

Le dije que tomaría el té y ella me presentó a los demás.

—Ésta es miss Johnson... y Mr. Reiter. Mrs. Mercado. Mr. Emmott. Y el padre Lavigny. Mi marido vendrá dentro de poco. Siéntese entre el padre Lavigny y miss Johnson.

Hice lo que me indicó y miss Johnson empezó a hablar, preguntándome acerca de mi viaje.

Le faltaba poco para cumplir los cincuenta, según juzgué, y tenía un aspecto algo masculino, a lo que contribuía un cabello grisáceo, peinado muy corto. La cara era fea y arrugada, con una cómica nariz respingona que tenía la costumbre de restregarse furiosamente cuando algo le preocupaba o extrañaba.

Llevaba una falda y chaqueta de *tweed*, de corte más bien masculino. Al cabo de un rato me contó que era oriunda de Yorkshire.

Encontré al padre Lavigny un tanto sorprendente. Era un hombre de alta estatura, con una gran barba negra. Usaba gafas de pinza. Le oí decir a Mrs. Kelsey que había allí un fraile francés y entonces me di cuenta de que el padre Lavigny usaba un hábito monacal de color blanco. Me quedé algo admirada, pues siempre había creído que los frailes se enclaustraban en los conventos y no volvían a salir de ellos.

Mrs. Leidner le habló casi siempre en francés, pero él se dirigió a mí en un inglés muy correcto. Advertí que tenía unos ojos penetrantes y observadores, que se iban fijando detenidamente en la cara de cada uno de los congregados.

Frente a mí estaban los otros tres. Mr. Reiter era un joven rubio y rollizo, y usaba gafas. Tenía el pelo largo y ondulado. Sus ojos azules eran redondos como platos. Pensé que debía de haber sido un lindo bebé en otros tiempos, aunque ya no le quedaba nada que valiera la pena verse. En realidad, tenía cierto aspecto de lechoncillo. El otro joven llevaba el pelo cortado al rape. Tenía la cara estirada, más bien cómica, y al reír mostraba unos dientes perfectos, lo que le hacía muy atrayente.

Hablaba muy poco; se limitaba a mover la cabeza cuando le dirigían la palabra o contestaba con monosílabos. Era americano, como Mr. Reiter. La tercera persona era Mrs. Mercado, a quien no pude observar a mi gusto, pues cuando dirigía la vista hacia ella siempre la encontraba mirándome con una especie de atención que me resultaba un tanto desconcertante, por no decir otra cosa. Por cómo me observaba, cualquiera diría que una enfermera era un bicho raro. ¡Qué falta de educación! Era muy joven, no pasaría de los veinticinco. Morena y de aspecto escurridizo, si se me permite decirlo así. En cierto modo tenía buena presencia, aunque, como diría mi madre, no podía ocultar su vulgaridad. Llevaba un jersey de color vivo que hacía juego con el tono de sus uñas. Su rostro era delgado y mostraba una expresión anhelante, que hacía recordar a la de un pájaro. Tenía los ojos grandes y los labios apretados en un rictus malicioso.

El té estaba muy bien hecho. Una mezcla fuerte y agradable, nada parecida a la infusión suave que tomaba siempre Mrs. Kelsey, y que había sido mi tortura durante los últimos tiempos. Sobre la mesa había tostadas, mermelada, un plato de bollos y una tarta. Mr. Emmott, muy cortés, me ayudó a servirme. A pesar de su retraimiento, observé que siempre estaba atento a que mi plato no quedara vacío.

Al cabo de un rato, entró Mr. Coleman y tomó asiento al otro lado de miss Johnson. Sus nervios, al parecer, estaban en perfectas condiciones, pues habló por los codos.

Mrs. Leidner suspiró y le dirigió una mirada cansada que no pareció afectar al joven en lo más mínimo. Ni tampoco el hecho de que Mrs. Mercado, a quien dirigía la mayor parte de su charla, estuviera tan ocupada mirándome que a duras penas le contestara.

Estábamos terminando el té cuando entraron el doctor Leidner y Mr. Mercado.

El primero me saludó con su habitual cortesía. Vi cómo sus ojos se dirigían rápidamente hacia su esposa y después pareció aliviado por lo que en ella distinguió. Tomó asiento al otro lado de la mesa, mientras Mr. Mercado lo hacía junto a Mrs. Leidner. Éste era un hombre alto, delgado y de aspecto melancólico. Mucho más viejo que su esposa. De tez cetrina, llevaba una barba extraña, lacia y sin forma alguna. Me alegré de que hubiera llegado, pues su mujer dejó de mirarme y su atención se centró en él. Lo vigilaba con una especie de anhelo impaciente que encontré bastante raro. El hombre revolvió con la cucharilla su taza de té. Parecía abstraído. Tenía en el plato un trozo de tarta que no probó.

Todavía quedaba vacante uno de los sitios alrededor de la mesa. Al poco rato se abrió la puerta y entró otro hombre.

Desde el momento en que vi a Richard Carey opiné que era uno de los hombres más apuestos con que me había topado desde hacía mucho tiempo, y aun me atrevo a decir que jamás vi a otro como él. Decir que un hombre es guapo y a la vez que su cabeza parece una calavera puede antojarse una contradicción, y sin embargo en aquel caso era verdad. Tenía la piel pegada a los huesos, aunque éstos tenían un modelado perfecto. Las vigorosas líneas de la mandíbula, las sienes y la frente estaban tan fuertemente trazadas que me recordaban las de una estatua de bronce. Y en aquel rostro delgado y moreno refulgían los más brillantes y azules ojos que nunca vi. Medía un metro ochenta de estatura y, según calculé, tendría poco menos de cuarenta años.

—Enfermera, éste es Mr. Carey, nuestro arquitecto —dijo el doctor Leidner.

El recién llegado murmuró algo con voz agradable, apenas audible, y tomó asiento al lado de Mrs. Mercado.

—Me parece que el té está un poco frío —dijo Mrs. Leidner.

—No se moleste, Mrs. Leidner —contestó él—. La culpa es mía por haber llegado tarde. Quería acabar el plano de esas paredes.

—¿Mermelada, Mr. Carey? —preguntó Mrs. Mercado. Mr. Reiter le acercó las tostadas.

Y entonces me acordé de lo que dijo el mayor Pennyman. «Lo explicaré mejor diciendo que se pasaban la mantequilla de unos a otros con demasiada cortesía.»

Sí, había algo extraño en todo aquello... Demasiada ceremonia...

Se habría dicho que era una reunión de personas que no se conocían, pero no de gente que, en algunos casos, se trataba desde hacía muchos años.

Capítulo 6

La primera velada

Después del té, Mrs. Leidner me acompañó a mi habitación.

Tal vez sea preferible que describa ahora brevemente la situación de las habitaciones que constituían la casa.

Su distribución era muy sencilla, como puede verse en el plano.

A ambos lados del porche se abrían las puertas que conducían a las dos piezas principales. La de la derecha correspondía al comedor, donde habíamos tomado el té. La otra daba acceso a una pieza exactamente igual que la primera. En el plano la denomino sala de estar, y se utilizaba como centro de reunión y para hacer ciertos trabajos caseros, tales como dibujos, siempre que no fueran de arquitectura. Allí se llevaban los más delicados ejemplares de cerámica para ser reconstruidos pieza por pieza. Desde la sala de estar se pasaba al almacén, donde se guardaban todos los objetos que se iban desenterrando en las excavaciones. Estaban dispuestos en estanterías y casilleros, aunque también había algunos esparcidos sobre mesas y bancos. Del almacén no se podía salir más que a través de la sala de estar.

Más hacia el este se hallaba el dormitorio de Mrs. Leidner, al que se entraba por una puerta que daba al patio. Ésta, como las demás piezas de aquel lado de la casa, tenía un par de ventanas enrejadas que daban al campo. En el rincón sudeste del patio, junto a la habitación de Mrs. Leidner, sin puerta de comunicación con ella, estaba la de su marido. Era la primera del lado este de la casa. Junto a dicho dormitorio venía el de miss Johnson y más allá los ocupados por Mr. Mercado y su esposa. Luego se encontraba lo que allí denominaban cuarto de baño.

La primera vez que empleé este término ante el doctor Reilly, él se echó a reír y me dijo que un cuarto de baño tiene que serlo con todas sus consecuencias, o no puede tenérselo como tal. De todas formas, cuando uno está acostumbrado a los grifos y desagües, resulta extraño llamar cuartos de baño a un par de habitaciones con el suelo de tierra, en cada una de las cuales había una tina de cinc para baños de asiento que se llenaba con agua traída en latas de petróleo.

Todo aquel lado de la casa había sido añadido por el doctor Leidner al primitivo edificio árabe. Las habitaciones eran todas iguales; cada una tenía una ventana y una puerta que daban al patio interior. En la parte norte estaban el estudio fotográfico, el laboratorio y la sala de dibujo.

Partiendo del porche, la disposición de los cuartos en el lado oeste era muy parecida. Del comedor se pasaba a la oficina, donde se llevaban los registros, se catalogaban las piezas y se hacía el trabajo de mecanografía. Correspondiendo a la posición que ocupaba el dormitorio de Mrs. Leidner, en este lado se hallaba el del padre Lavigny, a quien también se le había destinado una de las dos estancias más espaciosas con que contaba la casa. El padre Lavigny la utilizaba asimismo como estudio y realizaba allí la tarea de descifrar las inscripciones de las tablillas.

En el rincón sudoeste del patio estaba la escalera que conducía a la azotea. A continuación se hallaba la cocina y después cuatro dormitorios ocupados por los solteros: Carey, Emmott, Reiter y Coleman.

Luego, formando ángulo, se encontraba el estudio fotográfico, desde el que se pasaba a la cámara oscura donde se revelaban los clichés. Junto al estudio estaba el laboratorio y después venía un enorme portalón cubierto con un arco, por el que habíamos entrado aquella tarde. En la parte exterior, frente a la casa, estaban los dormitorios de los criados nativos, el cuerpo de guardia para los soldados y los establos para las caballerías con que se suministraba el agua a la expedición. La sala de dibujo estaba a la derecha del portalón y ocupaba el resto del ala norte.

He detallado por completo la distribución de la casa porque no quiero tener que volver sobre ello más adelante.

Como he dicho antes, Mrs. Leidner me acompañó para que viera el edificio y finalmente me instaló en mi habitación, deseando que me encontrara cómoda y tuviera todo lo que me hiciera falta.

El dormitorio estaba muy bien, aunque amueblado con sencillez: una cama, una cómoda, un lavabo y una silla.

—Los criados le traerán agua caliente antes de cada comida; y por la mañana, desde luego. Si la desea en cualquier otra ocasión, salga al patio y dé dos palmadas. Cuando acuda uno de los sirvientes dígale: *Jib maijar*. ¿Lo recordará?

Le dije que así lo haría y repetí la frase como Dios me dio a entender.

—Está bien. No se azore y grite. Los árabes no entienden nada si se les habla bajo.

—Esto de los idiomas es algo bien divertido —comenté—. Parece mentira que haya tantos y tan diferentes.

Mrs. Leidner sonrió.

—Hay una iglesia en Palestina en cuyas paredes está escrito el padrenuestro en noventa idiomas diferentes.

—Bien —le dije—. Cuando escriba a mi tía se lo contaré. Le va a interesar.

Mrs. Leidner manoseó abstraída la jarra de agua y la palangana; después cambió de sitio la pastilla de jabón.

—Espero que sea feliz aquí —dijo— y que no se aburra demasiado.

—No suelo aburrirme casi nunca —le aseguré—. La vida no es lo bastante larga como para permitirlo.

Ella no replicó. Continuó jugueteando con los objetos del lavabo, como si su pensamiento estuviera puesto en otra cosa.

De pronto fijó en mí sus ojos de color violeta.

—¿Qué le dijo exactamente mi marido, enfermera?

Por regla general, siempre se contesta de la misma forma a una pregunta así.

—Pues por lo que me contó, entendí que estaba usted un poco deprimida, Mrs. Leidner —dije—, y que necesita a alguien que la cuide y la ayude en lo que sea, para quitarle toda clase de preocupaciones.

La mujer inclinó la cabeza lentamente con aspecto pensativo.

—Sí —dijo—. Sí... Eso me vendrá muy bien.

Aquello era un tanto enigmático, pero yo no estaba dispuesta a preguntar más. En lugar de eso dije:

—Espero que me permita ayudarla en cuantas tareas tenga que hacer en la casa. No debe permitir que esté inactiva.

—Gracias, enfermera.

Luego tomó asiento en la cama, y, para mi sorpresa, empezó a hacerme gran cantidad de preguntas. Y digo para mi sorpresa porque desde que la vi estaba segura de que era toda una señora. Y las señoras raramente demuestran curiosidad acerca de los asuntos privados de los demás.

Pero Mrs. Leidner parecía interesada en conocer todo lo referente a mí. Dónde había hecho mis prácticas y si hacía mucho tiempo de ello. Qué fue lo que me trajo a Irak. Por qué el doctor Reilly me había recomendado para el empleo. Hasta me preguntó si había estado en América y si tenía allí parientes. También se interesó por una o dos cuestiones que entonces me parecieron fuera de lugar, pero cuyo significado comprendí más tarde.

Luego, de repente, cambiaron sus maneras. Sonrió, cálida y afectuosamente, y me dijo que presentía que yo iba a servirle de mucho.

Se levantó y dijo:

—¿Le gustaría subir a la azotea para ver la puesta de sol? Es un espectáculo muy bonito a estas horas.

Accedí de buen grado.

Cuando salíamos de la habitación me preguntó:

—¿Ha venido mucha gente en el tren de Bagdad? ¿Muchos hombres?

Le contesté que no me había fijado en nadie. En el coche restaurante había visto a dos franceses la noche anterior. Y a tres hombres que, por lo que hablaban, supuse que pertenecían a la compañía del oleoducto.

Ella asintió emitiendo un ligero sonido. Se podía haber dicho que era un suspiro de alivio.

Subimos juntas a la azotea.

Mrs. Mercado estaba allí, sentada en el parapeto, y el doctor Leidner miraba, inclinado, una porción de piezas y trozos de cerámica esparcidos en montones. Vi unos objetos grandes que llaman piedras de molino de mano, piedras en forma de mano de almirez y hachas de sílice. Y la colección más grande de cacharros de barro rotos que jamás hubiera visto. Sobre aquellos fragmentos se veían raros dibujos y pinturas.

—Venga aquí —me invitó Mrs. Mercado—. ¿Verdad que es... muy hermoso?

Ciertamente, era una espléndida puesta de sol. Hassanieh, en la distancia, ofrecía un espectáculo de ensueño, con el sol poniéndose tras la ciudad. El río Tigris, discurriendo entre sus anchas riberas, más parecía algo etéreo que un río real.

—¿No es maravilloso, Eric? —dijo Mrs. Leidner. Su marido levantó la mirada con aire abstraído.

—Sí, es maravilloso —murmuró sin ningún interés, y siguió escogiendo trozos de cerámica.

Mrs. Leidner sonrió y dijo:

—Los arqueólogos sólo miran lo que tienen bajo los pies, el firmamento no existe para ellos.

Mrs. Mercado lanzó una risita apagada.

—Son gente muy rara. Pronto se dará cuenta, enfermera —dijo.

Hizo una pausa y luego añadió:

—Todos nos hemos alegrado mucho de que viniera. De verdad. Nos tenía muy preocupados Mrs. Leidner, Louise.

—¿De veras?

La voz de Mrs. Leidner tenía un tono poco alentador.

—Sí. En realidad ha estado muy mal, enfermera. Nos ha dado más de un susto. Cuando me dicen de alguien que está enfermo de los nervios, siempre pregunto: «¿Es que hay algo peor?». Los nervios constituyen el centro y la médula de todo ser viviente, ¿verdad?

«Vaya, vaya», pensé.

Mrs. Leidner replicó secamente:

—Bueno, no tienes necesidad de preocuparte más por mí, Marie. La enfermera me cuidará.

—Claro que sí —dije yo con tono alegre.

—Estoy segura de que esto te vendrá muy bien —comentó Mrs. Mercado—. Todos estábamos de acuerdo en que debía ver a un médico o hacer algo. Tenía los nervios deshechos, ¿no es verdad, Louise?

—Tanto que, por lo visto, he conseguido poner los vuestros de punta —replicó Mrs. Leidner—. ¿No podríamos hablar de algo más interesante que mis dolencias?

Comprendí entonces que Mrs. Leidner era una de esas mujeres que se ganan enemistades con notable facilidad. Había en su voz un tono rudo y frío, del cual no la culpé en aquella ocasión, que hizo subir un intenso rubor a las pálidas mejillas de Mrs. Mercado. Esta última murmuró algo, pero ya entonces Mrs. Leidner se había levantado y había ido a reunirse con su marido al otro extremo de la azotea.

45

Dudo que él la oyera llegar, pues no levantó la mirada hasta que ella le puso la mano en el hombro. A pesar del gesto de sobresalto que hizo, en el rostro del doctor Leidner se reflejaba un profundo afecto y una especie de anhelante interrogación.

Ella asintió con la cabeza suavemente. Al poco rato, cogidos del brazo, se dirigieron al extremo de la azotea y después bajaron juntos al patio.

—Está muy enamorado de ella, ¿verdad? —dijo Mrs. Mercado.

—Sí —contesté—. Da gusto ver algo así.

La mujer me estaba mirando con una expresión extraña.

—¿Cuál es su opinión sobre lo que tiene Mrs. Leidner, enfermera? —preguntó bajando la voz.

—No creo que sea nada de particular —repliqué jovialmente—. Sólo un poco de depresión nerviosa.

Su mirada parecía taladrarme, como había hecho mientras tomábamos el té. De pronto preguntó:

—¿Está usted especializada en casos de trastornos mentales?

—¡Oh, no! —dije—. ¿Qué le hace pensar eso?

—¿Está usted enterada de las rarezas que tiene? ¿Se lo ha contado el doctor Leidner?

No me gusta chismorrear acerca de mis pacientes. Pero, por otra parte, sé por experiencia que a menudo resulta difícil conseguir que los pacientes te digan la verdad; y hasta que te enteras de ella tienes que trabajar a oscuras, sin conseguir grandes adelantos. Claro que cuando hay un médico que se ocupa del caso la cuestión es diferente. Te dice lo que es necesario que conozcas. Sin embargo, en aquel asunto no había ningún doctor que se encargara de ello. No habían sido requeridos los servicios profesionales del doctor Reilly. Y me parecía que el doctor Leidner no me había dicho todo lo que debiera. El instinto de los maridos, con frecuencia, los hace ser reservados. Pero, de todos modos, cuanto más enterada estuviera, mejor sabría qué línea de conducta adoptar. Mrs. Mercado, a quien mentalmente había calificado de rencorosa y vengativa, tenía unas ganas locas de hablar. Y si he de decir la verdad, tanto en el aspecto humano como en el profesional también quería yo enterarme de lo que tuviera que contar. Pueden llamarme curiosa si lo desean, pero era así.

—¿He de suponer por ello que Mrs. Leidner no se ha portado de forma normal últimamente? —pregunté.

—¿Normal? Yo diría que no. Nos ha dado unos sustos terribles. Una noche se trató de unos dedos que daban golpecitos en su ventana. Y luego fue una mano sin brazo alguno que la sostuviera. Después, una cara amarilla pegada al cristal de la ventana. Y cuando Mrs. Leidner corrió hacia allí, no había nadie... Bueno, ¿no le parece que había para ponernos a todos los nervios de punta?

—Tal vez alguien le estaba gastando una jugarreta —sugerí.

—No. Todo fueron imaginaciones suyas. Y hace tres días, mientras comíamos, dispararon unos tiros en el pueblo, que está a una milla de aquí. Mrs. Leidner dio un salto y empezó a gritar, asustándonos a todos. Su marido corrió hacia ella y se portó de una forma ridícula. «No es nada, cariño; no es nada», repitió otra vez. Yo creo, enfermera, que hay veces en que los hombres animan a las mujeres a que se pongan más histéricas. Es una lástima, porque resulta perjudicial. No deberían hacerlo.

—Desde luego, si se trata en realidad de fantasías —repliqué yo secamente.

—¿Y qué otra cosa podría ser?

No contesté porque no sabía qué hacer. Era un asunto curioso. Los disparos y los consiguientes gritos podían considerarse como algo bastante natural tratándose de una persona de condición nerviosa. Pero aquella extraña historia de una cara y una mano espectrales era diferente.

En mi opinión, cabían dos posibilidades: o bien Mrs. Leidner se había inventado todo aquello, igual que hace un niño que cuenta mentiras acerca de cosas que nunca ocurrieron, con el fin de atraer sobre él la atención de los demás, o bien se trataba, como dije, de una broma de mal gusto. Era una de esas cosas que un joven alegre y sin pizca de imaginación, como Mr. Coleman, podía encontrar enormemente divertida. Decidí vigilarlo de cerca. Los pacientes nerviosos pueden verse seriamente afectados por una broma estúpida.

Mrs. Mercado siguió hablando mientras me miraba de soslayo.

—Es una mujer de aspecto romántico, ¿no lo cree así, enfermera? La clase de mujer a la que siempre le suceden cosas raras.

—¿Cuántas le han ocurrido? —pregunté.

—Su primer marido murió en la guerra cuando ella tenía solamente veinte años. Creo que eso fue algo sentimental y romántico, ¿verdad?

—Es una manera de llamar cisnes a unas ocas —repliqué ásperamente.

—¡Oh, enfermera! ¡Qué observación tan singular!

Y en realidad lo era. A cuántas mujeres se les oye decir: «Si viviera mi pobrecito Donald, o Arthur, o como se llamara». Yo entonces pienso: «No hay duda de que si viviera, sería a estas horas un hombre gordo y nada romántico, de genio violento y entrado en años».

Estaba oscureciendo y sugerí que bajáramos. Mrs. Mercado accedió y preguntó si me gustaría ver el laboratorio.

—Mi marido debe de estar trabajando aún.

Contesté que me encantaría y ambas nos dirigimos hacia allí. Aunque iluminada por una lámpara, la habitación estaba desierta. Mrs. Mercado me enseñó varios aparatos, unos adornos de cobre que estaban siendo tratados químicamente y unos huesos revestidos de cera.

—¿Dónde estará Joseph? —preguntó mi acompañante.

Dio una ojeada a la sala de dibujo, en la que estaba trabajando Mr. Carey. El arquitecto apenas levantó la mirada cuando entramos. Me quedé sorprendida al ver la extraordinaria expresión de tirantez que reflejaba su cara. De repente se me ocurrió que aquel hombre había llegado al límite de su resistencia y que muy pronto estallaría. Recordé igualmente que alguien había notado en él aquella tensión.

Cuando salíamos volví la cabeza para mirarle. Estaba inclinado sobre un papel y tenía los labios fuertemente apretados. El aspecto de su cara recordaba más que nunca el de una calavera. Quizá dejé desbordar mi fantasía, pero en aquel instante me pareció un caballero de otros tiempos dispuesto a entrar en batalla sabiendo de antemano que iba a morir.

Me di cuenta nuevamente de la extraordinaria e inconsciente fuerza magnética que poseía aquel hombre.

Encontramos a Mr. Mercado en la sala de estar. Cuando entramos estaba explicando a Mrs. Leidner los fundamentos de un nuevo procedimiento químico.

Ella le escuchaba mientras bordaba unas flores de seda en un lienzo. Me volvió a admirar su extraña apariencia, frágil y espiritual. Más parecía una criatura legendaria que una persona de carne y hueso.

Mrs. Mercado exclamó con voz estridente:

—¡Por fin te encontramos! Pensaba que estarías en el laboratorio.

Su marido se sobresaltó y pareció desconcertarse, como si la entrada de ella hubiera roto un encanto.

—Debo... debo irme —tartamudeó—. Estoy a mitad... a mitad...

Sin completar la frase, se dirigió hacia la puerta.

Mrs. Leidner, con su suave voz de acento americano, observó:

—Tiene que acabar de explicármelo en otra ocasión. Es muy interesante.

Levantó la vista para mirarnos; sonrió dulcemente, aunque distraída, y volvió a inclinarse sobre su labor.

Al cabo de un rato indicó:

—Allí hay unos cuantos libros, enfermera. Tenemos una buena selección de ellos. Escoja uno y siéntese.

Me dirigí a la librería. Mrs. Mercado se quedó durante unos minutos y luego, sin decir nada, salió de la habitación. Le vi la cara al pasar junto a mí y no me gustó su expresión. Parecía estar dominada por una furia sorda.

A mi pesar, recordé algunas de las cosas que dijo o insinuó Mrs. Kelsey acerca de Mrs. Leidner. No me agradaba pensar que fueran verdad, pues desde el primer momento sentí cierto aprecio por Mrs. Leidner. Pero, a pesar de ello, no pude evitar preguntarme si en el fondo no habría algo más de lo que se veía a simple vista.

No podía creer que Mrs. Leidner fuera ella sola responsable de lo que ocurría.

Aunque debía contar con el hecho de que la poco agraciada miss Johnson y la irascible Mrs. Mercado no podrían competir con ella, ni en presencia ni en atractivo. Y los hombres siempre son los mismos, estén donde estén. De esas cosas se entera una enseguida en mi profesión.

Mercado era un pobre diablo y su admiración por Mrs. Leidner no creo que a ella le importara poco ni mucho. Pero a Mrs. Mercado sí le importaba. Y de no estar yo equivocada, esta última se consideraba terriblemente ofendida por ello y, al parecer, estaba dispuesta a vengarse de su rival si se le presentaba la ocasión.

Mrs. Leidner seguía bordando sus flores de seda. Parecía hallarse muy distante. Pensé que debía prevenirla. Tal vez no sabía cuán estúpidos, irracionales y violentos pueden ser los celos y el odio, cuán poco se necesita para hacerlos arder.

Pero entonces me dije: «No seas tonta, Amy Leatheran. Mrs. Leidner no es ninguna chiquilla. Si no ha llegado a los cuarenta años, pocos le faltan. Debe de estar enterada de todo cuanto hay que saber en la vida».

Sin embargo, en el fondo de mí, abrigaba el presentimiento de que tal vez no lo supiera.

¡Tenía un aspecto tan inocente!

Me pregunté cómo habría sido su vida. No ignoraba que se había casado con el doctor Leidner hacía dos años. Su primer marido, según dijo Mrs. Mercado, murió cuando ella tenía veinte.

Cogí un libro y tomé asiento a su lado. Al cabo de un rato, salí de la sala de estar y fui a lavarme las manos para cenar. Fue una cena excelente en la que se sirvió un curri verdaderamente bueno. Todos se fueron a la cama muy temprano, de lo cual me alegré, pues estaba cansada.

El doctor Leidner me acompañó hasta mi dormitorio para ver si me faltaba algo.

Me estrechó la mano efusivamente y dijo con entusiasmo:

—Ha tenido éxito, enfermera. Se ha prendado de usted enseguida. Estoy muy contento. Presiento que ahora todo irá bien.

Era casi infantil en su efusión.

Yo también me había dado cuenta de que a Mrs. Leidner no le había disgustado mi presencia, por lo cual me sentí satisfecha. Pero no compartía la confianza de su marido. Tuve el presentimiento de que bajo todo aquello se ocultaba algo que él, posiblemente, no conocía.

Había algo... algo que yo no llegaba a comprender, que se palpaba en el ambiente.

Mi cama era cómoda, pero no pude dormir bien a causa de aquel presentimiento.

Soñé demasiado. Las palabras de un poema de Keats, que tuve que aprender cuando era niña, me venían una y otra vez al pensamiento. No pude llegar a comprender hasta entonces su significado, a pesar de mis esfuerzos. Era un poema que siempre odié; tal vez porque tuve que aprenderlo de memoria, tanto si me gustaba como si no. Pero cuando desperté en mitad de la noche, vi en él, por vez primera, cierta belleza: «¡Oh!, di qué te aqueja, amado paladín, que solo y... (¿cómo era?) pálido vagas».

Vislumbré en mi mente la cara del caballero. Era la de Mr. Carey. Una cara ceñuda, tensa, bronceada; como la de aquellos pobres jóvenes que se iban a la guerra cuando yo era una chiquilla. Sentí una profunda compasión por él. Luego volví a dormirme y soñé que la «altiva e ingrata señora» era la propia Mrs. Leidner. Cabalgaba en un caballo blanco y llevaba en la mano un lienzo bordado con flores de seda. El caballo tropezó e inmediatamente todo quedó convertido en un montón de huesos recubiertos de cera. Me desperté sobresaltada y temblando. Me dije que el curri nunca me sentaba bien por las noches.

Capítulo 7

El hombre de la ventana

Creo que es preferible aclarar, antes de continuar, que en esta narración no encontrarán los lectores ningún comentario de color local que sirva de fondo al relato. No entiendo nada de arqueología y no creo que llegue a interesarme nunca tal materia.

Me parece una solemne sandez el ir enredando con gente y cosas enterradas y olvidadas. Mr. Carey solía decirme que yo no tenía temperamento de arqueóloga, y estoy segura de que le sobraba la razón.

A la mañana siguiente de mi llegada, Mr. Carey preguntó si me gustaría ir a ver un palacio que estaba «planeando». No sé cómo puede planearse algo que existió hace tanto tiempo. Pero le aseguré que me encantaría ir y, en realidad, hasta me emocionaba un poco la idea. Al parecer, aquel palacio tenía cerca de tres mil años de antigüedad. Me pregunté qué clase de edificios tendría la gente en semejante época y si serían como los que yo había visto en las fotografías de Tutankamón. Pero créase o no, allí no había más que barro seco. Polvorientas paredes de adobe, de un metro de alto, y nada más.

Mr. Carey me llevó de aquí para allá, contándome cosas: aquello era un gran atrio, y allí estuvieron situados varios aposentos, un piso superior y otras habitaciones que daban al patio central. Y yo pensaba: «¿Cómo lo sabrá?», aunque fui lo bastante discreta como para no preguntárselo. Puedo asegurar que me llevé una desilusión. Aquellas excavaciones no contenían más que barro; nada de mármoles ni oro, o algo que fuera bonito, por lo menos. La casa de mi tía, en Cricklewood, hubiera parecido una ruina mucho más imponente. Y aquellos asirios, o lo que fueran, se llamaban a sí mismos *reyes*. Cuando Mr. Carey acabó de enseñarme su «palacio», me dejó con el padre Lavigny, que se encargó de mostrarme el resto del montículo. Éste me causaba cierto recelo por ser extranjero y, además, por aquella voz profunda que tenía. Sin embargo, se mostró muy amable, aunque fue algo difuso en sus explicaciones. Algunas veces me dio la sensación de que todo aquello le importaba tan poco como a mí.

Mrs. Leidner me lo explicó más tarde. Me dijo que el padre Lavigny sólo se interesaba por «documentos escritos». Los asirios escribían sobre barro con unas marcas de raro aspecto, pero muy perceptibles. Hasta se habían encontrado tablillas escolares. Sobre una de las caras estaban escritas las preguntas del maestro y al dorso se veían las contestaciones del discípulo. Debo confesar que me interesaron dichas tablillas, pues tenían un profundo sentido humano.

El padre Lavigny me acompañó a dar una vuelta por las excavaciones y me enseñó, diferenciándolos, lo que eran templos o palacios y lo que eran casas particulares. Incluso me mostró un lugar que, según dijo, era un primitivo cementerio de los acadios.

Hablaba de una forma bastante incoherente; se refería someramente a un asunto y luego pasaba sin interrupción a tratar otros.

—Me parece extraño que hayan contratado sus servicios, enfermera —dijo en una ocasión—. ¿Es que Mrs. Leidner está realmente enferma?

—No en el sentido literal de la palabra —contesté.

—Es una mujer rara —comentó—. Creo que es peligrosa.

—¿Qué quiere decir? —pregunté—. ¿Peligrosa? ¿De qué forma?

Sacudió la cabeza, pensativo.

—Creo que es cruel —replicó—. Sí, estoy seguro de que puede ser muy despiadada.

Era curioso que un fraile dijera aquello. Supuse, desde luego, que habría oído muchas cosas en confesión; pero este pensamiento aumentó mi desconcierto, pues no estaba segura de si los frailes confesaban o sólo podían hacerlo los sacerdotes. Yo estaba convencida de que era fraile, pues llevaba aquel hábito blanco, que, por cierto, recogía fácilmente la suciedad. Y, además, llevaba un rosario colgando del cinturón.

—Perdone —aduje—. Me parece que eso son bobadas.

El padre Lavigny negó con la cabeza.

—Usted no conoce a las mujeres como yo —prosiguió—. Sí, puede ser despiadada. Estoy completamente convencido de ello. Y no obstante, a pesar de que es más dura que el mármol, está asustada. ¿Qué es lo que le asusta?

«Eso es lo que todos quisiéramos saber», pensé.

Era posible que su propio marido lo supiera, pero nadie más.

El padre Lavigny me miró de pronto con sus ojos negros y brillantes.

—¿Encuentra algo extraño aquí? ¿O le parece todo normal?

—No lo encuentro normal del todo —repliqué, después de considerar la respuesta—. No está mal, por lo que se refiere a la forma en que lo tienen organizado..., pero se nota una sensación de incomodidad.

—Yo también me siento incómodo. Tengo el presentimiento —de golpe pareció acentuarse en él su aspecto extranjero— de que algo se está preparando. El propio doctor Leidner no es el que era. Algo le inquieta.

—¿La salud de su esposa?

—Tal vez. Pero hay algo más. Hay..., ¿cómo lo diría?, una especie de desasosiego.

Eso era cierto. Reinaba el desasosiego entre los componentes de la expedición.

No hablamos más porque entonces se me acercó el doctor Leidner. Me mostró la tumba de un niño que acababa de ser descubierta. Era algo patético: aquellos huesos de reducido tamaño, un par de pucheros y unas pequeñas motitas que, según dijo el doctor Leidner, eran las cuentas de un collar.

Los peones que trabajaban en las excavaciones me hicieron reír de buena gana. Eran una colección de espantajos, vestidos con andrajosas túnicas y con las cabezas envueltas en trapos, como si tuvieran jaqueca. De vez en cuando, mientras iban de un lado a otro llevando cestos de tierra, empezaban a cantar. Al menos yo creo que cantaban, pues era una especie de monótona cantinela que repetían infinidad de veces.

Me di cuenta de que la mayoría de ellos tenía los ojos en condiciones deplorables, todos cubiertos de legañas. Uno o dos de aquellos hombres parecían estar medio ciegos.

Meditaba sobre cuán miserable era aquella gente cuando el doctor Leidner dijo:

—Tenemos un excelente equipo de hombres, ¿verdad?

«¡Qué mundo tan dispar es éste!», pensé, y de qué forma tan diferente pueden ver dos personas la misma cosa. Creo que no lo he expresado bien, pero supongo que sabrán lo que quiero decir.

Al cabo de un rato, el doctor Leidner dijo que volvía a la casa para tomar una taza de té. Le acompañé y durante el camino me fue explicando algunas cosas de las que veíamos. Ahora que lo explicaba él, todo me parecía diferente. Podía verlo todo tal como había sido, por decirlo así. Las calles y las casas. Me enseñó un horno en el que los asirios cocían el pan y me dijo que, en la actualidad, los árabes utilizaban unos hornos muy parecidos.

Cuando entramos en la casa, Mrs. Leidner ya se había levantado. Tenía mucho mejor aspecto y no parecía tan delgada y agotada. Nos trajeron el té al cabo de un momento y, entretanto, el doctor Leidner le contó a su esposa lo que había ocurrido en las excavaciones durante la mañana. Luego volvió al trabajo y Mrs. Leidner preguntó si me gustaría ver algunos de los objetos que habían sido encontrados hasta entonces. Le dije que sí y me llevó hasta el almacén.

Había en él gran variedad de objetos esparcidos, la mayoría de los cuales, según me pareció, eran cacharros rotos, y también había otros que habían sido reconstruidos pegando sus diferentes fragmentos. Pensé que todos aquellos chismes hubieran estado mejor en el cubo de la basura.

—¡Válgame Dios! —exclamé—. Es una lástima que estén tan rotos, ¿verdad? ¿Vale la pena guardarlos?

Mrs. Leidner sonrió y dijo:

—Que no la oiga Eric. Los pucheros son lo que más le interesa. Algunos de los que ve aquí son los objetos más antiguos que tenemos. Tal vez tienen siete mil años.

Y me explicó cómo algunos de ellos se podían encontrar excavando en las partes más profundas del montículo, y cómo, millares de años antes, habían sido rotos y reparados con betún, lo cual venía a demostrar que aun entonces la gente tenía el mismo apego a sus cosas que en la actualidad.

—Y ahora —continuó— le voy a enseñar algo mucho más interesante.

Alcanzó una caja de una estantería y me mostró una daga de oro, en cuya empuñadura llevaba incrustadas unas gemas de color azul oscuro.

Di un grito de entusiasmo.

—Sí, a todos les gusta el oro, excepto a mi marido.

—¿Y por qué no le gusta el oro al doctor Leidner?

—Más que nada, porque resulta caro. El obrero que encuentra uno de esos objetos cobra su peso en oro.

—¡Dios mío! —exclamé—. ¿Por qué?

—Es una costumbre. En primer lugar, para evitar que roben. Si los peones roban no es por el valor arqueológico de la pieza, sino por su valor intrínseco. La pueden fundir. Puede decirse, por lo tanto, que les damos facilidades para que sean honrados.

Cogió otra caja de la estantería y me enseñó una hermosísima copa de oro, sobre la que se veían varias cabezas de ciervo esculpidas.

Volví a lanzar otra exclamación.

—Sí, es hermosa, ¿verdad? La encontramos en la tumba de un príncipe. Hemos descubierto otras sepulturas reales, pero muchas de ellas habían sido saqueadas. Esta copa es nuestro más preciado hallazgo. Es una de las mejores que se han encontrado hasta ahora. Acadio primitivo. Una pieza única.

De repente, Mrs. Leidner frunció el ceño y examinó la copa más de cerca. Con una uña rascó un punto de ella.

—¡Qué extraño! Es una gota de cera. Alguien ha entrado aquí con una vela.

Desprendió la cera y colocó la copa en su sitio.

Después mostró unas raras figuritas de barro cocido; algunas de ellas eran bastante groseras. Aquellos pueblos antiguos tenían una mentalidad muy vulgar.

Al volver al porche, encontramos a Mrs. Mercado pintándose las uñas. Para ver mejor el efecto, alargaba ante ella la mano con los dedos abiertos. Pensé que no podía haberse imaginado nada más horroroso que aquel color rojo anaranjado.

Mrs. Leidner había cogido del almacén un platillo roto en varios pedazos y se dispuso entonces a pegarlo. La observé durante unos segundos y luego le pregunté si podía ayudarla.

—Desde luego, hay muchos.

Fue a por más material y nos pusimos a trabajar.

Pronto di con el quid de la cuestión y Mrs. Leidner alabó mi destreza. Supongo que la mayoría de las enfermeras tienen cierta habilidad manual.

—¡Qué ocupados están todos! —comentó Mrs. Mercado—. Van a decir que soy una holgazana. Y desde luego, lo soy.

—¿Y por qué no tendría que serlo, si le gusta? —preguntó Mrs. Leidner.

Su voz no demostraba interés alguno.

Almorzamos a las doce. Después de comer, el doctor Leidner y Mr. Mercado limpiaron varias piezas de cerámica, vertiendo sobre ellas una solución de ácido clorhídrico. Uno de los pucheros resultó ser de un hermoso color ciruela y en otro se descubrió un dibujo formado por cuernos de toro entrelazados. Era casi algo mágico. Todo el barro seco, que ningún lavado podía quitar, parecía hervir y evaporarse.

Mr. Carey y Mr. Coleman volvieron a las excavaciones y Mr. Reiter se dirigió al estudio fotográfico.

—¿Qué vas a hacer, Louise? —preguntó el doctor Leidner a su mujer—. Supongo que descansarás un rato.

Entendí con ello que Mrs. Leidner dormía la siesta todas las tardes.

—Me acostaré una hora. Después, tal vez salga a dar un pequeño paseo.

—Bien. La enfermera te acompañará, ¿verdad?

—Desde luego —contesté.

—No, no —replicó ella—. Me gustaría ir sola. La enfermera no debe tomarse tan en serio su deber como para no permitir que me aleje de su vista.

—Pero a mí me gustaría acompañarla —insistí.

—No, de veras. Prefiero que no venga. —Su tono era firme, casi perentorio—. Debo valerme por mí misma de vez en cuando. Es conveniente.

No repliqué, desde luego. Pero al dirigirme a mi cuarto para descansar, me pregunté cómo Mrs. Leidner, tan atemorizada y nerviosa, podía estar dispuesta a dar un paseo solitario sin alguna clase de protección.

Cuando salí de mi habitación, a las tres y media de la tarde, no había nadie en el patio, salvo un chico que lavaba trozos de cerámica y Mr. Emmott, que se ocupaba de clasificarlos y arreglarlos. Al dirigirme hacia ellos, vi que Mrs. Leidner entraba por el portalón. Tenía un aspecto mucho más vivaz que de costumbre. Le brillaban los ojos y parecía estar sobreexcitada, casi alegre.

El doctor Leidner salió entonces del laboratorio y se acercó a ella. Le mostró un gran plano sobre el que se veía el consabido dibujo de cuernos entrelazados.

—Los estratos prehistóricos están resultando extraordinariamente productivos —dijo—. Hasta ahora, la campaña va dando buenos resultados. Fue una verdadera suerte encontrar esa tumba a poco de empezar. El único que puede quejarse es el padre Lavigny. Hemos encontrado muy pocas tablillas.

—Pues no parece que se haya preocupado mucho de las que tenemos —dijo Mrs. Leidner secamente—. Será un magnífico técnico descifrando inscripciones, pero es un notable perezoso. Se pasa todas las tardes durmiendo.

—Echamos de menos a Byrd —comentó el doctor Leidner—. Este hombre me parece que es poco dado a la exactitud, aunque, como es lógico, no soy quién para juzgarlo. Pero una o dos de sus últimas traducciones han sido sorprendentes, por no decir otra cosa. No puedo creer, por ejemplo, que tenga razón acerca de la inscripción de aquel ladrillo. En fin, él sabrá lo que hace.

Después del té, Mrs. Leidner preguntó si me gustaría dar un paseo hasta el río. Pensé que tal vez temiera que su negativa a que la acompañase antes pudiera haber herido mi susceptibilidad.

Yo quería demostrarle que no era rencorosa y me apresuré a aceptar.

El atardecer era magnífico. Seguimos una senda que pasaba entre campos de cebada y atravesaba luego una plantación de árboles frutales en flor. Llegamos a la orilla del Tigris. A nuestra izquierda quedaba el Tell, donde los trabajadores salmodiaban su monótona canción. Y un poco a la derecha se veía una noria que producía un ruido chirriante. De entrada, aquel chirrido me dio dentera, aunque al final acabó por gustarme, produciendo en mí un efecto sedante. Más allá de la noria estaba el poblado, donde vivía la mayor parte de los trabajadores.

—Es bonito, ¿verdad? —preguntó Mrs. Leidner.

—Resulta agradable este ambiente de paz —comenté—. Parece mentira que se pueda estar tan lejos de todo.

—Lejos de todo —repitió ella—. Sí, aquí, por lo menos, espera una estar segura.

La miré fijamente, pero me dio la impresión de que estaba hablando para sí y que no se había dado cuenta de que había expresado con palabras sus pensamientos.

Iniciamos el regreso.

De pronto, Mrs. Leidner me cogió tan fuertemente del brazo que casi me hizo dar un grito.

—¿Qué es eso, enfermera? ¿Qué está haciendo?

A poca distancia de nosotras, justamente donde la senda pasaba al lado de la casa, había un hombre tratando de mirar por una de las ventanas.

Mientras lo contemplábamos, el hombre volvió la cabeza, nos divisó e inmediatamente siguió su camino por la senda, dirigiéndose hacia nosotras. Sentí que la mano de Mrs. Leidner se apretaba todavía más contra mi brazo.

—Enfermera —murmuró—. Enfermera...

—No pasa nada. Cálmese. No pasa nada —traté de tranquilizarla.

El hombre vino hacia donde estábamos y pasó por

nuestro lado. Era un iraquí. Tan pronto como Mrs. Leidner lo vio de cerca, pareció que sus nervios se relajaban y dio un suspiro.

—No era más que un iraquí —dijo.

Proseguimos nuestro camino. Miré hacia las ventanas cuando pasamos ante ellas. No solamente tenían rejas, sino que estaban a tanta altura sobre el suelo que no permitían ver el interior de la casa, pues el nivel del pavimento era allí más bajo que en el patio interior.

—Tal vez estaba curioseando —comenté. Mrs. Leidner asintió.

—Eso debe de ser. Por un momento creí...

Se detuvo.

En mi fuero interno me pregunté: «¿Qué pensaste?».

Pero ahora ya sabía una cosa. Mrs. Leidner temía a una determinada persona de carne y hueso.

Capítulo 8

Alarma nocturna

Es difícil recordar con precisión lo que sucedió durante la semana que siguió a mi llegada a Tell Yarimjah. Mirándolo ahora, que sé cómo terminó la cosa, me doy cuenta de una buena cantidad de pequeños indicios y señales que se me pasaron entonces por alto.

Si he de contarlo todo con propiedad, creo que debo tratar de reflejar el estado de ánimo que tenía en aquellos días, es decir, embrollado, intranquilo y con un creciente presentimiento de que algo iba mal.

Porque una cosa era cierta: aquella curiosa sensación de tirantez y a la vez de apremio no era imaginada. Era verdadera. Hasta el insensible Bill Coleman lo comentó.

—Este sitio me está poniendo nervioso —oí que decía—. ¿Están siempre todos tan malhumorados?

Estaba hablando con David Emmott, el otro auxiliar. Me empezaba a gustar Mr. Emmott, pues su aspecto taciturno no era signo de que careciera de sentimientos. De eso estaba yo segura. Había algo en él que resultaba inmutable y tranquilizador, en una atmósfera donde nadie estaba seguro de lo que sentían los demás.

—No —respondió Mr. Emmott—. El año pasado no ocurrió esto.

Y ya no habló más.

—Lo que no puedo entender es la causa de todo ello —dijo Mr. Coleman con expresión de disgusto.

Emmott se encogió de hombros y no contestó.

Tuve una conversación muy sustanciosa con miss Johnson. Me gustaba aquella mujer. Era competente, práctica y culta. Sin duda consideraba al doctor Leidner como a un héroe.

En aquella ocasión me contó toda su historia, desde su juventud. Conocía todos los sitios en que el doctor Leidner había dirigido excavaciones, así como el resultado de todas ellas. Yo hubiera estado dispuesta a jurar que miss Johnson era capaz de recitar cualquier pasaje de las conferencias por él dadas. Lo consideraba, según me dijo, el mejor arqueólogo que existía entonces.

—Y es tan sencillo..., tan poco apegado a las vanidades. No conoce lo que es el engreimiento. Sólo un hombre tan importante puede ser tan humilde.

—Eso es cierto —asentí—. La gente ilustre no necesita ir por ahí dándose importancia.

—Además, tiene un carácter muy jovial. ¡Cómo nos divertíamos los primeros años que vinimos aquí, él, Richard Carey y yo! Éramos una pandilla feliz. Richard Carey trabajó con él en Palestina. Su amistad data de hace diez años. Y yo le conozco desde hace siete.

—Mr. Carey es un caballero muy distinguido —afirmé.

—Sí... Supongo que sí.

Lo dijo con un acento conciso.

—Pero es un tanto reservado, ¿no le parece?

—No solía ser así —respondió prestamente miss Johnson—. Sólo desde...

—¿Desde cuándo? —le pregunté.

—Bueno —miss Johnson hizo un característico movimiento de hombros—, las cosas han cambiado mucho en la actualidad.

No repliqué. Esperaba que ella prosiguiera, y así lo hizo, previa risita, como si quisiera quitar importancia a lo que iba a decir.

—Me parece que soy una vieja conservadora. Siempre creí que si la mujer de un arqueólogo no está realmente interesada en el trabajo de su marido, no debe acompañarle a ninguna expedición. Eso conduce a desavenencias en muchas ocasiones.

—Mrs. Mercado... —sugerí.

—¡Oh, ésa! —Miss Johnson parecía apartar a un lado tal insinuación—. Estaba pensando en Mrs. Leidner. Es una mujer encantadora. Se comprende perfectamente que el doctor Leidner se volviera loco por ella. Pero no puedo menos que opinar que aquí está descentrada. Lo desbarata todo.

Miss Johnson, por lo tanto, coincidía con Mrs. Kelsey en que Mrs. Leidner era la responsable de aquella atmósfera tirante. Pero, entonces, ¿de dónde surgían los temores de Mrs. Leidner?

—Con ello perturba a su marido —siguió miss Johnson con gravedad—. Desde luego, yo soy como... un perro fiel y celoso. No me gusta verlo tan agotado y preocupado. Debería centrar toda su atención en el trabajo que está haciendo, en lugar de dedicarla a su mujer y a sus estúpidos temores. Si se pone nerviosa por venir a sitios tan apartados, habría hecho mejor quedándose en América. Me consume la paciencia esa gente que va a un sitio y luego no hace más que rezongar y quejarse.

A continuación, como temerosa de haber hablado más de la cuenta, prosiguió:

—Siento por ella una gran admiración, desde luego. Es una mujer encantadora y cuando quiere tiene unas maneras atractivas.

Y allí acabó la confidencia.

Pensé que siempre ocurre lo mismo. Los celos surgen dondequiera que varias mujeres deban convivir. A miss Johnson no le gustaba la esposa de su jefe. Eso estaba claro y hasta parecía natural. Y a no ser que yo estuviera equivocada por completo, a Mrs. Mercado le tenía también manifiesta ojeriza.

Otra persona que no sentía excesiva simpatía hacia Mrs. Leidner era Sheila Reilly. Vino unas cuantas veces a las excavaciones. La primera en automóvil y dos veces más a caballo, acompañada por un joven. En el fondo de mi pensamiento estaba persuadida de que Sheila sentía cierta debilidad por el joven americano Emmott. Solía quedarse en las excavaciones para charlar un rato cuando el joven estaba allí. Creo que el muchacho la admiraba.

Un día, mientras almorzábamos, Mrs. Leidner le comentó algo indiscretamente, a mi modo de ver.

—Por lo visto, la joven Reilly sigue todavía detrás de David —dijo lanzando una risita—. Pobre David, te persigue hasta en las excavaciones. ¡Cuántas tonterías hacen las chicas!

Mr. Emmott no contestó, pero bajo el bronceado de su rostro se le vio enrojecer. Levantó los ojos y los fijó en los de ella con una expresión extraña. Fue una mirada directa y penetrante parecida a un desafío. Ella sonrió desviando la mirada.

Oí que el padre Lavigny murmuraba, pero cuando le pregunté: «Perdón, ¿decía usted algo?», se limitó a sacudir la cabeza y no repitió su observación.

Aquella tarde, Mr. Coleman me dijo:

—Si debo serle franco, al principio no me gustaba ni pizca Mrs. Leidner. Solía saltarme al cuello, o poco menos, cada vez que yo abría la boca. Pero ahora empiezo a comprenderla mejor. Es una de las mujeres más amables que he conocido. Antes de que uno se dé cuenta, le está contando toda su vida. Ahora la ha tomado con Sheila Reilly, ya lo sé. Pero en una o dos ocasiones esa chica ha sido verdaderamente desconsiderada con ella. Eso es lo malo de Sheila, que no tiene educación. ¡Y menudo genio que despliega a veces!

Aquello era innegable, desde luego. El doctor Reilly la había malcriado.

—Es natural que tienda a estar pagada de sí misma, ya que es la única mujer joven de por aquí. Pero eso no le da derecho para hablar a Mrs. Leidner como si ésta fuera su abuela. Mrs. Leidner no es ninguna chiquilla, pero es una mujer de muy buen ver. Como una de esas damas fantasmagóricas que salen de los panteones con una luz en la mano y te atraen con embeleso. —Y añadió amargamente—: Sheila no atrae a nadie. Lo que hace es ahuyentar a todo el que se acerca.

Aparte de esto, sólo me acuerdo de otros dos incidentes que tuvieran algún significado.

Uno de ellos ocurrió cuando fui al dormitorio para coger un poco de acetona con la que quitarme de los dedos el pegamento que se me había adherido mientras estuve recomponiendo varias piezas de cerámica. Mrs. Mercado estaba sentada y tenía la cabeza apoyada en los brazos, cruzados sobre la mesa. Creía que estaba dormida.

Cogí la botella que necesitaba y me marché.

Aquella noche, con considerable sorpresa por mi parte, Mrs. Mercado me abordó.

—¿Cogió usted una botella de acetona del laboratorio?

—Sí —dije—. La cogí.

—Usted sabe perfectamente que en el almacén siempre se guarda otra botella.

—¿De veras? No lo sabía.

—¡Pues yo creo que sí! Lo que quería usted era espiarme. Ya sé cómo son las enfermeras.

La miré fijamente.

—No sé de qué me está usted hablando, Mrs. Mercado —repliqué con dignidad—. De lo que estoy segura es de que no tengo necesidad de espiar a nadie.

—¡Oh, no! ¡Claro que no! ¿Cree que no sé a qué ha venido usted aquí?

Durante un momento creí que aquella mujer había estado bebiendo. Me di la vuelta y me marché sin decir nada. Me extrañó su conducta.

El otro incidente no tuvo mucha más importancia. Estaba tratando de atraer a un perrito con un trozo de pan. Era muy tímido, como todos los perros árabes, y estaba convencido de que no podía esperar nada bueno de mí. Echó a correr y yo le seguí. Salí por el portalón y doblé la esquina de la casa. Iba tan apresurada que, antes de poder detenerme, me abalancé sobre el padre Lavigny y otro hombre, que estaban hablando allí. Enseguida me di cuenta de que aquel hombre era el mismo que Mrs. Leidner y yo habíamos visto en días pasados tratando de mirar por una ventana. Pedí perdón y el padre Lavigny sonrió. Se despidió de su interlocutor y volvió conmigo hacia la casa.

—Sepa usted —dijo— que estoy verdaderamente avergonzado. Estudio idiomas orientales y ninguno de los hombres que trabajan en las excavaciones puede entenderme. Es humillante, ¿no le parece? Estaba conversando ahora en árabe con ese hombre, que vive en la ciudad, para ver si me entendía mejor. Pero a pesar de ello no he tenido mucho éxito. Leidner dice que mi árabe es demasiado puro.

Aquello fue todo. Pero se me metió en la cabeza que era extraño que el mismo hombre estuviera rondando todavía la casa.

Por la noche nos llevamos un buen susto.

Debían de ser, poco más o menos, las dos de la madrugada. Tengo un sueño bastante ligero, como muchas enfermeras. Estaba ya despierta y sentada en la cama cuando se abrió la puerta de mi habitación.

—¡Enfermera, enfermera!

Era la voz de Mrs. Leidner, baja y apremiante. Rasqué una cerilla y encendí la vela.

Estaba de pie en la puerta y se cubría con una bata azul. Parecía petrificada por el terror.

—Hay alguien... alguien... en la habitación contigua a la mía. Le he oído... arañar la pared.

Salté de la cama y fui hacia ella.

—Está bien —dije—. Aquí me tiene. No se asuste.

—Llame a Eric —murmuró.

Hice un gesto de asentimiento; salí al patio y llamé a la puerta del doctor Leidner.

Al cabo de un momento, se había unido a nosotras. Mrs. Leidner se sentó en la cama. Respiraba con dificultad.

—Le he oído... —dijo—. Le he oído... arañar la pared.

—¿Hay alguien en el almacén? —exclamó el doctor.

Salió precipitadamente. Me chocó la forma tan diferente en que habían reaccionado los dos esposos. El miedo de ella era enteramente personal, mientras que el pensamiento de Leidner se había interesado en el acto por sus preciados tesoros.

—¡El almacén! —suspiró Mrs. Leidner—. Desde luego. ¡Qué estúpida he sido!

Se levantó y después de ajustarse la bata me rogó que la acompañara. Todo rastro de pánico había desaparecido de ella.

Cuando llegamos al almacén encontramos al doctor Leidner y al padre Lavigny. Este último también había oído un ruido; se había levantado para investigar y le parecía haber visto una luz en el propio almacén. Se entretuvo mientras se ponía las zapatillas y cogía una linterna, y cuando llegó no vio a nadie. No obstante, la puerta estaba cerrada, tal como se dejaba por las noches. El doctor Leidner había llegado mientras el padre Lavigny se cercioraba de que no faltaba nada.

No nos enteramos de mucho más. El portalón estaba cerrado. Los soldados de la guardia juraron que nadie había podido haber entrado desde el exterior; pero como habían estado durmiendo, eso no era una prueba decisiva. No se observaron señales de que un intruso hubiera penetrado en la casa y nada faltaba en el almacén. Era posible que lo que alarmara a Mrs. Leidner fuera el ruido que hizo el padre Lavigny al mover las cajas de los estantes para comprobar que todo estaba en orden.

Por otra parte, el propio padre Lavigny estaba seguro de que había oído pasos ante su puerta y que había visto en el almacén el reflejo de una luz, posiblemente de una antorcha...

Nadie más había visto ni oído nada.

El incidente reviste cierto valor para esta narración porque fue la causa de que, al día siguiente, Mrs. Leidner se confiara a mí.

Capítulo 9

La historia de Mrs. Leidner

Habíamos acabado de almorzar y Mrs. Leidner se fue a su habitación para descansar como de costumbre. La acomodé en su cama, proveyéndola de almohadas y de un libro. Salía ya del dormitorio cuando me llamó.

—No se vaya, enfermera. Tengo algo que decirle.

Volví a entrar en el cuarto.

—Cierre la puerta.

Obedecí.

Saltó de la cama y empezó a pasear de un extremo a otro de la habitación. Me di cuenta de que trataba de prepararse para decirme algo y no quise interrumpirla. Se veía que la embargaba una gran indecisión. Por fin pareció decidirse. Se volvió hacia mí y me dijo de pronto:

—Siéntese.

Tomé asiento sosegadamente al lado de la mesa. Ella empezó a hablar muy nerviosa.

—Se habrá usted preguntado qué ocurre aquí.

Asentí con la cabeza.

—He decidido contárselo a usted... todo. Debo confiárselo a alguien o me volveré loca.

—Bueno —dije—. Creo que sería lo mejor. No es fácil saber qué se puede hacer cuando se está a oscuras sobre un asunto.

—¿Sabe usted de qué estoy asustada?

—¿De algún hombre? —opiné.

—Sí. Pero no le pregunto de quién... sino de qué.

Esperé.

—Temo que me maten.

Bien, ya había salido a relucir. Estaba dispuesta a no demostrar ansiedad. Ella era ya bastante propensa a tener un ataque de nervios para que yo la preocupara aún más.

—¡Vaya por Dios! —exclamé—. ¿Entonces era eso?

Mrs. Leidner empezó a reír. Era una risa continuada y nerviosa, tanto que las lágrimas corrían por sus mejillas.

—¡Es la manera en que lo ha dicho! —pudo exclamar finalmente—. ¡La manera en que lo ha dicho!

—Vamos, vamos —traté de calmarla—. Esto no le sienta bien.

Hablé con un tono firme. La hice sentar en una silla, fui hacia el lavabo y cogí una esponja mojada para humedecerle las sienes y las muñecas.

—Basta de tonterías —le dije—. Cuéntemelo todo con calma y sea razonable.

Aquello pareció contenerla. Se irguió y habló con su voz normal.

—Es usted un tesoro, enfermera. Me hace sentir como si fuera una niña de seis años. Voy a contárselo.

—Eso está mejor —comenté—. Tómese todo el tiempo que necesite y no se apresure.

Empezó a hablar despacio y con sosiego.

—Me casé cuando tenía veinte años, con un joven que trabajaba en un departamento ministerial de mi país. Fue en el año 1918.

—Ya lo sé —interrumpí—. Me lo contó Mrs. Mercado. Murió en la guerra.

—Eso es lo que cree ella. Eso es lo que creen todos. Pero la verdad es completamente diferente. Yo era una muchacha llena de ardor patriótico y de idealismo. Al cabo de unos meses de casada, descubrí, a causa de un accidente fortuito, que mi marido era un espía alemán. Me enteré de que la información facilitada por él había sido el motivo del hundimiento de un transporte de tropas americanas y de la pérdida de centenares de vidas. No sé qué es lo que hubieran hecho otros en mi caso, pero le diré qué fue lo que hice yo. Fui a ver a mi padre, que estaba en el Ministerio de la Guerra, y le conté lo que pasaba. Frederick murió en la guerra, pero en realidad murió en América, fusilado como espía.

—¡Dios mío! —exclamé—. ¡Qué horrible!

—Sí —continuó ella—. Fue algo terrible. Era tan amable, tan... afectuoso. Y pensar que... Pero no dudé ni un instante. Tal vez me equivoqué.

—Una decisión así es muy difícil —observé—. Estoy segura de que en su caso yo no hubiera sabido qué hacer.

—Lo que le he dicho nunca trascendió más allá de los medios gubernamentales. Para todos, mi marido había muerto en el frente de batalla. Como viuda de guerra recibí muchos testimonios de simpatía.

Su voz tenía un tono amargo y yo hice un gesto comprensivo con la cabeza.

—Después tuve muchos pretendientes que querían casarse conmigo, pero siempre rehusé. Había sufrido un duro golpe. Creí que no podría jamás volver a confiar en nadie.

—Sí, comprendo perfectamente sus sentimientos.

—Pero luego empecé a tomarle afecto a cierto joven. Mi ánimo vacilaba. Y entonces ocurrió algo sorprendente. Recibí una carta de Frederick en la que me decía que si volvía a casarme, me mataría.

—¿De Frederick? ¿De su difunto marido?

—Sí. Como es natural, al principio creí que estaba loca o soñaba. Pero finalmente tomé una decisión y fui a ver a mi padre. Me contó la verdad. Mi marido no había sido fusilado. Escapó, aunque aquello no le sirvió de nada. Unas semanas después de su fuga, descarriló el tren en que viajaba y su cuerpo se encontró entre los de las víctimas del accidente. Mi padre no quiso contarme lo de su fuga y, puesto que de todas formas había muerto, no había creído oportuno decirme nada hasta entonces.

Hubo una breve pausa.

—Pero la carta que recibí abría todo un campo de nuevas posibilidades —prosiguió Mrs. Leidner—. ¿Era cierto, acaso, que mi marido vivía todavía? Mi padre trató la cuestión con el máximo cuidado. Me dijo que, dentro de lo que cabía, se tenía la certeza de que el cuerpo que se enterró era realmente el de Frederick. El cadáver estaba un poco desfigurado, por lo que no podía hablar con absoluta seguridad, pero me reiteró la confianza de que Frederick estaba muerto y que su carta no era más que una burla cruel y maliciosa. Lo mismo ocurrió en otras ocasiones. Cuando parecía que mis relaciones con cualquier hombre tomaban cierto carácter íntimo, recibía otra carta amenazadora.

—¿Era la letra de su marido? —pregunté.

—No podría decirlo —replicó ella lentamente—. Yo no tenía cartas anteriores de él. Sólo podía fiarme de la memoria.

—¿No hacía ninguna alusión, ni empleaba palabras que pudieran darle a usted la necesaria seguridad?

—No. Entre nosotros usábamos ciertas expresiones; apodos, por ejemplo. Mi seguridad habría sido completa si hubiera empleado o citado algunas de esas expresiones en las cartas.

—Sí, es extraño —comenté pensativa—. Parece como si se tratara de otra persona. Pero ¿quién más podría ser?

—Existe una posibilidad de que fuera otro. Frederick tenía un hermano menor, William; un muchacho que, cuando nos casamos, tenía diez o doce años. Adoraba a Frederick y éste le quería mucho. No sé qué fue de William después de todo aquello. Tal vez, como sentía un afecto inmenso por su hermano, haya crecido considerándome la principal responsable de su muerte. Siempre me tuvo celos y quizá pudo imaginar lo de las cartas como una manera de castigarme.

—Quizá sea así —dije—. Es curiosa la manera que tienen los niños de recordar aquello que les provocó una conmoción.

—Ya lo sé. Ese muchacho puede haber dedicado su vida a la venganza.

—Continúe, por favor.

—No me queda mucho por decir. Conocí a Eric hace tres años. No quería volver a casarme, pero él me hizo cambiar de opinión. Hasta el día de nuestra boda estuve esperando una de las cartas amenazadoras. Pero no llegó ninguna. Supuse que, o bien el que escribía había muerto, o bien se había cansado de su cruel diversión. Pero a los dos días de casada, recibí ésta.

Atrajo hacia sí una pequeña cartera que había sobre la mesa; la abrió y sacó una carta que me entregó. La tinta tenía un tono desvaído. La letra era más bien de estilo femenino, de trazos inclinados:

Has desobedecido y ahora no te escaparás. ¡Sólo debes ser la esposa de Frederick Bosner! Tienes que morir.

—Me asusté, pero no tanto como en ocasiones anteriores. La compañía de Eric me daba una sensación de seguridad. Un mes más tarde, recibí una segunda carta:

No lo he olvidado. Estoy madurando mis planes. Tienes que morir. ¿Por qué has desobedecido?

—¿Su esposo está enterado de esto? —pregunté.

Mrs. Leidner contestó lentamente:

—Sabe que me han amenazado. Le enseñé las dos cartas cuando recibí la segunda de ellas. Opinó que se trataba de una burla. O que se trataba de alguien que quería hacerme chantaje con el pretexto de que mi primer marido estaba vivo.

Hizo una pausa y luego prosiguió:

—Unos pocos días después de recibir la segunda carta, estuvimos a punto de morir asfixiados. Alguien entró en nuestro apartamento cuando estábamos durmiendo y abrió la llave del gas. Por fortuna, me desperté y me di cuenta a tiempo. Aquello me hizo perder la entereza. Le conté a Eric que durante años me había visto perseguida y le aseguré que aquel loco, quienquiera que fuese, estaba realmente dispuesto a matarme. Creo que, por vez primera, tuve la certeza de que era Frederick. Detrás de su afecto, hubo siempre un fondo despiadado. Creo que Eric se alarmó todavía más que yo. Quiso denunciar el caso a la policía, pero, naturalmente, yo me opuse. Al final convinimos en que vendría aquí con él y que sería aconsejable que no volviese a América el próximo verano, sino que me quedara en Londres o París. Llevamos a cabo nuestro plan y todo salió perfecto. Estaba segura de que todo iría bien. Habíamos puesto medio mundo entre nosotros y mi enemigo. Pero hace poco más de tres semanas recibí una carta con sello iraquí.

Me entregó una tercera carta:

Creías que podrías escapar, pero te has equivocado. No puedes seguir viviendo después de haberme sido infiel. Siempre te lo advertí. La muerte no está muy lejos.

—Y hace una semana... ¡ésta! La encontré aquí mismo, sobre la mesa. Ni siquiera vino por correo.

Cogí la hoja de papel que me daba. Sólo habían escrito en ella dos palabras:

He llegado.

Mrs. Leidner me miró fijamente.

—¿Lo ve usted? ¿Lo entiende? Me va a matar. Puede ser Frederick o el pequeño William. Pero me va a matar.

Su voz se levantó temblorosa. La cogí por una muñeca.

—Vamos, vamos —dije con tono admonitorio—. No se excite. Aquí estamos todos para protegerla. ¿Tiene algún frasco de sales?

Con la cabeza me indicó el lavabo. Le di una buena dosis.

—Así está mejor —dije mientras el color regresaba a sus mejillas.

—Sí, me siento mejor. Pero, enfermera, ¿se da usted cuenta de por qué me encuentro en este estado? Cuando vi a aquel hombre mirando por la ventana, pensé: «Ya ha llegado». Incluso desconfié cuando llegó usted. Pensé que tal vez podía ser un hombre disfrazado.

—¡Qué idea!

—Ya sé que parece absurdo. Pero podía estar usted de acuerdo con él. No haber sido una verdadera enfermera.

—¡Eso son tonterías!

—Sí, tal vez. Sin embargo, yo estaba fuera de mí.

Sobrecogida por una repentina idea, dije:

—Supongo que reconocería a su primer marido si lo viera.

Respondió despacio:

—No lo sé. Hace ya más de quince años. Quizá no reconozca su cara.

Luego se estremeció.

—Lo vi una noche..., pero era una cara de difunto. Oí unos golpecitos en la ventana y luego vi una cara; una cara de ultratumba que gesticulaba más allá del cristal. Empecé a gritar. Y cuando llegaron todos, dijeron que allí no había nada.

Recordé lo que me contó Mrs. Mercado.

—¿No cree usted que entonces estaba soñando? —pregunté indecisa.

—¡Estoy segura de que no!

Yo no lo estaba tanto. Era una pesadilla que podía darse en aquellas circunstancias y que fácilmente se confundiría con un hecho real. Aunque no tengo por costumbre contradecir a mis pacientes. Tranquilicé lo mejor que pude a Mrs. Leidner y le hice ser consciente de que si un extraño llegara a los alrededores de la casa, sería muy difícil que pasara inadvertido.

La dejé algo más animada, o eso pensé, y fui a buscar al doctor Leidner, a quien le conté la conversación que habíamos tenido.

—Me alegro de que se lo haya contado —dijo simplemente—. Me tenía terriblemente sobresaltado. Estoy seguro de que los golpecitos en la ventana y la cara contra el cristal son meras imaginaciones suyas. Estaba indeciso sobre lo que debía hacer. ¿Qué opina usted del asunto?

Me desconcertó ligeramente el tono de su voz, aunque respondí con presteza:

—Es posible que esas cartas sean una broma inhumana y cruel.

—Sí, tal vez sea eso. Pero ¿qué podemos hacer? Esto acabará por volverla loca. No sé qué pensar.

Yo tampoco lo sabía. Se me ocurrió que quizá una mujer tuviera algo que ver con aquello. Las cartas contenían cierto acento femenino.

En el fondo de mi mente estaba pensando en Mrs. Mercado. ¿Era posible que, por una casualidad, se hubiera enterado de lo que pasó con el primer marido de Mrs. Leidner? Podía estar dando satisfacción a su rencor por el procedimiento de aterrorizar a otra mujer.

No me gustaba sugerir algo así al doctor Leidner. Es difícil prever de antemano las reacciones humanas.

—Bueno —añadí jovialmente—, esperemos que todo vaya bien. Me parece que Mrs. Leidner se siente ya más feliz, ahora que ha hablado de ello. Es algo que siempre resulta conveniente. Lo que se consigue guardándoselo es enfermar de los nervios.

—Me alegro mucho de que se lo haya contado —repitió él—. Es una buena señal. Demuestra que le gusta usted y que le tiene confianza. Estaba ansioso por saber si era lo mejor que podía hacer.

Estuve a punto de preguntarle si había pensado en hacer una discreta indicación a la policía local, pero más tarde me alegré de no haber hecho la pregunta. Les diré por qué. Mr. Coleman tenía que ir a Hassanieh al día siguiente para traer el dinero con que se pagaba a los trabajadores. Se llevaba también todas nuestras cartas para que salieran en el correo aéreo. Las cartas, una vez escritas, se depositaban en una caja de madera colocada en el alféizar de la ventana del comedor. Aquella noche, como preparativo para el día siguiente, Mr. Coleman sacó todas las cartas de la caja y empezó a clasificarlas en paquetes que sujetaba con cintas elásticas.

De pronto lanzó una exclamación.

—¿Qué pasa? —pregunté.

Me mostró una carta, al tiempo que hacía un gesto.

—Nuestra encantadora Louise... está como un cencerro. Ha dirigido una carta a alguien que vive en la calle Cuarenta y dos de París, Francia. No creo que esa calle exista en París, sino en Nueva York, ¿no le parece? ¿Tendría inconveniente en llevársela y preguntarle si está bien puesta la dirección? Acaba de irse ahora mismo hacia su dormitorio.

Cogí la carta y corrí en busca de Mrs. Leidner, quien rectificó la dirección del sobre. Era la primera vez que veía la escritura de Mrs. Leidner, y entonces me pregunté dónde había visto yo antes aquel tipo de letra, pues era indudable que me resultaba familiar.

Hasta bien entrada la madrugada no supe contestar aquella pregunta. Y entonces se me ocurrió. Salvo que era más grande y un tanto más inclinada, se parecía extraordinariamente a la escritura de las cartas anónimas.

Nuevas ideas pasaron por mi imaginación.

¿Acaso era la propia Mrs. Leidner quien había escrito aquellas cartas?

¿Y quizá el doctor Leidner lo sospechaba?

Capítulo 10

El sábado por la tarde

Mrs. Leidner me contó su historia el viernes por la tarde.

El sábado por la mañana, sin embargo, se notaba en el ambiente una ligera sensación de reserva. Mrs. Leidner, en particular, parecía mostrarse un tanto brusca conmigo y de una forma ostensible evitaba toda posibilidad de conversación. Aquello no me sorprendía. Me había ocurrido más de una vez. Hay personas que revelan ciertas cosas a sus enfermeras en un momento de repentina confidencia y luego no se sienten satisfechas de haberlo hecho. Así es la naturaleza humana.

Tuve mucho cuidado de no insinuar ni recordar nada de lo que ella me había contado. Deliberadamente, hice que la conversación versara sobre tópicos comunes.

Mr. Coleman, conduciendo él mismo la «rubia», se fue a Hassanieh por la mañana, llevándose las cartas en una mochila. También tenía que hacer uno o dos encargos por cuenta de los demás compañeros de expedición. Era el día en que cobraban los trabajadores y Mr. Coleman debía ir al banco para retirar en moneda fraccionaria el importe de los jornales. Todo aquello le llevaría mucho tiempo y no esperaba estar de vuelta hasta la tarde. Sospeché que almorzaría con Sheila Reilly.

La tarde de los días en que se pagaban los jornales, el trabajo en las excavaciones no era muy intenso, pues los peones empezaban a cobrar a partir de las tres y media.

El muchacho árabe llamado Abdullah, cuya ocupación consistía en lavar cacharros, estaba, como de costumbre, instalado en mitad del patio y salmodiaba interminablemente su monótona y nasal cantinela. El doctor Leidner y Mr. Emmott habían anunciado su propósito de trabajar con los objetos de cerámica hasta que volviera Coleman, y Mr. Carey se dirigió a las excavaciones.

Mrs. Leidner entró en su dormitorio para descansar. La acomodé como siempre y luego me fui a mi habitación. Me llevé un libro, pues no tenía sueño aquella tarde. Era la una menos cuarto. Así pasaron apaciblemente dos horas más. Estaba leyendo una novela titulada *Crimen en la casa de maternidad*. Era una historia muy interesante, aunque pensé que el autor no tenía ni la más mínima idea de cómo funcionaba una casa así. Al menos, yo no había visto ninguna como la que describía en el libro. Sentí la tentación de escribir al autor y señalarle unos cuantos puntos en que estaba equivocado.

Cuando por fin terminé la novela (resulta que el criminal era la criada pelirroja, de la que nunca sospeché), miré mi reloj y me quedé sorprendida al ver que eran las tres menos veinte. Me levanté, puse en orden mi uniforme y salí al patio. Abdullah seguía lavando cacharros y cantando su depresiva canción. A su lado, Mr. Emmott clasificaba las piezas y dejaba en unas cajas las que necesitaban ser reconstruidas. Fui hacia ellos y vi que en ese momento el doctor Leidner bajaba por la escalera de la azotea.

—No se ha dado mal la tarde —dijo alegremente—. He estado haciendo un poco de limpieza arriba. A Louise le gustará. Se ha quejado últimamente de que no había sitio ni para pasar. Voy a decírselo.

Fue hacia la puerta del cuarto de su mujer, dio unos golpecitos y entró.

Al cabo de minuto y medio, según mis cálculos, volvió

a salir. Yo estaba precisamente mirando la puerta cuando apareció en el umbral. Parecía que acababa de ver un fantasma. Cuando entró en la habitación era un hombre vivo y alegre. Ahora parecía estar borracho; se tambaleaba y su cara reflejaba una extraña expresión de aturdimiento.

—Enfermera... —llamó con voz ronca—. Enfermera...

En el acto comprendí que algo malo había pasado y corrí hacia él. Tenía un aspecto espantoso, con la cara palidísima y crispada. Vi que estaba a punto de desmayarse.

—Mi mujer... —dijo—. Mi mujer... ¡Oh, Dios mío...!

Lo aparté y entré en la estancia. Allí me quedé sin respiración.

Mrs. Leidner yacía junto a la cama.

Me incliné sobre ella. Estaba muerta; debía de haber muerto hacía una hora, por lo menos. La causa de la muerte estaba perfectamente clara. Un terrible golpe en la frente, sobre la sien derecha. Debió de levantarse de la cama y la derribaron donde ahora yacía.

La toqué lo estrictamente necesario.

Di una ojeada a la habitación, por si veía algo que pudiera constituir una pista, pero nada parecía estar fuera de su sitio o en desorden. No había ningún rincón donde el asesino pudiera estar oculto. Era evidente que el culpable se había marchado algún tiempo antes.

Salí y cerré la puerta.

El doctor Leidner se había desmayado. David Emmott estaba junto a él y se volvió a mirarme con cara pálida y expresión interrogante.

En pocas palabras le puse al corriente de la situación. Como siempre había sospechado, era una persona en quien podía confiarse cuando las cosas no iban bien. Tenía una calma perfecta y sabía dominarse. Sus ojos azules se abrieron de par en par, pero aparte de ello no hizo ningún otro aspaviento.

Recapacitó durante unos segundos y luego dijo:

—Supongo que debemos avisar a la policía lo más pronto posible. Bill regresará de un momento a otro. ¿Qué hacemos con Leidner?

—Ayúdeme a llevarlo a su habitación.

Asintió.

—Será mejor cerrar con llave esa puerta —observó. Dio la vuelta a la llave y me la entregó después—. Creo que es mejor que se quede usted con ella, enfermera. Vamos.

Entre ambos recogimos al doctor Leidner, lo llevamos hasta su propia habitación y le acostamos en la cama.

Mr. Emmott salió a buscar coñac. Volvió acompañado por miss Johnson.

La cara de esta última tenía un aspecto conmovido e inquieto, pero conservaba la calma y su competencia, por lo que me quedé tranquila tras dejar al doctor Leidner en sus manos.

Salí corriendo al patio. La «rubia» entraba en aquel momento por el portalón.

Creo que nos dio a todos un sobresalto el ver la cara sonrosada y alegre de Bill, quien al saltar del coche lanzó su familiar:

—¡Hola, hola, hola! ¡Aquí traigo la tela! No me han atracado por el camino.

Mr. Emmott le dijo secamente:

—Mrs. Leidner ha muerto... La han matado.

—¿Qué? —La cara de Bill cambió de forma cómica; se quedó petrificado, con los ojos desmesuradamente abiertos—. ¿Ha muerto mamá Leidner? ¿Me estás tomando el pelo?

—¿Muerta? —exclamó una voz detrás de mí. Di la vuelta y vi a Mrs. Mercado—. ¿Dicen ustedes que han matado a Mrs. Leidner?

—¡Sí, asesinada! —contesté.

—¡No! —replicó sin aliento—. Oh, no. No lo creo. Tal vez se ha suicidado.

—Los suicidas no se golpean en la frente —dije con aspereza—. Se trata de un asesinato, Mrs. Mercado.

La mujer tomó asiento sobre una caja de embalaje.

—¡Oh! Pero eso es horrible... horrible...

Claro que era horrible. No necesitábamos que ella lo dijera. Me pregunté si acaso no se sentía un tanto arrepentida por el rencor que había alimentado hacia la muerta y por todo lo que había dicho de ella.

Al cabo de unos instantes preguntó:

—¿Qué debemos hacer?

Mr. Emmott se hizo cargo de la situación con sus modales sosegados.

—Bill, será mejor que vuelvas a Hassanieh lo más rápidamente que puedas. No estoy muy enterado de lo que debe hacerse en estos casos. Busca al capitán Maitland, que, según creo, tiene a su cargo los servicios de policía. O localiza primero al doctor Reilly; él sabrá qué hay que hacer.

Mr. Coleman asintió. Toda su alegría se había evaporado. Ahora parecía muy joven y asustado. Subió a la «rubia» sin pronunciar una palabra y se fue.

Mr. Emmott comentó con acento indeciso:

—Supongo que debemos hacer unas cuantas indagaciones. —Con voz potente llamó—: ¡Ibrahim!

—*Na 'am.*

Llegó corriendo uno de los criados indígenas. Mr. Emmott le habló en árabe.

Entre los dos sostuvieron un animado coloquio. El criado pareció negar vehementemente alguna cosa.

Al final, Mr. Emmott dijo con tono perplejo:

—Asegura que por aquí no ha venido ni un alma esta tarde. Ningún desconocido. Supongo que, quien fuese, entró sin que nadie se diera cuenta de ello.

—Claro que sí —opinó Mrs. Mercado—. Aprovechó una ocasión en que nadie pudo verlo.

—Sí —dijo Mr. Emmott.

La ligera indecisión de su voz me obligó a mirarle con atención.

Dio la vuelta y le hizo una pregunta al muchacho que lavaba los cacharros. El chico contestó sin titubear.

Las cejas de Mr. Emmott se fruncieron aún más de lo que estaban.

—No lo entiendo —dijo—. No lo entiendo en absoluto.

Pero no me dijo lo que no entendía.

Capítulo 11

Un asunto extraño

Me estoy limitando a contar sólo la parte en que personalmente intervine en el caso. Pasaré por alto lo ocurrido en las dos horas siguientes a la llegada del capitán Maitland, de la policía y del doctor Reilly. Reinó un enorme desasosiego entre los componentes de la expedición; se hicieron los interrogatorios de rigor y, en fin, se llevó a cabo toda la rutina que supongo se emplea en estos casos.

Creo que empezamos a dedicarnos verdaderamente al asunto cuando el doctor Reilly, hacia las cinco de la tarde, me dijo que lo acompañara a la oficina. Cerró la puerta y tomó asiento en el sillón del doctor Leidner.

Con un gesto, me indicó que me sentara frente a él y dijo con rapidez:

—Vamos a ver, enfermera, si llegamos al fondo de esta cuestión. Hay algo raro en todo esto.

Me arreglé los puños del uniforme y esperé sus preguntas. Sacó del bolsillo un cuaderno de notas.

—Esto no es nada oficial, lo hago para tener claros algunos pormenores —observó—; y ahora, dígame: ¿qué hora era cuando el doctor Leidner encontró el cuerpo de su mujer?

—Creo que eran exactamente las tres menos cuarto.

—¿Cómo lo sabe?

—Pues porque miré mi reloj cuando me levanté. Eran entonces las tres menos veinte.

—Déjeme dar un vistazo a su reloj.

Me lo quité de la muñeca y se lo entregué.

—Lleva usted la hora exacta. Excelente. Bien, ya tenemos un punto preciso. ¿Se ha formado usted una opinión respecto a la hora en que ocurrió la muerte?

—Francamente, doctor, creo que algo tan delicado no me compete.

—No adopte ese aire tan profesional. Quiero ver si su parecer coincide con el mío.

—Pues bien, yo creo que hacía una hora que estaba ya muerta.

—Eso es. Yo examiné el cadáver a las cuatro y media, y me inclino a fijar la hora de la muerte entre la una y cuarto y la una cuarenta y cinco. En términos generales podemos poner la una y media. Eso es bastante aproximado.

Calló y con los dedos tamborileó sobre la mesa.

—Es un asunto extraño —comentó—. ¿Puede usted contarme algo sobre él, sobre Leidner? Me dijo que estaba usted descansando. ¿Oyó algo?

—¿A la una y media? No, doctor. No oí nada, ni a esa hora ni a ninguna otra. Estuve en la cama desde la una menos cuarto hasta las tres menos veinte. No oí nada excepto el monótono canto del muchacho árabe y los gritos que, de vez en cuando, dirigía Mr. Emmott al doctor Leidner, que estaba en la azotea —observé.

—El muchacho árabe... sí.

Frunció el ceño. En aquel momento, se abrió la puerta y entraron el doctor Leidner y el capitán Maitland. Este último era un hombrecillo vivaracho, en cuya cara relucían unos astutos ojos grises. El doctor Reilly se levantó y cedió el sillón a su propietario.

—Siéntese, por favor. Me alegro de que haya venido. Le podemos necesitar. Hay algo verdaderamente raro en este asunto.

El doctor Leidner inclinó la cabeza.

—Ya lo sé. —Me miró—. Mi mujer se lo contó todo a la enfermera Leatheran. No debemos reservarnos nada en una ocasión como ésta, enfermera —me dijo—. Por lo tanto, haga el favor de contar al capitán Maitland y al doctor Reilly todo lo que pasó entre usted y mi mujer ayer por la tarde.

Relaté nuestra conversación lo más aproximadamente posible. El capitán Maitland lanzaba breves exclamaciones de sorpresa. Cuando terminé, se dirigió al doctor.

—¿Es verdad todo esto, Leidner?

—Todo lo que ha dicho la enfermera Leatheran es cierto.

—¡Qué historia tan extraordinaria! —exclamó el doctor Reilly—. ¿Podría enseñarnos estas cartas?

—No me cabe la menor duda de que las encontraremos entre las pertenencias de mi mujer.

—Las sacó de una cartera que estaba sobre la mesa —dije.

—Probablemente estarán todavía allí.

Reilly se volvió hacia el capitán Maitland y su cara, generalmente apacible, adquirió una expresión rígida y áspera.

—No es cuestión de mantener el secreto, capitán Maitland. Lo necesario es coger a ese hombre y hacerle pagar su delito.

—¿Cree usted que se trata en realidad del primer esposo de Mrs. Leidner? —pregunté.

—¿Acaso no opina usted así, enfermera? —intervino el capitán.

—Estimo que es un punto discutible —repliqué, no sin antes titubear un instante.

—De cualquier forma —siguió el doctor Leidner—, ese hombre es un asesino y hasta diría que un lunático peligroso. Deben encontrarlo, capitán Maitland. No creo que sea difícil.

El doctor Reilly dijo lentamente:

—Tal vez sea más difícil de lo que usted cree..., ¿verdad, Maitland?

El interpelado se retorció el bigote y no contestó. De pronto di un respingo.

—Perdonen —dije—. Hay algo que tal vez deba mencionar.

Relaté lo del iraquí al que habíamos sorprendido cuando trataba de mirar por la ventana y cómo, dos días después, lo había encontrado husmeando por los alrededores; trataba posiblemente de hacer hablar al padre Lavigny.

—Bien —dijo el capitán—, tomaremos nota de ello. Será algo con lo que la policía podrá empezar a trabajar. Ese hombre puede tener alguna conexión con el caso.

—Probablemente habrá sido pagado para que actúe como espía —sugerí—, para saber cuándo estaba el campo libre.

El doctor Reilly se frotó la nariz con aire cansado.

—Eso es lo malo del asunto —dijo—. Suponiendo que el campo no estuviera libre... ¿Qué?

Lo miré algo confusa.

El capitán Maitland se volvió hacia el doctor Leidner.

—Quiero que escuche esto con mucha atención, Leidner. Es una especie de resumen de las pruebas que hemos recogido hasta ahora. Después del almuerzo, que fue servido a las doce y terminó a la una menos veinticinco, su esposa se dirigió a su dormitorio, acompañada por la enfermera Leatheran, que la dejó acomodada convenientemente. Usted subió a la azotea, donde estuvo durante las dos horas siguientes, ¿es así?

—Sí.

—¿Bajó usted en alguna ocasión de la azotea durante todo ese tiempo?

—No.

—¿Subió alguien allí?

—Sí, Emmott lo hizo, estoy seguro. Vino varias veces desde donde Abdullah estaba lavando cerámica en el patio.

—¿Miró usted en alguna ocasión hacia allí?

—Una o dos veces, y en cada caso para decirle algo a Emmott.

—¿Y en cada una de ellas vio usted que el muchacho árabe estaba sentado en mitad del patio lavando piezas de cerámica?

—Sí.

—¿Cuál fue el período más largo que Emmott se ausentó del patio?

El doctor Leidner recapacitó.

—Es difícil de decir, tal vez diez minutos. Yo diría que dos o tres minutos; pero sé por propia experiencia que mi apreciación del tiempo no es muy buena cuando estoy absorto o interesado en lo que estoy haciendo.

El capitán miró al doctor Reilly y éste asintió.

—Es mejor que lo tratemos ahora —dijo.

Maitland sacó una libreta de notas y la abrió.

—Oiga, Leidner, le voy a leer exactamente lo que estaba haciendo cada miembro de su expedición entre la una y las dos de la tarde.

—Pero, seguramente...

—Espere. Se dará usted cuenta enseguida de lo que me propongo. Tenemos, en primer lugar, al matrimonio Mercado. Mr. Mercado dice que estaba trabajando en el laboratorio y su mujer afirma que estuvo en su habitación lavándose el pelo. Miss Johnson nos ha dicho que no se movió de la sala de estar, ocupada en sacar las impresiones de unos sellos cilíndricos. Mr. Reiter asegura que estuvo revelando unas placas en la cámara oscura. El padre Lavigny dice que estaba trabajando en su habitación. Y respecto a los dos restantes componentes de la expedición, tenemos que Carey estaba en las excavaciones y Coleman en Hassanieh. Esto por lo que se refiere a las personas que forman parte de la expedición. En cuanto a los sirvientes, el cocinero indio estaba en la parte exterior del portalón hablando con los soldados de la guardia mientras desplumaba un par de pollos. Ibrahim y Mansur, los dos criados, se reunieron con él alrededor de la una y cuarto. Permanecieron allí, charlando y bromeando, hasta las dos y media... Y por entonces ya había muerto su esposa, ¿no es así?

—No comprendo... Me confunde usted. ¿Qué está insinuando?

—¿Hay otro acceso a la habitación de su esposa, además de la puerta que da al patio?

—No. Tiene dos ventanas, pero ambas están defendidas por fuertes rejas... y, además, creo que estaban cerradas.

—Estaban cerradas y tenían echadas las fallebas por la parte interior —me apresuré a observar.

—De cualquier modo —dijo el capitán Maitland—, aunque hubieran estado abiertas, nadie podría haber entrado o salido de la habitación por tal conducto. Mis compañeros y yo nos hemos asegurado de ello. Lo mismo ocurre con las tres ventanas que dan al campo. Todas tienen rejas de hierro que están en buenas condiciones. Cualquier extraño, para entrar en la habitación de Mrs. Leidner, tendría que haber pasado por el portalón y atravesado el patio. Pero tenemos la afirmación conjunta del soldado de guardia, del cocinero y de los criados de que nadie hizo algo así.

El doctor Leidner se levantó de un salto.

—¿Qué quiere decir? ¿Qué quiere decir?

—Cálmese, hombre —dijo el doctor Reilly sosegadamente—. Ya sé que lo que le voy a decir es muy duro, pero tendrá que afrontarlo. El asesino no vino del exterior... y, por lo tanto, tenía que estar dentro. Todo parece dar a entender que su esposa fue asesinada por uno de los miembros de la expedición, Mr. Leidner.

Capítulo 12

Yo no creía...

—¡No, no!

El doctor Leidner empezó a pasear agitadamente por el despacho.

—Eso que ha dicho es imposible, Reilly. Absolutamente imposible. ¿Uno de nosotros? ¡Pero si todos apreciaban mucho a Louise!

Una extraña expresión en el rostro del doctor Reilly hizo que las comisuras de sus labios descendieran un poco. No le era posible decir nada, dadas las circunstancias, pero si alguna vez fue elocuente el silencio de un hombre, no hay duda de que fue entonces.

—Completamente imposible —reiteró el doctor Leidner—. Todos la apreciaban. Louise poseía un carácter encantador y nadie era inmune a su atracción.

El doctor Reilly tosió.

—Perdone, Leidner, pero ésa, al fin y al cabo, es sólo su opinión. Es natural que si alguno de los de la expedición hubiese aborrecido a su esposa, no se lo hubiera confesado a usted. —El doctor Leidner pareció angustiado.

—Es cierto..., tiene razón. Pero, aun así, creo que está equivocado, Reilly. Estoy seguro de que todos apreciaban a Louise.

Calló durante unos instantes y luego exclamó:

—Esa idea suya es ignominiosa. Es... es francamente increíble.

—No puede usted eludir... ejem... los hechos —observó el capitán Maitland.

—¿Hechos? ¿Hechos? No son más que mentiras contadas por un cocinero indio y dos criados árabes. Maitland, usted conoce a esa gente tan bien como yo; y usted también, Reilly. Para ellos la verdad no representa nada. Dicen lo que uno quiere que digan, y lo tienen como una cortesía.

—En este caso —comentó el doctor Reilly con sequedad— están diciendo lo que no quisiéramos que dijeran. Además, conozco bastante bien las costumbres de su servidumbre. Hay una especie de lugar de reunión al otro lado de la cancela del porche. En las ocasiones en que me he acercado por allí esta tarde, siempre me he encontrado a varios de sus criados.

—Sigo creyendo que está usted dando muchas cosas por sentado. ¿Por qué no pudo ese hombre... ese demonio... haber entrado mucho antes y esconderse en algún sitio?

—Convengo en que eso no es totalmente imposible —observó fríamente el doctor Reilly—. Supongamos que un extraño pudo entrar sin ser visto. Tuvo que permanecer escondido hasta el momento adecuado. Esto no pudo hacerlo en la habitación de Mrs. Leidner, pues no hay sitio para ello. Además, tuvo que correr el riesgo de que lo vieran entrar o salir del cuarto, teniendo en cuenta, por otra parte, que Emmott y el chico estuvieron en el patio durante la mayor parte del tiempo.

—El chico. Me había olvidado del chico —dijo el doctor Leidner—. Es un muchacho perspicaz. Seguramente debió de ver al asesino entrar en la habitación de mi mujer.

—Ya hemos aclarado esto. Abdullah estuvo lavando cacharros durante toda la tarde, a excepción de unos momentos. Alrededor de la una y media, Emmott, que no puede precisar más la hora, subió a la azotea y estuvo con usted durante unos diez minutos, ¿verdad?

—Sí. No podría decirle la hora exacta, pero debió de ser por entonces.

—Muy bien. Durante esos diez minutos, viendo el muchacho una ocasión para holgazanear un poco, salió del patio y fue a reunirse con los demás, que estaban hablando fuera de la cancela. Cuando Emmott bajó al patio, vio que no estaba el chico y lo llamó, enfadado, para preguntarle qué era aquello de dejar el trabajo porque sí. En consecuencia, creo que su esposa fue asesinada durante esos diez minutos.

Exhalando un gemido, el doctor Leidner se sentó y escondió la cara entre las manos.

El doctor Reilly reanudó su disertación con voz sosegada y en tono práctico:

—La hora coincide con mis apreciaciones —dijo—. Cuando examiné el cadáver, hacía tres horas que había muerto. La única pregunta que queda es... ¿quién lo hizo?

Se produjo un silencio general. El doctor Leidner se irguió y pasó una mano sobre su frente.

—Admito la fuerza de sus razonamientos, Reilly —dijo reposadamente—. Parece, en realidad, como si se tratara de lo que la gente llama un *trabajo casero*. Pero estoy convencido de que, fuera como fuese, hay una equivocación. Lo que ha dicho es plausible, pero debe de haber un fallo en todo ello. En primer lugar, da usted por seguro que ha ocurrido una sorprendente coincidencia.

—Es curioso que use usted esa palabra —dijo el doctor Reilly.

Sin prestarle atención, el doctor Leidner continuó:

—Mi mujer recibe cartas amenazadoras. Tiene ciertas razones para temer a determinada persona. Y luego... la matan. Y quiere usted hacerme creer que la ha matado... no esa persona, sino otra bien diferente. Le digo que es ridículo.

—Así parece..., sí —contestó pensativo el doctor Reilly.

Miró al capitán Maitland.

—Coincidencia... ¿eh? ¿Qué dice usted, Maitland? ¿Es partidario de la idea? ¿Se lo decimos a Leidner?

El capitán asintió.

—Adelante —dijo escuetamente.

—¿Ha oído usted hablar alguna vez de un hombre llamado Hércules Poirot? —preguntó el doctor Reilly a Leidner.

El interpelado lo miró sorprendido.

—Creo que lo he oído nombrar —dijo, indeciso—. En cierta ocasión, un tal Mr. Van Aldin habló de él en los términos más elogiosos. Es un detective privado, ¿verdad?

—Eso mismo.

—Pero ¿cómo va a ayudar si vive en Londres?

—Es cierto que vive en Londres —replicó el doctor Reilly—, pero aquí es donde se da la coincidencia. Porque ahora se encuentra, no en Londres, sino en Siria; y mañana mismo pasará por Hassanieh, camino de Bagdad.

—¿Quién se lo ha dicho?

—Jean Berat, el cónsul francés. Cenó con nosotros anoche y habló de Poirot. Parece que ha estado en Siria, desenmarañando cierto escándalo relacionado con el ejército. Pasará por aquí, pues quiere visitar Bagdad. Después volverá de nuevo a Siria para regresar a Londres. ¿Qué le parece la coincidencia?

El doctor Leidner titubeó durante unos momentos y miró al capitán Maitland como pidiendo disculpas.

—¿Qué cree usted, Maitland?

—Que será bien recibida cualquier cooperación —se apresuró a responder el capitán—. Mis subordinados son muy buenos cuando se trata de recorrer el campo para investigar las fechorías sangrientas de los árabes, pero, francamente, Leidner, este asunto de su esposa me parece que cae fuera de mis aptitudes. El asunto en sí tiene un aspecto detestablemente embrollado. Estoy más que deseoso de que ese detective le dé una ojeada al caso.

—¿Sugiere usted que debería pedir a ese Poirot que nos ayudara? —preguntó el doctor Leidner—. ¿Y si rehúsa?

—No rehusará —replicó el doctor Reilly.

—¿Cómo lo sabe?

—Porque yo también tengo en gran aprecio mi profesión.

Si se cruzara en mi camino un caso específico, no sería capaz de rehusar. Éste no es un crimen vulgar, doctor Leidner.

—No —dijo el arqueólogo. Sus labios se contrajeron como si sufriera un dolor repentino—. ¿Querrá usted, Reilly, hablar por mi cuenta con ese Hércules Poirot?

—Lo haré.

El doctor Leidner hizo un gesto como si quisiera darle las gracias.

—Aún ahora —dijo lentamente—, no puedo creer... que Louise esté muerta.

No pude contenerme más.

—¡Oh, doctor Leidner! —exclamé—. Quiero decirle lo mucho que lo siento. No he sabido cumplir con mi deber. Tenía que haber vigilado a Mrs. Leidner..., guardarla de que le sucediera algo malo.

El doctor Leidner sacudió la cabeza con aire apesadumbrado.

—No, no, enfermera. No tiene que reprocharse nada. Dios me perdone, pero soy yo quien tiene toda la culpa. Yo no creí... nunca creí... no sospeché, ni por un momento, que existiera un peligro real...

Se levantó. Tenía la cara crispada.

—La dejé ir al encuentro de la muerte... Sí, la dejé ir a su encuentro... por no creer...

Salió tambaleándose de la habitación. El doctor Reilly me miró.

—También yo me siento culpable —dijo—. Pensé que la buena señora estaba jugando con sus nervios.

—Yo tampoco la tomé muy en serio —confesé.

—Los tres estábamos equivocados —terminó el doctor Reilly con gravedad.

—Así parece —dijo el capitán Maitland.

Capítulo 13

Llega Hércules Poirot

Creo que no me olvidaré nunca de la primera vez que vi a Hércules Poirot. Más tarde me acostumbré a su presencia, como es natural, aunque al principio su visita me produjo una singular sensación, y creo que cualquiera hubiera sentido lo mismo que yo.

No sé cómo lo había imaginado; algo así como un Sherlock Holmes alto y flaco, con una cara astuta y perspicaz. Ya sabía que era extranjero, pero no esperaba que lo fuera tanto como en realidad resultó.

Al contemplarlo, le entraban a una ganas de reír. Tenía un aspecto como sólo se ve en las películas o en el teatro. Medía un metro sesenta y cinco; era un hombrecillo algo regordete, viejo, con un bigote engomado y la cabeza en forma de huevo. Parecía un peluquero de comedia cómica.

¡Y aquél era el hombre que iba a averiguar quién la mató! Supongo que parte de mi desencanto quedó reflejado en mi cara, pues casi inmediatamente me dijo, mientras los ojos le brillaban de forma extraña:

—¿No le acabo de gustar, *ma sœur*? Recuerde que no se sabe cómo está la morcilla hasta que se come.

Tal vez quiso decir que para saber si una morcilla está buena, hay que probarla primero. Es un refrán que encierra en sí bastante verdad, pero a pesar de ello no me inspiró demasiada confianza.

El doctor Reilly lo trajo en su coche. Llegaron el domingo, poco después del almuerzo. Su primera medida fue rogarnos que nos reuniéramos todos. Así lo hicimos, en el comedor, donde nos sentamos alrededor de la mesa. Monsieur Poirot tomó asiento en la cabecera, con el doctor Leidner a un lado y el doctor Reilly al otro.

Cuando hubieron llegado todos, el doctor Leidner carraspeó y habló con voz sosegada y vacilante:

—Me atrevería a decir que todos ustedes habrán oído hablar de monsieur Hércules Poirot. Pasaba hoy por Hassanieh y, con mucha amabilidad por su parte, ha accedido a interrumpir su viaje para ayudarnos. La policía iraquí y el capitán Maitland hacen todo cuanto está en su mano, estoy seguro de ello, pero existen ciertas circunstancias en el caso... —vaciló y lanzó una suplicante mirada al doctor Reilly—; al parecer, pueden presentarse dificultades...

—No está del todo claro, ni parece sencillo, ¿eh? —dijo el hombrecillo desde la cabecera de la mesa.

¡Vaya, hasta sabía hablar bien el inglés!

—¡Deben cogerlo! —exclamó Mrs. Mercado—. Sería intolerable que lograra escapar.

Me fijé en que los ojos del extranjero se posaban apreciativamente sobre ella.

—¿Cogerlo? ¿Quién es él, madame? —preguntó.

—Pues el asesino, desde luego.

—¡Ah! ¡El asesino! —exclamó Hércules Poirot.

Habló como si el criminal no fuera importante. Nos quedamos todos mirándolo. Y él observó una cara tras otra.

—Según me parece —observó—, ninguno de ustedes ha tenido antes contacto directo con un caso de asesinato.

Hubo un murmullo general de asentimiento.

Hércules Poirot sonrió.

—Está claro, por lo tanto, que no comprenden ustedes el abecé de la situación. Se nota cierta desazón. Sí, hay mucha desazón. Ante todo, deben tenerse en cuenta las sospechas.

—¿Sospechas?

Fue miss Johnson la que habló. Monsieur Poirot la miró con aspecto pensativo. Tuve la impresión de que la contemplaba con aprobación. Parecía como si pensara: «He aquí una persona razonable e inteligente».

—Sí, mademoiselle —dijo—. ¡Sospechas! Pero permítanme que no me vaya con rodeos respecto a ello. Todos los que viven en esta casa son sospechosos. El cocinero, los criados, el pinche, el chico que lava la cerámica... Sí, y también todos los de la expedición.

Mrs. Mercado se levantó con la cara demudada.

—¿Cómo se atreve? ¿Cómo se atreve a decir algo así? Esto es odioso..., intolerable. Doctor Leidner, ¿cómo se queda ahí sentado y deja que este hombre..., que este hombre...?

El arqueólogo, con voz cansada, dijo:

—Trata de mantener la calma, Marie.

Mr. Mercado se levantó a su vez. Le temblaban las manos y tenía los ojos inyectados en sangre.

—Estoy de acuerdo con mi mujer. Esto es un ultraje... un insulto...

—No, no —replicó monsieur Poirot—. No les he insultado. Sólo les ruego que se enfrenten con los hechos. En una casa donde se ha cometido un crimen, cada habitante comparte las sospechas. Y ahora les pregunto, ¿qué pruebas existen de que el asesino vino de fuera?

Mrs. Mercado exclamó:

—¡Claro que vino de fuera! Tiene que ser así. Porque... —se detuvo y luego prosiguió más lentamente— otra cosa sería increíble.

—No hay duda de que tiene razón, madame —dijo Poirot inclinándose—. Le estoy explicando la única manera plausible de abordar el asunto. Primero me aseguro de que todos los que están en esta situación son inocentes y luego busco al asesino en otro sitio.

—¿No cree usted que pierde demasiado tiempo con ello? —preguntó suavemente el padre Lavigny.

—La tortuga, *mon père*, venció a la liebre.

El padre Lavigny se encogió de hombros.

—Estamos en sus manos —dijo con resignación—. Convénzase usted mismo cuanto antes de nuestra inocencia.

—Tan rápidamente como sea posible. Mi deber era aclararles su posición y, por lo tanto, no deben ofenderse por la impertinencia de cualquier pregunta que pueda hacerles. ¿Tal vez, *mon père*, la Iglesia querrá dar ejemplo de ello?

—Pregúnteme lo que quiera —dijo gravemente el padre Lavigny.

—¿Es la primera vez que viene a esta expedición?

—Sí.

—¿Cuándo llegó?

—Hace tres semanas. Es decir, el 22 de febrero.

—¿De dónde procedía?

—De la Orden de los Padres Blancos, en Cartago.

—Gracias, *mon père*. ¿Había tenido ocasión de conocer a Mrs. Leidner antes de venir aquí?

—No. Nunca la había visto hasta que me la presentaron.

—¿Quisiera decirme qué estaba haciendo en el momento en que ocurrió la tragedia?

—Estaba en mi habitación descifrando unas tablillas de caracteres cuneiformes.

Vi que Poirot tenía ante sí un plano de la casa.

—¿Es la habitación situada en la esquina sudoeste, que se corresponde con la de Mrs. Leidner en el lado opuesto?

—Sí.

—¿A qué hora entró usted en su habitación?

—Inmediatamente después de almorzar. Yo diría que era la una menos veinte.

—¿Y hasta cuándo permaneció en ella?

—Hasta poco antes de las tres. Oí que la «rubia» entraba en el patio y que luego volvía a salir. Me extrañó y fui a ver qué pasaba.

—¿Durante todo ese tiempo salió alguna vez de su habitación?

—No, ni una sola vez.

—¿Oyó o vio algo que pudiera tener relación con el crimen?

—No.

—¿Tiene su dormitorio alguna ventana que dé al patio?

—No, sus dos ventanas dan al campo.

—¿Pudo usted oír desde su habitación lo que ocurría en el patio?

—No muy bien. Oí que Mr. Emmott pasaba ante mi cuarto y subía a la azotea. Lo hizo una o dos veces.

—¿Puede usted recordar la hora?

—No. Me temo que no. Estaba absorto en mi trabajo.

Se produjo una pausa y luego Poirot dijo:

—¿Puede contar o sugerirnos algún detalle que arroje un poco de luz sobre este asunto? ¿Notó usted algo, por ejemplo, en los días que precedieron al asesinato?

El padre Lavigny pareció sentirse incómodo. Dirigió una mirada inquisitiva al doctor Leidner.

—Es una pregunta difícil de contestar, monsieur —dijo finalmente con cierta gravedad—. Si he de decirle la verdad, en mi opinión Mrs. Leidner sentía miedo de alguien o de algo. Los extraños, en particular, la ponían nerviosa. Creo que debía de tener sus razones para sentir ese desasosiego, pero no sé nada. No me confió sus secretos.

Poirot carraspeó y consultó unas notas de su cartera.

—Tengo entendido que hace dos noches se produjo un intento de robo.

El padre Lavigny respondió afirmativamente. Contó de nuevo que había visto una luz en el almacén, así como la infructuosa búsqueda posterior.

—¿Opina usted que cierta persona estuvo en el almacén la otra noche?

—No sé qué pensar —replicó con franqueza el padre

Lavigny—. No se llevaron ni revolvieron nada. Debió de ser uno de los criados...

—O uno de los de la expedición.

—Sí, eso es. Pero en tal caso dicha persona no tenía por qué negarlo.

—¿Y pudo ser, igualmente, un extraño a la casa?

—Supongo que sí.

—Y suponiendo que un extraño hubiera entrado sin ser visto, ¿no podía haberse escondido durante día y medio con pleno éxito?

Dirigió esta pregunta al padre Lavigny y al doctor Leidner.

—Creo que no le hubiera sido posible —respondió este último con cierta renuencia—. No sé dónde podría haberse escondido, ¿qué le parece, padre Lavigny?

—No... Yo tampoco lo sé.

Ambos parecían poco dispuestos a tomar en consideración la propuesta.

Poirot se dirigió a miss Johnson.

—¿Y usted, mademoiselle? ¿Cree posible tal hipótesis?

—No —respondió ella—. No lo creo. ¿Dónde podría esconderse? Todos los dormitorios están ocupados y, además, tienen pocos muebles. La cámara oscura, la sala de dibujo y el laboratorio se utilizaron al día siguiente, lo mismo que las habitaciones de esta parte de la casa. No hay armarios ni rincones. Tal vez, si los sirvientes se pusieron de acuerdo...

—Eso es posible, pero improbable —dijo Poirot.

Se volvió de nuevo hacia el padre Lavigny.

—Queda otra cuestión. Hace unos días, la enfermera Leatheran le vio a usted hablando con otro hombre frente a la casa. Ya con anterioridad había visto al mismo hombre cuando trataba de mirar por una ventana desde el exterior. Más bien parece como si dicho individuo rondara esta casa deliberadamente.

—Es posible, desde luego —replicó el padre Lavigny con aspecto pensativo.

—¿Se dirigió usted a ese hombre o fue él quien le habló primero?

El religioso meditó unos instantes y después contestó:

—Creo... Sí, estoy seguro de que me habló él.

—¿Qué buscaba?

El padre Lavigny pareció hacer un esfuerzo por recordar.

—Creo que me preguntó algo sobre si era ésta la casa ocupada por la expedición americana. Y luego hizo un comentario sobre el número de gente que emplean los americanos. En realidad, no le llegué a entender del todo, pero hice lo posible para seguir la conversación al objeto de practicar el árabe. Pensé que, tal vez, tratándose de un hombre que vivía en la ciudad, me entendería mejor que los que trabajaban en las excavaciones.

—¿Trataron sobre alguna cosa más?

—Todo lo que puedo recordar es que dije que Hassanieh era una ciudad grande, y ambos convinimos en que Bagdad lo era todavía más. Después me preguntó si yo era armenio o católico sirio. Algo parecido.

Poirot asintió.

—¿Puede usted describir a ese hombre?

El padre Lavigny frunció el ceño.

—Era más bien bajo —dijo por fin—. De constitución fuerte. Bizqueaba mucho al mirar y tenía la tez muy blanca.

Poirot se dirigió a mí.

—¿Coincide eso con la forma en que usted lo describiría? —me preguntó.

—No del todo —repliqué titubeando un poco—. Yo habría dicho que era más bien alto que bajo y muy moreno. Me pareció que era delgado y no vi que bizqueara.

Hércules Poirot se encogió de hombros con gesto de desesperación.

—¡Siempre igual! ¡Si fueran ustedes de la policía lo sabrían muy bien! La descripción de un mismo hombre, hecha por dos personas diferentes, no coincide nunca.

—Estoy completamente seguro de que bizqueaba —insistió el padre Lavigny—. La enfermera Leatheran tal vez tenga razón en cuanto a lo demás. Y a propósito, cuando dije tez blanca, me refería a que, siendo iraquí, podía considerarse que la tenía. Supongo que la enfermera la calificaría de morena.

—Muy morena —dije yo obstinadamente—. De un color de cobre sucio.

Vi cómo el doctor Reilly se mordía los labios y sonreía. Poirot levantó ambas manos.

—*Passons!* —dijo—. Este desconocido que ronda la casa puede ser interesante, o tal vez no lo sea. De todos modos, debemos encontrarlo. Continuemos el interrogatorio.

Titubeó unos momentos, estudiando las caras vueltas hacia él de los que rodeaban la mesa. Luego hizo un rápido gesto afirmativo con la cabeza y escogió a Mr. Reiter.

—Vamos, amigo mío —dijo—. Cuéntenos lo que hizo ayer por la tarde.

—¿Yo? —preguntó.

—Sí, usted. Para empezar, ¿cómo se llama y cuántos años tiene?

—Me llamo Carl Reiter y tengo veintiocho años.

—¿Americano?

—Sí. De Chicago.

—¿Es ésta su primera expedición?

—Sí. Estoy encargado de la fotografía.

—¡Ah, sí! ¿Cómo empleó su tiempo ayer por la tarde?

—Pues... estuve en la cámara oscura la mayor parte de él.

—¿La mayor parte?

—Sí. Primero revelé unas placas. Después estuve arreglando varios objetos para fotografiarlos.

—¿Fuera de la casa?

—No, en el estudio fotográfico.

—¿Se comunica éste con la cámara oscura?

—Sí.

—¿Y no salió usted en ningún momento del estudio?

—No.

—¿Oyó usted algo de lo que pasaba en el patio?

El joven sacudió la cabeza.

—No me di cuenta de nada —explicó—. Estaba ocupado. Oí cómo entraba la «rubia» en el patio y, tan pronto como pude dejar lo que estaba haciendo, salí a ver si había alguna carta para mí. Fue entonces cuando me... enteré.

—¿A qué hora empezó su trabajo en el estudio?

—A la una menos diez.

—¿Conocía usted a Mrs. Leidner antes de alistarse en esta expedición?

El joven volvió a sacudir la cabeza.

—No, señor. No la había visto nunca hasta que vine aquí.

—¿Puede usted recordar algo, algún incidente, por pequeño que sea, que pueda ayudarnos en esto?

Carl Reiter movió negativamente la cabeza.

—Creo que no sé absolutamente nada, señor —dijo con acento desolado.

—¿Mr. Emmott?

David Emmott habló clara y concisamente, con voz agradable y suave, de acento americano.

—Estuve trabajando en el patio desde la una menos cuarto hasta las tres menos cuarto. Vigilaba cómo Abdullah lavaba las piezas de cerámica y, mientras, yo las iba clasificando. De vez en cuando subía a la azotea para ayudar al doctor Leidner.

—¿Cuántas veces lo hizo?

—Cuatro, según creo.

—¿Por mucho tiempo?

—Por un par de minutos. Pero en una ocasión, cuando hacía ya media hora que estaba trabajando, me quedé por espacio de diez minutos, discutiendo qué era lo que debíamos conservar y qué cosas eran las que convenía tirar.

—Tengo entendido que cuando bajó usted se encontró con que el muchacho había abandonado su puesto.

—Sí. Lo llamé a gritos muy enojado y apareció por el portalón. Había salido a charlar con los otros.

—¿Fue ésa la única vez que el chico abandonó el trabajo?

—Le ordené que subiera a la azotea, una o dos veces, para que llevara unos pucheros.

Poirot dijo con acento grave:

—Es absolutamente necesario preguntarle, Mr. Emmott, si vio entrar o salir a alguien de la habitación de Mrs. Leidner durante todo este tiempo.

El joven se apresuró a contestar:

—No vi a nadie. Ni siquiera entró nadie en el patio durante las dos horas que estuve trabajando.

—¿Y cree usted, realmente, que era la una y media cuando se ausentaron usted y el chico y quedó el patio solitario?

—No pudo ser ni mucho antes ni mucho después. Desde luego, no puedo asegurarlo con exactitud.

Poirot se dirigió al doctor Reilly.

—¿Coincide esto, doctor, con la hora en que, según su opinión, debió de ocurrir la muerte?

—Sí.

Monsieur Poirot se acarició los bigotes.

—Creo que podemos asegurar —dijo con aire solemne— que Mrs. Leidner encontró la muerte durante esos diez minutos.

Capítulo 14

¿Uno de nosotros?

Hubo una corta pausa, y durante ella pareció flotar por la habitación una ola de horror.

Me figuro que en aquel momento creí por primera vez que la teoría del doctor Reilly era correcta. «Sentí» que el asesino estaba allí. Sentado... escuchando. Uno de nosotros...

Tal vez Mrs. Mercado tuvo la misma impresión, porque de pronto lanzó un grito corto y agudo.

—No puedo evitarlo —sollozó—. Es... tan horrible...

—Valor, Marie —dijo su marido.

Nos miró como pidiendo disculpas.

—Es muy impresionable. Se afecta demasiado.

—Quería tanto a Louise —gimoteó Mrs. Mercado.

No sé si algo de lo que pensé en aquel momento asomó a mi rostro, pero al instante me di cuenta de que monsieur Poirot me miraba y de que una ligera sonrisa distendía sus labios.

Le dirigí una mirada fría y él se apresuró a reanudar el interrogatorio.

—Dígame, madame, ¿qué hizo usted ayer por la tarde?

—Estuve lavándome el pelo —sollozó Mrs. Mercado—. Parece espantoso que no me enterase de nada. Me sentía completamente feliz y estaba muy ocupada con lo que hacía.

—¿Permaneció usted en su habitación?

—Sí.

—¿No salió de ella?

—No. No lo hice hasta que oí entrar el coche en el patio. Luego me enteré de lo que había pasado. ¡Oh, fue horroroso!

—¿Le sorprendió?

Mrs. Mercado dejó de llorar y sus ojos se abrieron con expresión resentida.

—¿Qué quiere decir, monsieur Poirot? ¿Está sugiriendo acaso...?

—¿Qué podría sugerir, madame? Nos acaba usted de decir que quería mucho a Mrs. Leidner. Tal vez ésta le hizo alguna confidencia.

—¡Ah...! Ya comprendo. No, la pobrecita Louise no me dijo nunca nada..., nada definido, quiero decir. Se veía, desde luego, que estaba terriblemente preocupada y nerviosa, y luego todos aquellos extraños sucesos..., los golpecitos en la ventana y todo lo demás.

—Recuerdo que lo calificó usted de fantasía —intervine.

Me alegré de ver que, momentáneamente, pareció desconcertarse.

De nuevo me di cuenta de la divertida mirada que me dirigió monsieur Poirot.

—En resumen, madame —dijo éste con tono concluyente—. Estaba usted lavándose el pelo. No oyó ni vio nada. ¿Hay alguna cosa que, en su opinión, pueda sernos de utilidad?

Mrs. Mercado no se detuvo a pensar.

—No, no hay ninguna, de veras. ¡Esto es un misterio indescifrable! Pero yo diría que no hay duda... ninguna duda de que el asesino llegó de fuera. Es algo que salta a la vista.

Poirot se volvió hacia Mr. Mercado.

—Y usted, monsieur, ¿qué tiene que decir?

El interpelado pareció sobresaltarse. Se atusó la barba distraídamente.

—Puede ser. Pudo ser —dijo—. Y sin embargo, ¿cómo es posible que alguien deseara su muerte? Era una persona tan dulce, tan amable... —Sacudió la cabeza—. Quienquiera que la matara debió ser malvado... sí, un malvado.

—¿Y de qué forma pasó ayer la tarde, monsieur?

—¿Yo? —dijo Mr. Mercado mirándole con aire ausente.

—Estuviste en el laboratorio, Joseph —le insinuó su mujer.

—¡Ah, sí! Allí estuve, eso es. Mi trabajo de costumbre.

—¿A qué hora entró usted en el laboratorio?

Mr. Mercado miró de nuevo interrogativamente a su mujer.

—A la una menos diez, Joseph —dijo ésta.

—Sí. A la una menos diez.

—¿Salió usted alguna vez al patio?

—No, no lo creo —meditó unos segundos—. No, estoy seguro de que no.

—¿Cómo se enteró del asesinato?

—Mi mujer vino a buscarme y me lo contó. Fue terrible, estremecedor. Casi no lo pude creer. Aun ahora me es difícil hacerme a la idea. —De repente empezó a temblar—. Es horrible... horrible...

Mrs. Mercado se dirigió rápidamente junto a su marido.

—Sí, sí, Joseph; todos sentimos lo mismo. Pero no debemos exteriorizarlo. Ello agravaría aún más la pena del pobre doctor Leidner.

Vi que un gesto de dolor se marcaba en la cara del aludido y me figuré que aquella atmósfera sentimental no le estaba sentando bien. Dirigió una furtiva mirada a Poirot, como si solicitara su ayuda. Éste respondió rápidamente al llamamiento.

—¿Miss Johnson? —invocó.

—Me parece que yo le puedo ser de muy poca ayuda —dijo ésta.

Su voz culta y refinada produjo un efecto sedativo tras la atiplada voz de Mrs. Mercado.

—Estuve trabajando en la sala de estar, tomando impresiones en plastilina de unos sellos cilíndricos.

—¿Y no oyó ni vio nada?

—No.

Poirot le dirigió una rápida mirada. Su oído había captado lo que el mío también había notado: una ligera indecisión.

—¿Está usted completamente segura, mademoiselle? ¿No hay nada que recuerde vagamente?

—No, de veras.

—Algo que quizá viera usted, digamos, con el rabillo del ojo y de lo que no se dio perfecta cuenta.

—No; definitivamente, no —replicó ella con acento firme.

—Entonces algo que oyó. Sí, algo que no está usted segura si oyó o no.

Miss Johnson lanzó una risita nerviosa e irritada.

—Me acosa usted demasiado, monsieur Poirot. Temo que me esté animando a contarle cosas que, posiblemente, sean imaginaciones mías.

—Entonces, ¿hay algo que usted... imaginó?

Miss Johnson contestó lentamente, como si sopesara sus palabras.

—He imaginado que hubo un momento en que oí un grito apagado... Es decir, me atrevería a asegurar que oí un grito. Estaban abiertas las ventanas de la sala de estar y se oía claramente el ruido que producían varios labradores en los campos de cebada. Y desde entonces me ronda por la cabeza que se trataba... que se trataba de la voz de Mrs. Leidner. Eso me ha tenido preocupada. Porque si me hubiera levantado enseguida y hubiese corrido a su habitación... bueno, ¿quién sabe? Tal vez habría llegado a tiempo.

El doctor Reilly intervino con voz autoritaria.

—Vamos, no empiece a darle vueltas a eso en la cabeza

—dijo—. No tengo ninguna duda de que Mrs. Leidner fue derribada en cuanto el asesino entró en su habitación y que ese golpe la mató. No la golpearon por segunda vez. De otra forma hubiera tenido tiempo de gritar y armar alboroto.

—No obstante, pude haber sorprendido al asesino —insistió miss Johnson.

—¿A qué hora fue eso, mademoiselle? —preguntó Poirot—. ¿Alrededor de la una y media?

—Sí. Poco más o menos a esa hora —dijo ella tras reflexionar un momento.

—Algo así encajaría en la cuestión —comentó Poirot, pensativamente—. ¿No oyó usted nada más? ¿El ruido al abrir y cerrar una puerta, por ejemplo?

Miss Johnson sacudió la cabeza.

—Supongo que estaría usted sentada ante una mesa. ¿En qué dirección miraba? ¿Hacia el patio, el almacén, el porche o el campo?

—Estaba mirando hacia el patio.

—¿Podía usted ver, desde donde estaba, al chico que lavaba los cacharros?

—Claro, aunque tenía que levantar la vista para ello. Pero, desde luego, estaba muy absorta en lo que hacía. Toda mi atención se centraba en mi trabajo.

—De haber pasado alguien ante la ventana del patio se hubiera usted dado cuenta, ¿verdad?

—Sí. Estoy segura de que sí.

—¿Y nadie lo hizo?

—No.

—Y si alguien hubiera pasado por el centro del patio, ¿lo habría usted visto también?

—Creo que probablemente no. A no ser que, como he dicho antes, hubiera levantado entonces la vista y hubiese mirado por la ventana.

—¿Se dio usted cuenta de que Abdullah había dejado el trabajo y había salido a reunirse con los demás criados?

—No.

—Diez minutos —musitó Poirot—. Esos fatales diez minutos.

Se produjo un silencio momentáneo.

Miss Johnson levantó la cabeza y declaró:

—Sepa usted, monsieur Poirot, que, sin proponérmelo, me figuro que le estoy poniendo sobre una pista falsa. Pensándolo bien, creo que, desde donde estaba, no pude oír ningún grito que profiriera Mrs. Leidner. El almacén estaba situado entre ella y yo, y tengo entendido que las ventanas de su habitación estaban cerradas.

—De todos modos, no se apene, mademoiselle —dijo Poirot afablemente—. No tiene mayor importancia.

—No, desde luego que no. Lo comprendo. Pero a mí sí me importa porque estoy segura de que pude haber hecho algo.

—No te atormentes, Anne —dijo afectuosamente el doctor Leidner—. Sé razonable. Posiblemente oíste a algún árabe que le gritaba a otro en el campo.

Miss Johnson se sonrojó ligeramente ante la amabilidad de su tono. Incluso vi que le brotaban unas lágrimas. Volvió la cabeza y habló más ásperamente aún que de costumbre.

—Quizá fue eso. Después de una tragedia como ésta... se suelen imaginar cosas que nunca ocurrieron.

Poirot estaba consultando de nuevo su libreta de notas.

—No creo que haya que decir nada más sobre esto. ¿Mr. Carey?

Richard Carey habló pausadamente, de una manera mecánica y ruda:

—Me parece que no puedo añadir nada que le sirva de ayuda. Estuve en las excavaciones. Allí me enteré de lo que pasaba.

—¿Y no puede pensar en algo significativo que ocurriera en los días que precedieron al asesinato?

—No.

—¿Mr. Coleman?

—No tengo nada que ver con esto —dijo el joven, con un tono en el que se notaba una ligera sombra de pesadumbre—. Me fui a Hassanieh para traer el dinero con que pagar a los jornaleros. Cuando volví, Emmott me contó lo que había pasado. Subí otra vez a la «rubia» y me fui a buscar a la policía y al doctor Reilly.

—¿Qué puede decirme de lo que ocurrió en los días precedentes?

—Pues verá, señor, las cosas andaban un tanto sobresaltadas; pero eso ya lo sabe usted. Pasó lo del almacén, y antes de ello, uno o dos sustos más... Los golpecitos y la cara de la ventana, ¿recuerda usted, señor? —se dirigió al doctor Leidner, quien inclinó la cabeza en mudo asentimiento—. Yo creo que encontrarán a algún fulano que se coló en la casa. Debió de ser un tipo muy ingenioso.

Poirot lo contempló en silencio.

—¿Es usted inglés, Mr. Coleman? —preguntó por fin.

—Eso es, señor. Por los cuatro costados. Vea la marca. Artículo garantizado.

—¿Es la primera vez que forma parte de una expedición?

—Ni más ni menos.

—¿Y siente usted pasión por la arqueología?

Esas palabras parecieron turbar a Mr. Coleman. Se sonrojó y lanzó una mirada de reojo al doctor Leidner, como si fuera un colegial travieso.

—Desde luego, es muy interesante —tartamudeó—. Quiero decir... que no soy lo que se dice un tipo listo.

Su voz se desvaneció y Poirot no quiso insistir más.

Dio varios golpecitos en la mesa con el lápiz que tenía en la mano y enderezó el tintero que había frente a él.

—Al parecer —dijo—, esto es todo lo que podemos hacer por ahora. Si alguien de ustedes recuerda cualquier cosa que le haya pasado por alto, que no dude en venir a comentármelo. Creo que será conveniente que hable a solas con el doctor Leidner y con el doctor Reilly.

Aquello fue la señal para una desbandada general. Nos levantamos y fuimos hacia la puerta. Pero cuando estaba a punto de salir, oí que me llamaban.

—Quizá la enfermera Leatheran tendrá la amabilidad de quedarse —añadió Poirot—. Creo que su ayuda nos puede valer de algo.

Volví a la mesa y me senté.

Capítulo 15

Poirot hace una sugerencia

El doctor Reilly se había levantado de su asiento y cerró cuidadosamente la puerta una vez que todos hubieron salido. Luego dirigió una inquisitiva mirada a Poirot y procedió también a cerrar la ventana que daba al patio. Las otras estaban ya cerradas. Después, a su vez, tomó asiento de nuevo ante la mesa.

—*Très bien* —dijo Poirot—. Ahora estamos en privado y no nos estorba nadie. Podemos hablar con libertad. Hemos oído lo que los componentes de la expedición tenían que decir sobre el caso y... sí, *ma sœur*, ¿quería decir algo?

Me puse sumamente colorada. No podía negarse que el hombrecillo tenía una vista de lince. Había visto pasar aquella idea por mi pensamiento. Supongo que mi cara demostró bien a las claras lo que yo estaba pensando.

—¡Oh!, no es nada... —dije titubeando.

—Vamos, enfermera —dijo el doctor Reilly—. No haga esperar al especialista.

—No es nada, en realidad —dije precipitadamente—. Se me ha ocurrido que si alguien sabe o sospecha algo, no será fácil que lo exponga ante los demás y mucho menos ante el doctor Leidner.

Ante mi sorpresa, monsieur Poirot afirmó vigorosamente con la cabeza.

—Precisamente, precisamente. Es muy cierto lo que acaba de decir. Pero me explicaré. La reunión que hemos

116

celebrado ha tenido un propósito. En Inglaterra, antes de las carreras, se exhiben los caballos, ¿verdad? Pasan ante la tribuna para que todos tengan una oportunidad de verlos y poder opinar sobre sus facultades. Tal ha sido el objeto de la reunión que he convocado. Si me permite utilizar una frase deportiva, diré que di una ojeada a los posibles ganadores.

El doctor Leidner exclamó violentamente:

—No creo, ni por un momento, que ninguno de los miembros de mi expedición esté implicado en este crimen.

Luego, volviéndose hacia mí, dijo con tono autoritario:

—Enfermera, le quedaré muy reconocido si le dice a monsieur sin más dilación lo que pasó entre mi mujer y usted hace dos días.

Forzada de esta forma, no tuve más remedio que repetir mi historia, tratando en lo posible de recordar exactamente las palabras y frases que usó Mrs. Leidner. Cuando terminé, monsieur Poirot dijo:

—Muy bien. Muy bien. Tiene una mente clara y ordenada. Me va a ser muy útil durante mi estancia aquí.

Se volvió hacia el doctor Leidner.

—¿Tiene usted esas cartas?

—Aquí las tengo. Me figuré que las querría ver antes que nada.

Poirot las cogió y las examinó con sumo cuidado al tiempo que las leía. Quedé un poco desilusionada al ver que no las espolvoreaba con polvos blancos, ni las escudriñaba con la lupa o algo parecido. Pero me acordé de que era un hombre de avanzada edad y de que sus métodos tenían que ser anticuados por fuerza. Se limitó a leerlas como lo habría hecho cualquiera.

Una vez leídas, las dejó sobre la mesa y carraspeó.

—Y ahora —dijo— procedamos a poner los hechos en orden. La primera de estas cartas la recibió su esposa poco después de casarse con usted, en América. Había recibido otras, pero las destruyó. A la primera carta siguió una segunda. Poco después de recibir esta última, usted y su esposa se libraron de morir asfixiados a causa de un escape de gas. Luego se fueron al extranjero y por espacio de dos años no llegaron más cartas. Pero empezaron otra vez a recibirse al poco de iniciar la actual temporada de excavaciones; es decir, hace tres semanas. ¿Voy bien?

—Perfectamente.

—Su esposa demostró un gran pánico y usted, después de consultar con el doctor Reilly, contrató a la enfermera Leatheran para que le hiciera compañía y mitigara sus temores. Habían ocurrido ciertos incidentes, tales como manos que golpearon la ventana, una cara espectral y ruidos en el almacén. ¿Presenció usted mismo alguno de esos incidentes?

—No.

—De hecho, nadie los presenció, salvo Mrs. Leidner.

—El padre Lavigny vio una luz en el almacén.

—Sí. No lo he olvidado.

Poirot guardó silencio durante unos instantes y luego dijo:

—¿Su esposa hizo testamento?

—No lo creo.

—¿Por qué?

—Opinaba que no valía la pena.

—¿Acaso no tenía bienes?

—Sí los tenía, pero mientras viviera. Su padre le dejó una considerable cantidad de dinero en fideicomiso. No podía tocar el capital. A su muerte, éste debía pasar a sus hijos, si los tuviera, y, en caso contrario, al Museo de Pittstown.

Poirot tamborileó con los dedos sobre la mesa con aire pensativo.

—Entonces, creo que podemos eliminar un motivo del caso —dijo—. Como comprenderán, es lo que busco antes

118

que nada. ¿Quién se beneficia con la muerte de la víctima? En este caso es un museo. Si hubiera sido de otra forma, si Mrs. Leidner hubiera muerto *ab intestato*, pero dueña de una considerable fortuna, se me habría presentado un interesante problema, pues habría que dilucidar quién heredaba el dinero, si usted o el primer marido. Sin embargo, entonces hubiera surgido otra dificultad. El primer marido tenía que haber resucitado para poder reclamar la herencia y ello implicaba el riesgo de que fuera arrestado, aunque creo difícil que pudiera imponérsele la pena de muerte al cabo de tanto tiempo de haber terminado la guerra. Mas no hace falta especular sobre ello. Como he dicho antes, me cuido siempre de dejar bien sentada la cuestión del dinero. Mi siguiente paso es sospechar del marido o de la mujer de la víctima. En el caso que nos ocupa, se ha probado, en primer lugar, que ayer por la tarde usted no se acercó a la habitación de su esposa; en segundo lugar, que con la muerte de ella pierde en vez de ganar; en tercer lugar...

Se detuvo.

—¿Qué? —preguntó el doctor Leidner.

—En tercer lugar —prosiguió lentamente Poirot—, sé distinguir un amor profundo cuando lo veo ante mí. Creo, doctor Leidner, que el amor que sentía por su esposa era el principal objetivo de su vida. Era así, ¿verdad?

El arqueólogo contestó simplemente:

—Sí.

Poirot asintió.

—Por lo tanto —dijo—, podemos continuar.

—Vamos, vamos. Ocupémonos del caso —opinó el doctor Reilly con cierta impaciencia en la voz.

Poirot le dirigió una mirada de desaprobación.

—No pierda la paciencia, amigo mío. En un caso como éste, hay que abordar cada detalle con método y orden. Ésa es, realmente, la regla que sigo en todos los asuntos de los que me encargo. Como hemos desechado varias posibilidades, que, como dicen ustedes, se pongan todas las cartas sobre la mesa. No debe reservarse nada.

—De acuerdo —dijo el doctor Reilly.

—Por eso solicito que me digan toda la verdad —prosiguió Poirot. El doctor Leidner lo miró sorprendido.

—Le aseguro, monsieur Poirot, que no me he callado nada. Le he dicho todo lo que sé. Sin reservas.

—*Tout de même*, no me lo ha dicho usted todo.

—Sí, se lo he dicho. No creo que falte ningún detalle.

Parecía estar angustiado. Poirot sacudió morosamente la cabeza.

—No —replicó—. No me ha dicho usted, por ejemplo, por qué hizo que la enfermera Leatheran se instalara en esta casa.

El doctor Leidner pareció aturdirse aún más.

—Ya le he explicado eso. Está claro. El desasosiego de mi mujer, sus temores.

—No, no, no. Hay algo en ello que no está claro. Sí, su esposa corre peligro... Ha sido amenazada de muerte; perfectamente. Y busca usted, no a la policía, ni siquiera a un detective privado, sino a una enfermera. ¡Esto no tiene sentido alguno!

—Yo... yo... —El doctor Leidner se detuvo. El rubor subió a sus mejillas—. Pensé que... —calló definitivamente.

—Parece que llegamos a ello —animó Poirot—. ¿Qué fue lo que pensó?

El arqueólogo se quedó silencioso. Parecía cansado de aquello y nada dispuesto a proseguir.

—Ya ve usted. —El tono de Poirot se volvió persuasivo y suplicante—. Todo lo que me ha dicho tiene aspecto de ser verdadero, todo excepto esto. ¿Por qué una enfermera? Sí, hay una respuesta para ello. De hecho, sólo puede haber una contestación. Usted mismo no creía que su esposa corriera peligro alguno.

Y entonces, dando un grito, el doctor Leidner se derrumbó.

—¡Válgame Dios! —gimió—. No lo creí... no lo creí...

Poirot lo contempló con la misma atención con que un gato mira el agujero por donde se ha metido un ratón, listo para saltar sobre él en el momento en que asome de nuevo.

—¿Qué creía usted entonces? —preguntó.

—No lo sé. No lo sé...

—Sí, lo sabe. Lo sabe usted perfectamente. Tal vez le pueda ayudar... con una suposición. ¿Sospechaba usted, doctor Leidner, que esas cartas las escribía su mujer?

No hubo necesidad de que contestara. La verdad encerrada en la suposición de Poirot quedó bien patente. El gesto de horror con que el doctor Leidner levantó una mano, como pidiendo gracia, dijo bastante por sí solo.

Exhalé un profundo suspiro. Así pues, mis conjeturas eran ciertas. Recordé el curioso tono de voz del doctor Leidner cuando me preguntó qué me parecía todo aquello. Hice un gesto afirmativo con la cabeza, lenta y pensativamente, hasta que, de pronto, me di cuenta de que Poirot me estaba mirando.

—¿Cree usted lo mismo, enfermera?

—La idea pasó por mi pensamiento —repliqué de buena fe.

—¿Por qué razón?

Expliqué la semejanza de la escritura del sobre que me enseñó Mr. Coleman.

Poirot se volvió hacia el arqueólogo.

—¿Se dio cuenta también de la similitud?

El doctor Leidner inclinó la cabeza.

—Sí. La escritura era más pequeña y retorcida, no grande y amplia como la de Louise, pero algunas letras tenían el mismo trazo. Se lo demostraré.

Sacó varias cartas del bolsillo interior de la chaqueta y,

después de repasarlas, seleccionó una hoja que entregó a Poirot. Era parte de una carta que le escribió su esposa.

Poirot la comparó cuidadosamente con las cartas anónimas.

—Sí —murmuró—. Sí. Hay algunos puntos de semejanza; una curiosa forma de hacer las eses y una e característica. No soy perito calígrafo y no puedo asegurar nada, aunque nunca he encontrado a dos peritos calígrafos que coincidieran en una opinión; pero por lo menos puedo decir que el parecido entre los dos tipos de letra es muy grande. Parece más que probable que correspondan a una misma mano. Sin embargo, no tenemos la certeza de ello. Debemos tener en cuenta todas las contingencias.

Se recostó en su asiento y dijo pensativamente:

—Hay tres posibilidades: primera, que la semejanza de las caligrafías sea pura coincidencia. Segunda, que estas cartas amenazadoras fueran escritas por la propia Mrs. Leidner con un propósito que desconocemos. Y tercera, que fueran escritas por alguien que, deliberadamente, copió sus rasgos. ¿Por qué? Parece que no tiene sentido. Una de estas tres posibilidades tiene que ser la correcta.

Reflexionó durante unos segundos y luego, volviéndose hacia el doctor Leidner, y empleando de nuevo sus maneras vivaces, preguntó:

—Cuando se le hizo patente la posibilidad de que su propia esposa fuera la autora de estas cartas, ¿qué teoría se formó usted sobre sus causas?

El doctor Leidner sacudió la cabeza.

—Deseché la idea tan pronto como se me ocurrió. Me pareció monstruosa.

—¿No trató de encontrar una explicación?

—Pues... —titubeó—. Me pregunté si acaso la mente de mi mujer no estaría un poco trastornada por culpa de sus rarezas y cavilaciones sobre el pasado. Pensé que, posiblemente, hubiera escrito ella misma las cartas sin darse cuenta de lo que hacía. Eso puede darse, ¿verdad? —añadió, dirigiéndose al doctor Reilly.

El interpelado frunció los labios.

—El cerebro humano es capaz de cualquier cosa —replicó evasivamente. Pero dirigió una rápida mirada a Poirot y éste, como si obedeciera una indicación, abandonó aquel tema.

—Las cartas son un punto interesante del caso —explicó—. Pero debemos concentrarnos en el asunto, considerándolo como un todo. En mi opinión, existen tres posibles soluciones.

—¿Tres?

—Sí. Solución número uno, la más simple. El primer marido de su esposa vive todavía. La amenazó previamente y luego llevó a efecto sus amenazas. Si aceptamos esta solución, se nos plantea el problema de descubrir cómo pudo entrar en la casa sin ser visto.

»Solución número dos. Mrs. Leidner, por razones que ella sabría, las cuales podrían ser entendidas mejor por un médico que por un profano, se dirige a ella misma las cartas amenazadoras. El incidente del escape de gas lo planea ella. Recuerde que fue quien le despertó diciéndole que olía a gas. Pero si Mrs. Leidner escribió esas cartas, no podía correr ningún peligro que viniera del supuesto autor de éstas. Por lo tanto, debemos buscar al asesino en otra parte. Debemos buscarlo, en efecto, entre los componentes de la expedición. Sí —esto en respuesta a un murmullo de protesta proferido por el doctor Leidner—, es la única solución lógica. Para satisfacer un resentimiento privado, uno de ellos la mató. Podemos decir que tal persona estaba enterada de lo de las cartas o, en todo caso, sabía que Mrs. Leidner temía o pretendía temer a alguien. Este hecho, en opinión del asesino, hacía que la ejecución del crimen le resultara bastante segura. Estaba convencido de que se atribuiría a un misterioso intruso, al autor de las cartas.

»Como variante a esta solución, podemos considerar que el propio asesino escribiera las cartas, conociendo el pasado de Mrs. Leidner. Pero en tal caso, no queda clara la razón de por qué tuvo que imitar la escritura de ella cuando, por lo que sabemos, pudo ser más provechoso para él que las cartas parecieran escritas por un extraño.

»La tercera solución es, para mí, la más interesante. Sugiero en ella que las cartas son auténticas. Que están escritas por el primer marido de Mrs. Leidner, o por el hermano menor de aquél, y que bien uno u otro forman parte de esta expedición.

Capítulo 16

Los sospechosos

El doctor Leidner se levantó de un salto.

—¡Imposible! ¡Completamente imposible! ¡Esa idea es absurda!

Monsieur Poirot lo miró, imperturbable, y no dijo nada.

—¿Quiere sugerir que el primer marido de mi mujer es uno de los miembros de la expedición y que ella no le reconoció?

—Exactamente. Reflexione un poco sobre los hechos. Hace más de quince años, su esposa vivió con ese hombre durante unos meses. ¿Lo reconocería si le encontrara de nuevo después de tanto tiempo? Creo que no. Su cara y su aspecto pudieron cambiar. Su voz, tal vez no tanto; pero ése es un detalle que puede esclarecerse. Y recuerde que ella no esperaba que estuviera entre los que convivían en su misma casa. Se lo imaginaba como un extraño. No, no creo que lo reconociera. Y existe una segunda posibilidad. El hermano menor, el niño de entonces, tan encariñado con Frederick. Sí, debemos contar con él. Recuerde que, en su opinión, su hermano no era un traidor, sino un patriota, un mártir de su país, Alemania. Para él, la traidora es Mrs. Leidner; un monstruo de maldad que fue capaz de enviar a la muerte a su propio marido. Un niño puede sentir una devoción inmensa por quien él considera como un héroe, y una mente joven se obsesiona fácilmente con una idea, hasta el extremo de persistir en ella muchos años después.

—Eso es verdad —comentó el doctor Reilly—. No es cierta, aunque sí generalmente aceptada, la opinión de que los niños olvidan muy pronto. Hay muchas personas que al llegar a la vejez retienen todavía imbuida en la mente una idea que se les quedó allí grabada cuando eran niños.

—Bien —siguió Poirot—. Tenemos dos posibilidades. Frederick Bosner, un hombre que ahora rondará los cincuenta años, y William Bosner, cuya edad debe de andar cerca de los treinta. Examinemos a los componentes de la expedición desde estos dos aspectos.

—Eso es fantástico —murmuró el doctor Leidner—. ¡Mi propia gente! ¡La de mi propia expedición!

—Habría que considerarlos entonces por encima de toda sospecha, ¿eh? —replicó Poirot secamente.— Un punto de vista muy sutil. *Commençons*. ¿Quiénes son los que categóricamente no pueden ser Frederick ni William?

—Las mujeres.

—Naturalmente. Miss Johnson y Mrs. Mercado quedan eliminadas. ¿Quién más?

—Carey. Trabajamos juntos desde hace muchos años, antes de que yo conociera a Louise.

—Y además su edad no coincide. Yo diría que tiene unos treinta y ocho años; demasiado joven para ser Frederick y muy viejo para tratarse de William. En cuanto a los demás, tanto el padre Lavigny como Mr. Mercado pueden ser Frederick Bosner.

—Pero, mi apreciado señor —exclamó Mr. Leidner con un tono que mezclaba la irritación con la chanza—, el padre Lavigny es conocido en todo el mundo como uno de los mejores eruditos en inscripciones y Mercado ha trabajado durante muchos años en un popular museo de Nueva York. ¡Es imposible que ninguno de los dos sea el hombre que usted cree!

Poirot agitó una mano, airado.

—Imposible, imposible... ¡No conozco esa palabra! Lo imposible es, precisamente, lo que investigo más a fondo.

Pero lo dejaremos estar por ahora. ¿Quién más hay? Carl Reiter, un joven de nombre alemán. Y David Emmott...

—Recuerde que me acompañó durante dos temporadas.

—Ese joven posee el don de la paciencia. Si comete algún crimen, puede estar seguro de que no será deprisa y corriendo. Lo tendrá todo muy bien preparado.

El doctor Leidner hizo un gesto de desesperación.

—Y, finalmente, William Coleman —continuó Poirot.

—Es inglés.

—*Pourquoi pas?* ¿No le dijo Mrs. Leidner que el muchacho desapareció y no se le pudo encontrar en América? No es absurdo pensar que creciera y se educara en Inglaterra.

—Tiene usted respuestas para todo —dijo el arqueólogo.

Mi mente estaba entonces trabajando a toda presión. Desde un principio había considerado que las maneras de Mr. Coleman, más que las de un joven de carne y hueso, parecían copiadas de las de un personaje de cualquier libro de P. G. Wodehouse. ¿Habría estado fingiendo durante todo el tiempo?

Poirot tomó notas en su libreta.

—Procedamos con orden y método —dijo—. Por cuenta de Frederick tenemos dos nombres: el padre Lavigny y Mr. Mercado. Y por William, los de Coleman, Emmott y Reiter. Pasemos ahora al aspecto opuesto de la cuestión: medios y oportunidades. ¿Qué componente de la expedición tuvo los medios y la oportunidad de cometer el crimen? Carey estaba en las excavaciones, Coleman había ido a Hassanieh y usted estuvo en la azotea. Esto nos deja al padre Lavigny, a Mr. Mercado, a su esposa, a David Emmott, a Carl Reiter, a miss Johnson y a la enfermera Leatheran.

—¡Oh! —exclamé, dando un salto en mi silla. Monsieur Poirot me miró con ojos parpadeantes.

—Sí. Temo, *ma sœur*, que tendremos que incluirla. Le pudo ser muy fácil entrar en la habitación de Mrs. Leidner y matarla mientras el patio estuvo solitario. Tiene usted suficiente fuerza y vigor, y ella no hubiera sospechado nada hasta recibir el golpe que la abatió.

Estaba tan trastornada que no pude proferir ni una palabra. Me di cuenta de que el doctor Reilly me miraba con expresión divertida.

—El interesante caso de la enfermera que asesinaba a sus pacientes uno tras otro —murmuró.

Le dirigí una mirada fulminante.

La imaginación del doctor Leidner había corrido por otros derroteros.

—Emmott no, monsieur Poirot —objetó—. No puede incluirlo. Estuvo conmigo en la azotea aquellos diez minutos.

—No puedo excluirlo, a pesar de ello. Pudo haber bajado al patio, dirigirse al dormitorio de Mrs. Leidner, matarla y luego llamar al muchacho árabe. O pudo matarla en una de las ocasiones en que envió al chico a que subiera algún objeto a la azotea.

El doctor Leidner sacudió la cabeza y murmuró:

—¡Qué pesadilla! Esto... es fantástico.

Para mi sorpresa, Poirot convino en ello.

—Sí. Es verdad. Se trata de un crimen fantástico. No se presentan a menudo. Por lo general, el asesino es sórdido, simple. Pero éste es un caso extraordinario. Sospecho, doctor Leidner, que su esposa fue una mujer extraordinaria.

Había dado en el clavo con tal precisión que me hizo sobresaltar.

—¿Es verdad eso, enfermera? —me preguntó.

El doctor Leidner dijo con voz pausada:

—Cuéntele cómo era Louise, enfermera. Usted no tiene prejuicios acerca de ella.

Hablé con toda franqueza.

—Era encantadora —dije—. No había quien pudiera

dejar de admirarla y desear hacer algo por ella. Nunca he conocido a nadie que se le pareciera.

—¡Gracias! —atajó el doctor Leidner sonriendo.

—Es un valioso testimonio, teniendo en cuenta que proviene de un extraño —dijo Poirot cortésmente—. Bueno, prosigamos. Bajo el encabezamiento de medios y oportunidad tenemos a siete nombres: la enfermera Leatheran, miss Johnson, Mrs. Mercado y su marido, Mr. Reiter, Mr. Emmott y el padre Lavigny.

Volvió a carraspear. He observado que los extranjeros pueden hacer con la garganta los más extravagantes ruidos.

—Vamos a suponer, de momento, que nuestra tercera teoría es correcta. Es decir, que el asesino es Frederick o los componentes de la expedición. Comparando ambas listas podemos reducir el número de sospechosos a cuatro. El padre Lavigny, Mr. Mercado, Carl Reiter y David Emmott.

—El padre Lavigny no tiene nada que ver con esto —insistió el doctor Leidner con decisión—. Pertenece a los Padres Blancos de Cartago.

—Y no lleva barba postiza —añadí yo.

—*Ma sœur* —dijo Poirot—, un asesino de primera clase nunca utiliza barbas postizas.

—¿Cómo sabe usted que el asesino es de primera categoría? —pregunté obstinadamente.

—Porque si no lo fuera, la verdad estaría ya clara para mí... Y no lo está.

«¡Bah! Eso es pura presunción», pensé.

—De todas formas —dije, volviendo al tema de las barbas—, el dejársela crecer le ha debido de llevar mucho tiempo.

—Ésa es una observación de carácter práctico —replicó Poirot.

El doctor Leidner intervino enfadado y con tono de desprecio.

—Todo esto es ridículo, absolutamente ridículo. Tanto

él como Mercado son personas bien conocidas. Desde hace años.

Poirot se volvió hacia él.

—No ha comprendido usted la cuestión. No ha considerado un punto importante. Si Frederick Bosner no ha muerto..., ¿qué ha hecho durante todos esos años? Pudo haber cambiado de nombre y dedicarse a otras actividades.

—¿Y hacerse Padre Blanco? —preguntó el doctor Reilly.

—Sí, resulta un poco fantástico —contestó Poirot—. Pero no podemos desechar la hipótesis. Además, existen otras posibilidades.

—¿Los jóvenes? —dijo Reilly—. Si quiere saber mi opinión, le diré que, en vista de lo ocurrido, sólo uno de sus sospechosos resulta admisible.

—¿Y cuál es?

—El joven Carl Reiter. En realidad, no hay nada contra él; pero profundice un poco y tendrá que admitir unas cuantas cosas: tiene la edad apropiada, su madre es de origen alemán, es el primer año que viene y tuvo oportunidad de cometer el crimen. Para ello le bastaba con salir disparado del estudio fotográfico, cruzar el patio, hacer el trabajito y volver corriendo, mientras en el estudio, entretanto, podía haber dicho que estaba en la cámara oscura. No quiero asegurar que sea el hombre que busca, pero si ha de sospechar de alguien, le digo que ése es el más indicado.

Monsieur Poirot no parecía estar muy dispuesto a creerlo. Asintió con gravedad, aunque con aspecto dubitativo.

—Sí —dijo—. Es el más indicado, pero no creo que todo ocurriera tan simplemente.

Luego añadió:

—No comentemos nada más, por ahora. Me gustaría, a ser posible, dar un vistazo a la habitación donde se cometió el crimen.

—Por supuesto —dijo el doctor Leidner mientras se registraba los bolsillos infructuosamente. Después miró al doctor Reilly—. Me parece que la llave se la llevó el capitán Maitland —observó.

—Maitland me la dio, antes de salir a investigar un caso ocurrido en una aldea kurda —dijo Reilly.

Sacó la llave. El doctor Leidner titubeó.

—¿Le importaría si yo no...? Tal vez, la enfermera...

—Desde luego —dijo Poirot—. Lo comprendo. Nunca ha sido mi propósito causarle un dolor innecesario. ¿Tendría la amabilidad de acompañarme, *ma sœur*?

—Claro que sí —respondí.

Capítulo 17

La mancha junto al lavabo

El cadáver de Mrs. Leidner había sido trasladado a Hassanieh para hacerle la autopsia, pero la habitación había quedado tal como estaba en el momento del crimen. Había tan escasas pertenencias en ella que la policía empleó muy poco tiempo en sus investigaciones.

Entrando, a la derecha, estaba la cama. Frente a la puerta, se abrían las dos ventanas enrejadas que daban al campo, y entre ellas había una mesa de roble con dos cajones, que servía a Mrs. Leidner de tocador. En la pared de la izquierda se veían unas perchas de las que colgaban varios vestidos protegidos con fundas de algodón. Adosada a dicha pared había también una cómoda de madera de pino. A la izquierda de la puerta, inmediatamente junto a ella, estaba el lavabo. En mitad de la habitación había una mesa de roble, de tamaño bastante grande, sobre la cual se veía un tintero, una carpeta y una cartera de mano. En esta última era donde Mrs. Leidner guardaba los anónimos. Las cortinas de las ventanas, cortas y de manufactura indígena, tenían rayas blancas y anaranjadas. El suelo era de piedra y sobre él se hallaban distribuidas varias alfombras de piel de cabra. Tres de ellas, de pequeño tamaño, eran de color castaño con manchas blancas y estaban colocadas frente a las ventanas y el lavabo. La tercera, mayor, de mejor calidad, era blanca con manchas pardas y estaba situada entre la cama y la mesa que ocupaba el centro de la habitación.

No había armarios ni grandes cortinajes; nada, en realidad, donde alguien pudiera esconderse. El lecho era una sencilla cama de hierro con una colcha de algodón estampado. El único signo de lujo en todo el dormitorio lo constituían tres almohadones rellenos de plumón. Nadie más que Mrs. Leidner tenía almohadones como aquellos en toda la casa.

En pocas y breves palabras, el doctor Reilly explicó dónde se había encontrado el cuerpo de la víctima: sobre la alfombra, al lado de la cama. Con el fin de ilustrar el relato, rogó que me adelantara.

—Si no le importa, enfermera —dijo.

No soy remilgada. Me tendí en el suelo y traté de adoptar, en lo posible, el aspecto que tenía el cadáver de Mrs. Leidner cuando lo encontramos.

—Leidner le levantó la cabeza cuando la vio —explicó el médico—. Le he interrogado a fondo sobre ello y estoy convencido de que no cambió la situación del cuerpo.

—Parece bastante claro —comentó Poirot—. Estaba tendida en la cama, dormida o descansando. Alguien abrió la puerta; ella miró al visitante, se levantó...

—Y él la derribó —terminó el médico—. El golpe la dejó inconsciente y la muerte sobrevino poco después. Verá usted...

Explicó en términos técnicos la característica de la lesión.

—Entonces, ¿no hubo mucha sangre? —preguntó Poirot.

—No. El derrame fue interno.

—*Eh bien* —siguió el detective—, todo parece claro, excepto un punto. Si el hombre que entró era un extraño, ¿por qué no gritó enseguida Mrs. Leidner pidiendo auxilio? De haber gritado, la hubieran oído. Tanto la enfermera Leatheran como Emmott y el muchacho.

—Eso tiene fácil explicación —replicó secamente el doctor Reilly—. El que entró no era un extraño.

Poirot asintió.

—Sí —dijo, como hablando consigo mismo—. Tal vez quedó sorprendida al verlo... pero no asustada. Luego, cuando la golpeó, pudo lanzar un grito sofocado, aunque demasiado tarde.

—¿El grito que oyó miss Johnson?

—Sí... es decir, si lo oyó. Pero lo dudo. Las paredes son gruesas y las ventanas estaban cerradas.

Se acercó a la cama.

—Cuando la dejó usted después de acomodarla, ¿estaba tendida en la cama? —preguntó.

Le expliqué exactamente lo que hice.

—¿Quería dormir o tenía la intención de leer?

—Le dejé dos libros: una novela y un libro de memorias. Leía por lo general durante un rato y luego se echaba un sueñecito.

—¿Y tenía un aspecto... cómo le diría... completamente normal?

Reflexioné.

—Sí. Parecía absolutamente normal y en buen estado de ánimo —dije—. Un tanto brusca, aunque yo lo atribuyo a las confidencias que me hizo el día anterior. Eso hace que, a veces, la gente se sienta después incómoda.

Los ojos de Poirot brillaron.

—¡Ah, sí! Es cierto. Conozco eso muy bien.

Dio una ojeada circular a la habitación.

—¿Y cuando entró aquí, después de cometido el crimen, estaba todo igual que cuando la vio por última vez?

Miré también a mi alrededor.

—Sí. Así lo creo. No recuerdo que nada estuviera fuera de lugar.

—¿No había trazas del arma con que la golpearon?

—No.

Poirot miró al doctor Reilly.

—¿Qué objeto utilizaron, en su opinión?

El médico se apresuró a contestar.

—Algo sólido, de buen tamaño y sin aristas ni cantos. Yo diría que la base redonda de una estatua o algo parecido. Pero no crea que le estoy sugiriendo que fuera eso precisamente. Debió de ser algo de esa forma. El golpe fue asestado con gran fuerza.

—¿Por un brazo vigoroso? ¿Por un hombre?

—Sí. A menos que...

—A menos... ¿qué?

El doctor Reilly contestó pausadamente:

—Es posible que Mrs. Leidner estuviera arrodillada, en cuyo caso, si el golpe se hubiera dado desde arriba con un objeto pesado, no se necesitaba mucha fuerza para ello.

—¡Arrodillada! —musitó Poirot—. Es una idea.

—No es más que una idea —se apresuró a indicar el médico—. No hay nada en que podamos fundamentarnos para asegurarlo.

—Pero es posible.

—Sí. Al fin y al cabo, dadas las circunstancias, no resulta descabellado. Cuando su instinto le dijo que era demasiado tarde, que nadie acudiría a tiempo de salvarla, su miedo pudo obligarla a arrodillarse pidiendo clemencia en lugar de gritar.

—Sí —dijo Poirot, pensativo—. Es una idea.

Para mí, aquélla era una idea bastante pobre. No pude imaginarme a Mrs. Leidner arrodillada ante nadie.

Poirot dio lentamente la vuelta a la habitación. Abrió las ventanas, probó la resistencia de las rejas y pasó la cabeza entre los barrotes para asegurarse de que no había forma de poder pasar también los hombros.

—Las ventanas estaban cerradas cuando la encontró usted —dijo—. ¿Estaban así cuando la dejó a la una menos cuarto?

—Sí. Siempre se cierran por las tardes. No tienen cortinas de gasa, como las del comedor y las de la sala de estar. Se cierran para que no entren moscas.

—De cualquier forma nadie pudo entrar por ellas —murmuró Poirot—. Y las paredes son sólidas, de adobe. Tampoco hay escotillones que den a la azotea, ni claraboyas. Sólo hay un medio de entrar en esta habitación... y es la puerta. Y a ella sólo se puede llegar por el patio. Y al otro lado del portalón había cinco personas y todas cuentan la misma historia. No creo que ninguna de ellas mienta. No, no mienten. No las han sobornado para que callen. El asesino estaba aquí.

No dije nada. ¿Acaso no había pensado yo lo mismo cuando estábamos todos sentados alrededor de la mesa?

Poirot siguió su vuelta a la habitación. Cogió una fotografía que había sobre la cómoda. Era de un hombre viejo que llevaba perilla de chivo. El detective me miró inquisitivamente.

—Es una fotografía del padre de Mrs. Leidner —aclaré—. Ella me lo dijo.

Volvió a dejar la fotografía y dio una ojeada a los objetos que había sobre el tocador. Todos eran de concha, sencillos, pero de buena calidad. Luego inspeccionó unos libros que había en un estante, mientras leía en voz alta sus títulos:

—¿*Quiénes eran los griegos?*, *Introducción a la relatividad*, *La vida de lady Hester Stanhope*, *La procesión de los cantarillos*, *La vuelta de Matusalén*, *Linda Condon*. Sí, algo nos dicen. Mrs. Leidner era inteligente.

—¡Oh! Era una mujer muy lista —dije ansiosamente—. Instruida y enterada de muchas cosas. No tenía nada de vulgar.

Sonrió al mirarme.

—Ya me había dado cuenta de ello —repuso.

Se detuvo unos instantes ante el lavabo, sobre el que se veía una notable cantidad de botellas y tarros. Luego, de repente, se arrodilló y examinó la alfombra.

El doctor Reilly y yo nos acercamos rápidamente a él. Estaba examinando una manchita que casi no se distinguía sobre el color castaño de la alfombra. En realidad, sólo se veía en un punto donde sobresalía sobre una de las manchas blancas.

—¿Qué me dice usted, doctor? —preguntó—. ¿Es sangre?

El doctor Reilly se arrodilló junto a Poirot.

—Puede ser —opinó—. Me aseguraré, si quiere.

—Si es usted tan amable.

Monsieur Poirot examinó el jarro de agua y la palangana. El primero estaba al lado del lavabo. La palangana estaba vacía, pero junto a ella había una lata de petróleo llena de agua sucia.

El detective se volvió hacia mí.

—¿Recuerda usted, enfermera, si este jarro estaba aquí o sobre la palangana cuando, a la una menos cuarto, dejó a Mrs. Leidner?

—No estoy segura —repliqué al cabo de unos segundos—. Me parece que estaba sobre la palangana.

—¡Ah!

—Pero, verá usted —me apresuré a añadir—, opino así porque habitualmente solía estar de dicha forma. Los criados lo dejan aquí desde el almuerzo. Creo que de no haber estado de tal modo me hubiera llamado la atención.

Asintió, como si estuviera valorando mi razonamiento.

—Sí, lo comprendo. Es el aprendizaje que tuvo usted en el hospital. De haber estado algo fuera de lugar lo hubiese usted arreglado como siguiendo una rutina... Y después del asesinato, ¿estaba todo como ahora?

—No me di cuenta entonces —afirmé—. Me fijé solamente en si había algún sitio donde alguien pudiera estar escondido. Y miré también por si el asesino había dejado algo que constituyera una pista.

—Es sangre —dijo entonces el doctor Reilly levantándose—. ¿Tiene alguna importancia?

Poirot frunció el ceño, perplejo. Extendió las manos con un gesto petulante.

—No se lo puedo decir. ¿Cómo podría hacerlo? Tal vez

no tenga ningún significado. Puedo suponer que el asesino la tocó, que se manchó las manos de sangre, aunque fuera poca, y que vino al lavabo y se lavó. Tal vez ocurrió así. Pero no puedo asegurar sin reflexión que eso fue lo que pasó. Esta mancha puede carecer de toda importancia.

—No se derramó mucha sangre —comentó dubitativamente el médico—. No llegó a salpicar. Brotó un poco de la herida. Aunque desde luego, si llegó a tocarla...

Me estremecí. En mi imaginación vi un cuadro repugnante. Era alguien, tal vez algún muchacho regordete que hacía las fotografías, derribando a la mujer y luego inclinándose sobre ella para tocar la herida con sus dedos. Y en su cara una horrorosa expresión de maldad, o quizá... de ferocidad y locura.

El doctor Reilly se dio cuenta de mi estremecimiento.

—¿Qué le pasa, enfermera? —preguntó.

—Nada, que se me ha puesto la piel de gallina —repliqué.

Monsieur Poirot dio la vuelta y me miró.

—Ya sé lo que necesita usted —observó—. Dentro de un rato, cuando hayamos terminado aquí y regrese con el doctor a Hassanieh, vendrá usted con nosotros. Le dará una taza de té a la enfermera Leatheran, ¿verdad, doctor?

—Encantado.

—¡Oh, no, doctor! —protesté—. No quiero ni pensarlo.

Monsieur Poirot me dio un amistoso golpecito en la espalda. Fue un golpecito completamente inglés, desprovisto de la intención que pudiera tener al ser dado por un extranjero.

—Usted, *ma sœur*, hará lo que le diga —anunció—. Además, me será de utilidad. Hay muchas cosas más que necesito discutir, y no puedo hacerlo aquí, donde uno debe guardar cierto respeto. El buen doctor Leidner venera la memoria de su esposa y está seguro de que todos los demás sienten lo mismo hacia ella. Pero eso, en mi opinión, no se comprende en la naturaleza humana. Necesitamos hablar de Mrs. Leidner... ¿cómo dicen ustedes? ¡Ah, sí! Sin llevar los guantes puestos. Quede entonces convenido así. Cuando hayamos terminado aquí, vendrá con nosotros a Hassanieh.

—Supongo —dije— que de todos modos tendría que irme. Es algo embarazoso.

—No haga nada durante un par de días —dijo el doctor Reilly—. No estaría bien que se fuera antes del funeral.

—Así parece —repliqué—. ¿Y si me asesinan, doctor?

Lo dije medio en broma. El doctor Reilly se lo tomó así, y me hubiera contestado de la misma forma, según pensé. Pero monsieur Poirot, para mi sorpresa, se detuvo en mitad de la habitación y se llevó las manos a la cabeza.

—¡Ah! Si ocurriera eso... —murmuró—. Existe el peligro... sí, un gran peligro. ¿Y qué puedo hacer yo? ¿Cómo podré prevenirlo?

—Por favor, monsieur Poirot —exclamé—. Sólo estaba bromeando. Me gustaría saber quién puede desear mi muerte.

—Su muerte... o la de otro —añadió.

No me gustó la forma como expresó aquello. Fue estremecedor.

—Pero ¿por qué? —insistí. Me miró fijamente.

—Bromeo, mademoiselle, y me río —dijo—. Pero hay algunas cosas que no son para tomarse a broma. Hay cosas que he aprendido en mi profesión. Y una de ellas, la más terrible, es que asesinar es una costumbre.

Capítulo 18

Una taza de té en casa
del doctor Reilly

Antes de marcharse, Poirot dio una vuelta alrededor de la casa y sus dependencias. Hizo también unas cuantas preguntas a los criados; es decir, el doctor Reilly tradujo las preguntas y las respuestas del inglés al árabe y viceversa.

Las preguntas se referían principalmente al aspecto del desconocido que Mrs. Leidner y yo habíamos visto tratando de mirar por la ventana, y con quien había hablado el padre Lavigny al día siguiente.

—¿Cree usted realmente que ese individuo tiene algo que ver con este asunto? —preguntó el doctor Reilly cuando íbamos dando tumbos hasta Hassanieh en su coche.

—Me gusta reunir toda la información posible —fue la respuesta de Poirot.

Y, en efecto, aquello describía muy bien su método. Me di cuenta más tarde de que no había nada, por pequeño que fuese, que no le interesara. Los hombres, por lo general, no son tan dados al chismorreo.

Debo confesar que me vino muy bien la taza de té que tomé cuando llegamos a casa del doctor Reilly. Me fijé en que monsieur Poirot puso cinco terrones de azúcar en la suya. Mientras revolvía el té con la cucharilla, dijo:

—Ahora podremos hablar, ¿verdad? Podremos determinar quién es el que probablemente cometió el crimen.

—¿Lavigny, Mercado, Emmott o Reiter? —preguntó el médico.

—No, no. Esa es la teoría número tres. Quiero concentrarme ahora en la número dos, dejando a un lado todo lo referente a un misterioso marido o a un cuñado que vuelve del pasado. Hablemos ahora sencillamente sobre cuál de los componentes de la expedición tuvo ocasión y medios de asesinar a Mrs. Leidner y quién posiblemente lo hizo.

—Creí que no le había dado mucha importancia a esa teoría.

—Nada de eso. Pero tengo cierta delicadeza natural —dijo Poirot, con acento de reproche—. ¿Podría discutir en presencia del doctor Leidner los motivos que pudiera tener uno de los de la expedición para asesinar a su esposa? Eso habría supuesto tener muy poca delicadeza. Tuve que mantener la ficción de que su esposa era adorable y de que todos estaban prendados de ella. Pero, como es natural, no ocurriría nada de eso. Ahora podemos ser crueles e impersonales, y decir lo que pensemos. No debemos tener en cuenta para nada los sentimientos de los demás. Y para ayudarnos a ello ha venido la enfermera Leatheran. Estoy seguro de que es una buena observadora.

—¡Oh! No lo estoy yo tanto —dije.

El doctor Reilly me ofreció un plato de apetitosas tortitas calientes.

—Para que recupere fuerzas —dijo. Las tortitas estaban muy ricas.

—Vamos a ver —empezó Poirot con tono amistoso y de confianza—. Cuénteme usted, *ma sœur*, qué es lo que sentía exactamente cada uno de los miembros de la expedición hacia Mrs. Leidner.

—Sólo llevo allí una semana, monsieur Poirot.

—Lo suficiente para alguien que tenga una inteligencia como la suya. Una enfermera pronto se hace cargo de todo. Se forma sus opiniones y se atiene a ellas. Vamos, empecemos. El padre Lavigny, por ejemplo.

—Pues en realidad no sé qué decir. Al parecer, él y

Mrs. Leidner eran muy aficionados a conversar. Pero hablaban casi siempre en francés y yo no lo entiendo bien del todo, aunque lo estudié en el colegio. Creo que la mayor parte de las veces hablaban de libros.

—Puede decirse entonces que ambos se llevaban bien.

—Pues sí. Puede considerarlo así. Sin embargo, a pesar de ello, creo que el padre Lavigny se sentía algo desconcertado ante ella y, bueno, eso lo incomodaba. Supongo que entiende lo que quiero decir.

Le conté la conversación que había sostenido con él en las excavaciones el primer día, cuando calificó a Mrs. Leidner de «mujer peligrosa».

—Eso es muy interesante —dijo monsieur Poirot—. ¿Y ella? ¿Qué pensaba de él?

—Eso es también muy difícil de decir. No era sencillo saber lo que pensaba Mrs. Leidner de los demás. Me imagino que ella tampoco comprendía al padre Lavigny. Recuerdo que una vez le dijo a su marido que no se parecía a ninguno de los religiosos que había conocido hasta entonces.

—Traigan una soga para el padre Lavigny —comentó chistosamente el doctor Reilly.

—Mi querido amigo —observó Poirot—, ¿no tendrá quizá algún enfermo que visitar? Por nada del mundo quisiera estorbarle en sus deberes profesionales.

—Tengo el hospital lleno —replicó el médico.

Se levantó, soltó algunas indirectas y salió riendo de la habitación.

—Así está mejor —dijo Poirot—. Ahora podremos tener una interesante conversación los dos solos. Pero no se olvide de beberse el té.

Me ofreció un plato de emparedados y sugirió que tomara una segunda taza de té. Tenía, realmente, unas maneras encantadoras y atentas.

—Y ahora —continuó— sigamos con nuestro cambio de

142

impresiones. ¿A cuál de todos ellos no le gustaba Mrs. Leidner?

—Bueno —repliqué—, es sólo una opinión y no quiero que luego se repita por ahí diciendo que es mía.

—Naturalmente que no.

—Pues, en mi opinión, Mrs. Mercado la aborrecía.

—¡Ah! ¿Y Mr. Mercado?

—Sentía cierta admiración hacia ella. No creo que, fuera de su esposa, se hayan fijado en él muchas mujeres; y Mrs. Leidner tenía una manera muy simpática de interesarse por la gente y por todo lo que contaban. Me imagino que aquello se le subió a la cabeza al pobre hombre.

—Y Mrs. Mercado no estaba muy satisfecha por ello, ¿verdad?

—No podía disimular sus celos, eso es lo cierto. Hay que tener cuidado de no meterse entre marido y mujer. Le podría contar algunos casos verdaderamente sorprendentes. No tiene usted idea de las extravagancias que se les meten a las mujeres en la cabeza cuando se trata de sus maridos.

—No dudo de que es verdad lo que usted dice. ¿Así que Mrs. Mercado sentía celos? ¿Y aborrecía a Mrs. Leidner?

—Vi en ocasiones cómo la miraba, y si las miradas pudieran matar... ¡válgame Dios! —Me detuve—. De veras, monsieur Poirot, no quería decir que... No he querido dar a entender, ni por un momento...

—No, no. Ya comprendo. La frase se le ha escapado. Es una frase muy oportuna. ¿Y Mrs. Leidner estaba inquieta por la animosidad de Mrs. Mercado?

—Pues... —reflexioné—, no creo que le preocupara en lo más mínimo. Hasta creo que ni siquiera lo advertía. Cierta vez pensé en hacerle una insinuación sobre ello, pero no me decidí. Cuanto menos se diga, más pronto se arregla todo. Tal vez fue lo que hice entonces.

—Es usted prudente, no hay duda. ¿Puede darme algún ejemplo de cómo exteriorizaba Mrs. Mercado sus sentimientos?

Le conté la conversación que tuvimos en la azotea.

—De modo que le mencionó el primer matrimonio de Mrs. Leidner —comentó Poirot como si meditara—. ¿Puede usted recordar si, al decirle aquello, le pareció como si ella quisiera enterarse de si usted había oído una versión diferente?

—¿Cree quizá que ella sabía la verdad del caso?

—Es posible. Pudo haber escrito las cartas y arreglar lo de la mano en la ventana y todo lo demás.

—Algo de eso me pregunté yo misma. Me pareció que eran cosas mezquinas y vengativas que ella era capaz de hacer.

—Sí. Un rasgo cruel, diría yo. Pero eso difícilmente demuestra un temperamento dispuesto al asesinato brutal y a sangre fría a menos que...

Hizo una pausa y luego añadió:

—Es extraño lo que le dijo. «¿Cree que no sé a qué ha venido usted aquí?» ¿Qué quería decir con ello?

—No lo puedo imaginar —repliqué con franqueza.

—Creía que estaba usted allí con un fin determinado, aparte del que todos conocían. ¿Con qué objeto? ¿Y por qué demostró tanto interés por ello? Es extraña también la forma cómo la miró mientras tomaban el té el día que usted llegó.

—No es una señora, monsieur Poirot —observé remilgadamente.

—Eso, *ma sœur*, es una excusa, pero no una explicación.

De momento no llegué a comprender a qué se refería. Pero él siguió rápidamente.

—¿Y los demás componentes de la expedición?

Medité durante unos instantes.

—No creo que a miss Johnson le gustara tampoco Mrs. Leidner. Pero no trataba de ocultarlo y era franca acerca de ello. Admitió que sentía prejuicios. Apreciaba al doctor Leidner, con quien había trabajado muchos años. Y, desde luego, el matrimonio cambia las cosas, no hay que negarlo.

—Sí —dijo Poirot—, y desde el punto de vista de miss Johnson fue un matrimonio improcedente. El doctor Leidner hubiera hecho mejor casándose con ella.

—Eso es —convine—. Pero así son los hombres. Ni el uno por ciento de ellos se detienen a considerar qué es lo que les conviene. Aunque en este caso no puede culpar del todo al doctor Leidner. La pobre miss Johnson no tiene grandes atractivos. Y Mrs. Leidner era hermosa de verdad... Aunque no muy joven, desde luego. ¡Oh! Me habría gustado que la hubiese conocido. Había en ella un no sé qué. Recuerdo que Mr. Coleman la describió como una... no recuerdo su nombre... que salía para encantar a la gente y llevársela con ella a los pantanos. No fue una forma muy feliz de describirla, aunque, bueno, tal vez se reirá usted de mí, pero había algo en ella que no era... de este mundo.

—Podía hechizar a la gente. Sí, ya lo entiendo —dijo Poirot.

—No creo que ella y Mr. Carey se llevaran muy bien —proseguí—. Me parece que también él sentía celos, como miss Johnson. Trataba con muchos cumplidos a Mrs. Leidner y ella hacía lo mismo. Ya sabe, en la mesa le pasaba muy cortésmente las cosas y lo trataba de «Mr. Carey» con mucha formalidad. Era un viejo amigo de su marido y, desde luego, hay algunas mujeres que no soportan a las antiguas amistades de sus esposos. No les gusta pensar que alguien los conoció antes que ellas. Creo que me he embrollado al describirlo, pero me figuro que es así.

—Lo comprendo perfectamente. ¿Y los tres jóvenes? Coleman, según me ha dicho usted, sentía inclinación a poetizar acerca de ella.

No pude aguantar la risa.

—Fue algo divertido, monsieur Poirot —repuse—. Porque es un joven tan poco dado a idealismos...

—¿Y los otros dos?

—No sé, en realidad, qué pensar acerca de Mr. Emmott. Es muy sosegado y no habla más de lo necesario. Mrs. Leidner fue siempre muy amable con él. Quería demostrarle su amistad llamándole David y fastidiándole acerca de miss Reilly y cosas parecidas.

—¿De veras? ¿Y le gustaba a él eso?

—No estoy segura —dije con incertidumbre—. Se limitaba a mirarla de una forma bastante curiosa. No podía decirse qué era lo que estaba pensando él.

—¿Y Mr. Reiter?

—En algunas ocasiones no lo trataba con mucha amabilidad —repliqué—. Creo que el joven le atacaba los nervios. Ella solía dirigirle algunos sarcasmos.

—¿Le importaba a él?

—El pobre se ponía colorado. No creo que ella pretendiera ensañarse con el chico.

Y entonces, de repente, en vez de sentir compasión por el muchacho, se me ocurrió que muy bien podía ser un asesino a sangre fría que hasta entonces había representado una comedia.

—¡Oh, monsieur Poirot! —exclamé—. ¿Qué cree usted que sucedió?

Sacudió la cabeza lentamente.

—Dígame —preguntó—. ¿No tiene miedo de volver allá esta noche?

—¡Oh, no! —respondí—. Recuerdo lo que dijo usted. Pero ¿quién puede desear mi muerte?

—No creo que haya nadie que la desee —dijo despacio—. Por eso, en parte, tenía yo tanto interés en oír lo que tuviera que contarme. Creo..., mejor dicho, estoy seguro de que no corre usted ningún peligro.

—Si alguien me hubiera dicho en Bagdad... —me detuve.

—¿Oyó alguna habladuría acerca de los Leidner y su expedición antes de llegar aquí? —preguntó.

Le di a conocer el apodo que le habían puesto a Mrs. Leidner y le conté, por encima, todo lo que Mrs. Kelsey había dicho de ella.

Estaba a mitad de mi relato cuando se abrió la puerta y entró miss Reilly. Venía de jugar al tenis y llevaba una raqueta en la mano. Supuse que se la habían presentado a Poirot cuando llegó a Hassanieh. Me saludó con sus maneras bruscas y cogió un emparedado.

—Bien, monsieur Poirot —dijo—, ¿qué tal va nuestro misterio?

—No muy deprisa, mademoiselle.

—Ya veo que ha rescatado de la catástrofe a la enfermera.

—La enfermera Leatheran me ha proporcionado valiosa información sobre los que componen la expedición. Y, de paso, me he enterado de muchas cosas acerca de la víctima. Y ya sabe, mademoiselle, que la víctima es a menudo la clave del misterio.

—Es usted muy listo, monsieur Poirot —dijo miss Reilly—. No hay duda de que, si jamás existió una mujer que mereciera que la asesinaran, esa mujer era Mrs. Leidner.

—¡Miss Reilly! —exclamé escandalizada. Lanzó una breve y cruel risotada.

—¡Ah! —dijo—. Creo que no se ha enterado usted de toda la verdad. Me parece, enfermera Leatheran, que la enredó a usted como a tantos otros. Sepa, monsieur Poirot, que casi espero que en este caso no tenga éxito. Me gustaría que el asesino de Louise Leidner escapara indemne. Con franqueza, no me hubiera importado despacharla yo misma.

Me repugnaba aquella chica. Monsieur Poirot, por su

parte, no se inmutó lo más mínimo. Se limitó a inclinarse y a decir con tono placentero:

—Espero, entonces, que tendrá usted una coartada para lo que hizo ayer por la tarde.

Hubo un momento de silencio y la raqueta de miss Reilly cayó al suelo. No se molestó en recogerla. ¡Negligente y descuidada, como todas las de su clase!

—Naturalmente. Estuve jugando al tenis en el club —dijo con voz débil, como si le faltara el aliento—. Vamos, monsieur Poirot, me parece que no sabe usted todo lo que refiere a Mrs. Leidner y la clase de mujer que era.

El detective se inclinó con aquella graciosa reverencia.

—Entonces debe usted informarme, mademoiselle.

Ella titubeó y luego empezó a hablar con una insensibilidad y una falta de decoro que me dieron náuseas.

—Existe la costumbre de no hablar mal de los muertos. Creo que es estúpida. Verdad no hay más que una. Si se mira bien, es mejor cerrar la boca y no hablar mal de los vivos, pues es muy probable que se les injurie. Pero los muertos están más allá de todo eso, aunque el daño que hayan hecho les sobreviva en muchas ocasiones. Esto no es una cita de Shakespeare, pero se le parece bastante. ¿Le ha contado la enfermera el extraño ambiente que se respiraba en Tell Yarimjah? ¿Le ha contado lo excitados que estaban todos? ¿Y cómo solían mirarse unos a otros como si fueran enemigos? Ésa fue la obra de Louise Leidner. Los conocí hace tres años, y eran entonces la pandilla más feliz y alegre que darse pueda. Y el año pasado aún se llevaban todos muy bien. Pero este año se cernía sobre ellos una sombra... Era la obra de ella. Era una de esas mujeres que no dejan ser feliz a nadie. Hay mujeres así, y ella era de esa clase. Le gustaba romper las cosas. Sólo por diversión, o por experimentar un sentimiento de poder... O tal vez porque era así y no podía ser de otro modo. Era, además, una de esas mujeres que tiene que acaparar a todos los hombres que caigan a su alcance.

—Miss Reilly —exclamé—, no creo que eso sea verdad. Sé que no lo es.

Ella prosiguió sin prestarme atención.

—No le bastaba que la adorara su marido. Puso en ridículo a ese idiota patilargo de Mercado. Luego atrapó a Bill. Aunque Bill es un sujeto razonable, lo estaba aturdiendo. A Carl Reiter le gustaba atormentarlo. Era fácil. Es un chico muy sensible. Y a David también le dio lo suyo.

»David le gustaba más porque le presentó batalla. El muchacho experimentó también la atracción de sus encantos, pero no hizo caso de ellos. Yo creo que fue a causa de que tiene bastante sentido común para saber que a ella, en realidad, él le importaba un comino. Y por eso la aborrezco. No quería líos amorosos. Eran sólo experimentos hechos a sangre fría y el placer de excitar a los demás para que pelearan unos con otros. Ella especulaba con esto también. Era una mujer de las que jamás se han peleado con nadie, pero que provocan riñas por donde pasan. Hacen que ocurran. Era una especie de Yago femenino. Le gustaba el drama, pero no quería verse envuelta en él. Prefería quedarse fuera para mover los hilos, mirar y divertirse. ¡Oh! ¿Comprende lo que quiero decir?

—Lo comprendo quizá mejor de lo que usted se imagina, mademoiselle —dijo Poirot.

No pude calificar el tono de su voz. No parecía indignado. Sonaba a..., bueno, no puedo explicarlo.

Sheila Reilly pareció entenderlo, pues se sonrojó.

—Puede usted pensar lo que quiera —replicó—, pero tengo razón acerca de ella. Era una mujer lista. Estaba aburrida e hizo experimentos con la gente, al igual que hacen otros con materias químicas. Se divertía jugando con los sentimientos de la pobre miss Johnson, viendo cómo ella se tragaba el anzuelo y trataba de dominarse. Le gustaba aguijonear a la pequeña Mercado hasta ponerla al rojo vivo. Le agradaba azotarle en la carne viva, cosa que podía hacer cuando quería; gozaba enterándose de cosas acerca de la gente y suspendiéndolas luego sobre sus cabezas. No me refiero a un vulgar chantaje. Quiero decir que Louise les hacía saber que estaba enterada de todo y luego les dejaba en la incertidumbre de lo que ella haría con lo averiguado. ¡Dios mío! Esa mujer era una artista. No existía ninguna imperfección en sus métodos.

—¿Y su marido? —preguntó Poirot.

—Ella nunca quiso lastimarle —respondió lentamente miss Reilly—. Jamás vi que lo tratara con desapego. Supongo que lo quería. El pobre no sale jamás de su propio mundo de excavaciones y teorías. La adoraba y creía que era perfecta. Eso podía haber molestado a cualquier mujer, aunque a ella no. En cierto sentido, él vivía en el limbo... Pero a pesar de ello, no era tal limbo, pues su mujer era para él tal como la imaginaba. Aunque es difícil compaginar esto con...

Se detuvo.

—Prosiga, mademoiselle —dijo Poirot. Ella se volvió súbitamente hacia mí.

—¿Qué ha dicho de Richard Carey?

—¿De Richard Carey? —repetí asombrada.

—Sobre ella y Carey.

—Pues he mencionado que no se llevaban muy bien.

Ante mi sorpresa, empezó a reír.

—¡No se llevaban bien! ¡Tonta! Estaba loco por ella. Esto le estaba trastornando porque apreciaba mucho a Leidner. Ha sido amigo suyo durante bastantes años. Aquello era suficiente para ella, desde luego. Bastó para que se interpusiera entre los dos. Pero, de todas formas, me había imaginado que...

—*Eh bien?*

La muchacha frunció el ceño, absorta en sus pensamientos.

—Me pareció que, por una vez, había llegado demasiado lejos; que no sólo había mordido, sino que la habían mordido. Carey es atractivo, muy atractivo... Ella era una diablesa frígida, pero creo que debió de perder su frigidez con él.

—¡Eso que acaba de decir es una calumnia! —exclamé—. ¡Si casi no se hablaban!

—¡Oh! ¿De veras? —Se volvió hacia mí—. Veo que sabe mucho acerca de ello. Se trataban de «Mr. Carey» y «Mrs. Leidner» dentro de casa, pero solían verse en el campo. Ella bajaba al río por la senda y él abandonaba las excavaciones durante una hora. Se encontraban en la plantación de árboles frutales. A él le vi en una ocasión cuando la dejaba, caminando hacia el montículo, mientras ella se quedaba mirando cómo se alejaba. Supongo que mi conducta no fue muy discreta. Llevaba conmigo unos prismáticos y con ellos contemplé a placer la cara de Louise. Si tengo que decirle la verdad, creo que a ella le gustaba un rato largo el tal Richard Carey.

Calló y miró a Poirot.

—Perdone que me entrometa en su caso —dijo haciendo un repentino gesto—, pero creí que le gustaría conseguir una buena descripción colorista de lo que pasaba aquí.

Y sin más salió de la habitación.

—¡Monsieur Poirot! —exclamé—. No creo ni una palabra de lo que ha dicho.

Me miró y sonrió. Luego, con un acento extraño, según me pareció, dijo:

—No puede usted negar, enfermera, que miss Reilly ha arrojado cierta... luz sobre el caso.

Capítulo 19

Una nueva sospecha

No pudimos continuar porque en aquel momento entró el doctor Reilly diciendo jocosamente que acababa de matar al paciente más fastidioso que tenía.

Monsieur Poirot se enzarzó con él en una discusión más o menos científica acerca de la psicología y estado mental de una persona que se dedicaba a escribir anónimos. El médico citó varios casos que había conocido en el curso de su profesión y monsieur Poirot contó algunas historias en las que había intervenido.

—No es tan sencillo —dijo el detective por fin—. Existe el deseo de poder y, a menudo, un fuerte complejo de inferioridad.

El doctor Reilly asintió.

—Por eso ocurre frecuentemente que el autor de los anónimos resulta ser la persona menos sospechosa de todas. Algún alma inofensiva, incapaz de matar una mosca, aparentemente; toda dulzura y mansedumbre cristiana por fuera, pero hirviendo con todas las furias del infierno en su interior.

Poirot observó pensativamente.

—¿Diría usted que Mrs. Leidner tenía cierta tendencia a demostrar complejo de inferioridad?

El doctor Reilly limpió su pipa mientras reía por lo bajo.

—Era la última persona a la que describiría de ese modo. No había en ella nada reprimido. Vida y nada más que vida, era lo que deseaba... Y lo consiguió.

—¿Considera usted posible, psicológicamente hablando, que ella escribiera esas cartas?

—Sí. Lo creo. Pero si lo hizo, la razón se basó en su instinto de dramatizar su propia vida. Mrs. Leidner, en su vida privada, tenía algo de estrella cinematográfica. Debía ocupar siempre el centro, a la luz de las candilejas. Se casó con Leidner debido a la atracción de lo opuesto, pues él es el hombre más retraído y modesto que conozco. La adoraba, pero a ella no le gustaba una adoración casera como aquélla. Quería ser también la heroína perseguida.

—En resumen —dijo Poirot sonriendo—, no se adhiere a la teoría de Leidner relativa a que ella escribió las cartas y luego se olvidó de haberlo hecho.

—No, desde luego. No quise rebatir la idea ante él. A un hombre que acaba de perder a una esposa muy querida no se le puede decir que ella era una desvergonzada exhibicionista que casi lo había vuelto loco de ansiedad por el solo placer de satisfacer su ansia de dramatismo. No resulta delicado contarle a un hombre la verdad exacta y completa sobre su mujer. Y es divertido, aunque todo lo contrario ocurre cuando se le cuenta a una mujer toda la verdad sobre su marido. Las mujeres pueden aceptar el hecho de que un hombre es un perdido, un estafador, un morfinómano, un empedernido embustero y un acabado sinvergüenza, sin mover ni una pestaña y sin alterar en lo más mínimo su afecto por el interesado. Las mujeres tienen un sentido admirable de la realidad.

—Con franqueza, doctor Reilly, ¿cuál es su opinión exacta sobre Mrs. Leidner?

El médico se retrepó en su silla y dio unas cuantas chupadas a la pipa.

—Francamente, es difícil decirlo. No la conocía bien. Tenía sus encantos, gran cantidad de ellos. Inteligencia, simpatía... ¿Qué más? No poseía ningún vicio desagradable. No era aficionada al coqueteo, ni perezosa, ni siquiera vanidosa. Siempre pensé, aunque no tengo pruebas de ello, que era una mentirosa consumada. Lo que no sé, y me gustaría saber, es si se mentía a ella misma o sólo a los demás. Tengo un criterio bastante amplio respecto a las mentirosas. Una mujer que no miente es una mujer sin imaginación y sin simpatía. No creo que le gustara perseguir a los hombres, sólo le gustaba abatirlos con su arco y sus flechas. Si habla con mi hija sobre el particular...

—Ya he tenido ese gusto —replicó Poirot sonriendo ligeramente.

—¡Hum! —refunfuñó el doctor Reilly—. No debió de gastar mucho tiempo en ello. Me imagino que la pondría como un trapo. Los jóvenes de la nueva generación no guardan respeto alguno a los muertos. Es una lástima que sean tan pedantes. Condenan la «vieja moral» y luego se confeccionan un código propio mucho más duro y disoluto. Si Mrs. Leidner hubiera tenido media docena de asuntos amorosos, a mi hija le habría parecido muy bien y habría dicho que «estaba viviendo su vida» o que «obedecía los impulsos de su sangre». De lo que no se ha dado cuenta es de que Mrs. Leidner se ajustaba a un tipo determinado: a su propio tipo. El gato obedece al instinto cuando juega con el ratón. Está hecho de esa forma. Los hombres no son chiquillos para que los protejan. Conocen a mujeres con instinto de gato; otras que los adoran como perros fieles y a otras regañonas como gallinas. Y otras todavía... La vida es lucha, no es una fiesta campestre. Me gustaría que Sheila fuera lo suficientemente sincera como para apearse de su alto pedestal y admitir que aborrecía a Mrs. Leidner por viejas y personales razones. Sheila es la única chica joven que hay por estos contornos y, como es natural, cree que nadie más que ella puede hacer lo que le dé la gana con los jóvenes que caen por aquí. Como era de esperar, se sintió incómoda cuando una mujer, de muchos más años que ella y con dos maridos en su haber, llegó y la derrotó en su propia especialidad. Sheila no está mal físicamente; tiene buena salud y posee una buena presencia y atractivo. Pero Mrs. Leidner se salía de lo corriente en ese aspecto. Tenía una especie de hechizo fatal, que, por lo general, sirve para complicar las cosas. Era algo así como una «altiva e ingrata señora».

Súbitamente di un bote en mi asiento. ¡Qué coincidencia!

—¿No será mucha indiscreción preguntarle si su hija tiene cierta *tendresse* por alguno de los jóvenes de la expedición?

—No lo creo. Emmott y Coleman la cortejan. No creo que a ella le importe uno más que el otro. Tenemos también a un par de chicos que pertenecen a las Fuerzas Aéreas. Supongo que, por ahora, le vale cualquiera. Pero estoy seguro de que lo que le molesta es que la edad derrote a la juventud. No sabe tanto como yo sobre el mundo. Cuando se llega a mi edad, uno se da cuenta de lo que realmente vale el rostro de una muchacha joven, unos ojos alegres y un cuerpo firme y ágil. Pero una mujer que haya pasado de los treinta años puede escuchar con toda atención y proferir una palabra, de vez en cuando, con la que demuestra su admiración hacia el que habla... Eso, pocos jóvenes lo resisten. Sheila es bonita, pero Louise Leidner era hermosa. Tenía unos ojos que daba gloria verlos y una sorprendente belleza dorada. Sí, era una mujer bellísima.

Eso pensé yo misma. La belleza es algo maravilloso.

Y Mrs. Leidner había sido hermosa. Pero no tenía ese aspecto que incita a los celos; sólo hacía que una se recreara mirándola sin cesar. El primer día que la conocí pensé que estaría dispuesta a hacer cualquier cosa por ella.

De todos modos, aquella noche, cuando regresaba a Tell Yarimjah después de haber cenado en casa del doctor Reilly, recordé uno o dos detalles que me hicieron sentir incómoda. Cuando Sheila Reilly lanzó su perorata, no me creí ni una de las palabras que dijo. Las tomé como producto de su rencor y malicia. Pero de repente me acordé de cómo Mrs. Leidner había insistido en marcharse sola a dar un paseo y de que no quiso que la acompañara. No pude menos que preguntarme si no habría ido al encuentro de Mr. Carey. Y, además, era un poco rara la manera cortés como se trataban entre ellos, ya que Louise tuteaba a casi todos los demás. Recordé que él nunca la miraba cara a cara. Podía ser porque no le gustara..., o podía ser muy bien lo contrario.

Me estremecí. Estaba imaginando demasiadas cosas, todo a causa de los improperios de una chica. Ello demostraba qué poco caritativo y qué peligroso era decir tales palabras.

Mrs. Leidner no había sido así, de ninguna manera. Era evidente que Sheila Reilly no había sido de su agrado. La había tratado bastante ásperamente aquel día, durante la comida, cuando se dirigió a Mr. Emmott. Fue una extraña mirada la que él le dirigió. La clase de mirada que no da a entender, ni por asomo, lo que se está pensando. No había modo de asegurar qué era lo que pensó Mr. Emmott. Era retraído, aunque muy agradable de trato. Una persona digna de confianza en todos los conceptos. Mr. Coleman, en cambio, era un joven atolondrado como pocos.

Estaba pensando en ello cuando llegamos a la casa. Eran las nueve en punto y el portalón estaba cerrado. Ibrahim llegó corriendo con la llave para abrirme la puerta. En Tell Yarimjah nos acostábamos temprano. No se veían luces en la sala de estar. Sólo había luz en la sala de dibujo y en el despacho del doctor Leidner; las demás ventanas estaban oscuras. Parecía como si la mayoría se hubiera ido a la cama más temprano que de costumbre.

Cuando pasé junto a la sala de dibujo, al dirigirme hacia mi habitación, miré por la ventana. Mr. Carey, en mangas de camisa, estaba trabajando afanosamente sobre un gran plano. Me dio la impresión de que estaba enfermo. Parecía cansado y agotado. Aquello me produjo una súbita congoja. No sabía lo que le pasaba a Mr. Carey; ni podía saberlo por lo que él me dijera, pues casi no hablaba. Ni siquiera estaba enterada de sus actividades más corrientes, ya que tampoco lo que hacía arrojaba mucha luz sobre el particular. Sin embargo, no había manera de que a una le pasara por alto aquel hombre, y todo lo que a él concernía diríase que importaba mucho más que lo que se refería a los demás. No sé si lo expresaré bien, pero era un hombre con el que había que contar siempre. Volvió la cabeza y me vio. Se quitó la pipa de la boca y me dijo:

—Bien, enfermera, ¿ya ha vuelto de Hassanieh?

—Sí, Mr. Carey. Trabaja usted hasta muy tarde. Parece que todos se han acostado ya.

—Pensé que debía seguir con esto —repuso—. Andaba algo retrasado y mañana tengo que estar en las excavaciones. Empezamos otra vez el trabajo.

—¿Ya? —pregunté sorprendida. Me miró de una manera extraña.

—Creo que es lo mejor. Se lo propuse a Leidner. Mañana estará casi todo el día en Hassanieh, arreglando cosas, pero el resto de nosotros debemos quedarnos aquí. Y tal como está todo, no es agradable quedarnos sentados mirándonos los unos a los otros.

Tenía toda la razón, y más si se consideraba que estábamos nerviosos y excitados.

—Tiene usted razón —dije—, es conveniente distraerse haciendo algo.

Yo sabía que el funeral debía celebrarse al cabo de dos días.

Mr. Carey volvió a inclinarse sobre el plano. Sentí que me invadía una enorme compasión por él. Estaba segura de que el pobre no conseguiría pegar ojo aquella noche.

—¿Quiere tomar un somnífero, Mr. Carey? —pregunté, después de titubear un poco.

Sacudió la cabeza mientras sonreía.

—No me hace falta, enfermera. Los somníferos son una mala costumbre.

—Buenas noches entonces, Mr. Carey. Si puedo hacer algo por usted...

—No lo creo. Muchas gracias, enfermera. Buenas noches.

—No sabe cuánto lo siento —exclamé, un tanto impulsivamente.

—¿Lo siente? —preguntó él sorprendido.

—Por... por todos. Ha sido tan horrible..., especialmente para usted.

—¿Para mí? ¿Por qué para mí?

—Pues... pues porque era un viejo amigo de los dos.

—Soy un viejo amigo de Leidner, no de ella.

Habló como si en realidad Mrs. Leidner no le hubiese gustado nunca. Deseé que miss Reilly hubiera oído aquello.

—Buenas noches —dije, y eché a correr hacia mi dormitorio. Me entretuve un rato antes de quitarme la ropa. Lavé algunos pañuelos y un par de guantes. Luego escribí en mi diario.

Di una ojeada al patio antes de disponerme a acostarme. La luz seguía encendida en la sala de dibujo y en el ala sur del edificio. Supuse que el doctor Leidner estaba todavía levantado y trabajando en su despacho. Me pregunté si sería conveniente ir a darle las buenas noches. Estuve indecisa, pues no quería parecer entrometida. Podía estar ocupado y tal vez deseara que no le molestasen. Sin embargo, al final me asaltó una especie de inquietud. Después de todo, no había ningún mal en ello. Le desearía buenas noches y, tras preguntarle si necesitaba algo, me marcharía.

Pero el doctor Leidner no estaba allí. La luz continuaba encendida, aunque no había nadie más que miss Johnson, con la cabeza apoyada sobre la mesa y llorando, desesperada.

Aquello me dio un vuelco al corazón. Era una mujer tan

sensata y sabía contener de tal forma sus emociones que daba lástima verla así.

—Pero ¿qué le ocurre? —exclamé, abrazándola y dándole golpecitos en la espalda—. Vamos, vamos, eso no conduce a nada. No ha debido venir a llorar aquí sola.

No contestó. Sentí el estremecimiento de los sollozos que la sacudían.

—Vamos, conténgase. Le prepararé una taza de té bien caliente.

Levantó la cabeza y dijo:

—No, no. No me pasa nada, enfermera. He sido una verdadera tonta.

—¿Qué es lo que le ha disgustado? —pregunté.

No replicó inmediatamente, pero al cabo de un momento exclamó:

—¡Qué horroroso ha sido!

—No piense en ello —dije—. Lo que ha pasado ya no tiene remedio. Es inútil culparse ahora.

La mujer se irguió y acto seguido empezó a arreglarse el pelo.

—Me estoy comportando de una forma ridícula —observó con su voz gruñona—. Estuve poniendo en orden el despacho. Pensé que era preferible hacer algo. Y entonces me acordé de todo.

—Sí, sí —me apresuré a replicar—. Ya lo sé. Todo lo que usted necesita es una taza de té bien cargado y una botella de agua caliente en la cama.

Y le proporcioné todo aquello. No le valieron de nada las protestas.

—Gracias, enfermera —dijo después de que la hube acomodado.

Estaba sorbiendo una taza de té y en la cama le había puesto una botella de agua caliente.

—Es usted una mujer de buenos sentimientos —añadió—. No suelo ponerme en ridículo con mucha frecuencia.

—¡Oh! No se preocupe. A todos nos puede ocurrir después de haber pasado por algo así —le aseguré—. Ya se sabe, la tensión, la impresión sufrida y la policía por todos los lados... Yo misma estoy nerviosa.

Ella replicó con voz baja y en un tono extraño:

—Todo lo que ha dicho es cierto. Lo que ha pasado ya no tiene remedio.

Guardó silencio durante unos segundos y luego prosiguió:

—¡Nunca fue una mujer agradable!

No discutí aquel punto. Estaba convencida de que miss Johnson y Mrs. Leidner jamás se tuvieron simpatía. En mi fuero interno estaba convencida de que miss Johnson se alegró secretamente de la muerte de Mrs. Leidner y ahora quizá se había avergonzado de tal pensamiento.

—Bueno, duérmase y deje de preocuparse por ello —le aconsejé.

Recogí unas cuantas cosas y arreglé un poco la habitación. Puse las medias en el respaldo de una silla y coloqué en un colgador la falda y la chaqueta. Vi en el suelo una pelotita de papel que debió de caerse de un bolsillo.

Lo estaba alisando, para ver si no tenía importancia y podía tirarlo, cuando miss Johnson, con un tono que me hizo sobresaltar, exclamó:

—¡Deme eso!

Así lo hice, un tanto sorprendida por el modo perentorio que empleó. Me arrebató el papel de las manos y luego lo acercó a la llama de la vela hasta que lo redujo a cenizas.

Me quedé mirándola fijamente.

No había tenido tiempo de ver lo que había escrito en el papel, pues me lo arrebató antes de que pudiera hacerlo. Pero cuando el papel estaba quemándose se retorció de tal manera que pude ver con relativa facilidad unas palabras escritas a mano.

Hasta que me metí en la cama, me estuve preguntando

por qué aquella escritura me resultaba familiar. Y entonces me di cuenta de ello.

Era la misma que había visto en las cartas anónimas.

¿Fue eso lo que había producido el remordimiento de miss Johnson? ¿Era ella la que había escrito los anónimos?

Capítulo 20

Miss Johnson,
Mrs. Mercado y Mr. Reiter

No me importa confesar que la idea me sorprendió en gran manera. Nunca había asociado a miss Johnson con las cartas. Mrs. Mercado, tal vez. Pero miss Johnson era una dama en toda la extensión de la palabra; una mujer que sabía dominarse y tenía sentimientos.

Sin embargo, al recordar la conversación que aquella misma noche habían sostenido monsieur Poirot y el doctor Reilly, pensé que precisamente aquello podía haber sido la causa.

Si miss Johnson era la autora de las cartas, muchas cosas quedaban explicadas. No quiero decir con esto que ella tuviera algo que ver con el asesinato. Pero comprendía que su aversión por Mrs. Leidner podía haberla hecho sucumbir a la tentación de ponerla nerviosa, por decirlo así. Tal vez esperaba asustarla lo suficiente para que abandonara las excavaciones.

Pero luego, al ser asesinada Mrs. Leidner, la pobre miss Johnson había sentido unos terribles remordimientos. En primer lugar, por su cruel jugarreta. Y también, quizá, porque fue consciente de que las cartas constituían una buena defensa para el verdadero asesino. No era extraño que se sintiera abatida. Yo estaba segura de que, en el fondo, era una bellísima persona. Y ello explicaba, asimismo, la causa de que se hubiera hecho eco con tanto anhelo de aquello que le dije a modo de consuelo: «Lo que ha pasado ya no tiene remedio», y luego aquella críptica observación con la que pareció justificarse: «Nunca fue una mujer agradable». ¡Aquella frase!

¿Qué debía hacer yo? Esa era la cuestión.

Di muchas vueltas en la cama y, por fin, decidí contárselo a monsieur Poirot, aprovechando la primera oportunidad que tuviera.

Vino al día siguiente, aunque no pude hablarle en privado.

Me quedé sola con él durante un minuto, pero antes de que me decidiera a iniciar mi relato, se inclinó y me murmuró al oído varias instrucciones.

—Debo hablar con miss Johnson y tal vez con otros, en la sala de estar. ¿Tiene todavía la llave de la habitación de Mrs. Leidner?

—Sí —dije.

—*Très bien*. Vaya allí, cierre la puerta cuando haya entrado y dé un grito. No un alarido, solamente un grito. ¿Comprende lo que quiero decir? Deseo que exprese alarma y sorpresa, pero no un terror desmedido. Dejo a su elección la excusa que debe dar si la oyen. Que ha pisado algo, por ejemplo.

Supongo que quiso decir «ha tropezado con algo».*

En aquel momento salió miss Johnson al patio y no hubo tiempo para más. Comprendí perfectamente lo que se proponía monsieur Poirot. Tan pronto como él y miss Johnson entraron en la sala de estar, me dirigí a la habitación de Mrs. Leidner, abrí la puerta, entré y cerré. Les aseguro que me pareció un poco ridículo entrar en una habitación vacía y, sin motivo alguno, lanzar un grito. Además, no era fácil saber con certeza qué fuerza debía darle. Lancé

---

* Juego de palabras intraducible. Poirot confunde *stepped*, «pisado», con *stubbed*, «tropezado», pues la pronunciación de ambas palabras es muy parecida. (*N. del t.*)

un «¡Oh!» bastante sonoro. Lo repetí después en un tono más alto y luego con menos intensidad.

Salí al patio y me dispuse a contar que había «pisado» algo. Pero pronto me di cuenta de que no hacía falta excusa alguna.

Poirot y miss Johnson hablaban animadamente y nada parecía demostrar que habían interrumpido la conversación en algún momento.

«Bueno, esto aclara la cuestión. O bien miss Johnson se imaginó que había oído un grito, o bien se trató de algo completamente diferente», pensé.

No quería entrar en la sala de estar e interrumpirlos. Había una tumbona en el porche y tomé asiento en ella. Sus voces llegaban hasta mí.

—Como comprenderá, la situación es muy delicada —estaba diciendo Poirot—. No hay duda de que el doctor Leidner adoraba a su esposa.

—De eso no hay ninguna duda —aseguró miss Johnson.

—Me contó, además, que todos los de la expedición sentían también gran afecto hacia ella. ¿Y qué van a decir los demás? Lo mismo, exactamente. Es por cortesía y decoro. Tal vez sea verdad, tal vez no. Y yo estoy convencido, mademoiselle, de que el quid de esta cuestión estriba en comprender por completo el carácter de Mrs. Leidner. Si llegara a saber la opinión, la opinión sincera, de cada uno de los componentes de la expedición, podría formarme una composición de lugar. Debo confesarle, sinceramente, que para eso he venido hoy. Sabía que el doctor Leidner estaría en Hassanieh. Tal circunstancia me facilitará el entrevistarme con cada uno de ustedes y solicitar su valiosa ayuda.

—Me parece muy bien —empezó a decir miss Johnson.

—No me ponga toda esa serie de reparos a que tan aficionados son ustedes los ingleses —rogó Poirot—. No me diga que es poco deportivo, que no debe hablarse mal de

164

los muertos y que... En fin, hay un sentimiento que se llama lealtad. La lealtad es algo que no se compagina con el crimen. Sólo sirve para oscurecer la verdad.

—No le guardo yo mucha lealtad a Mrs. Leidner —replicó secamente ella. Había en su voz un tono ácido y brusco—. En cuanto al doctor Leidner, es diferente. Y ella, al fin y al cabo, era su esposa.

—Precisamente, precisamente. Comprendo que no desee hablar mal de la esposa de su jefe. Pero ahora no se trata de prestar declaración en un juicio de faltas. Se trata de una muerte violenta y misteriosa. Si he de llegar a la conclusión de que la víctima fue una mártir angelical, mi tarea no va a ser más fácil por ello.

—Yo no diría que fuera angelical —opinó miss Johnson, y su tono acerbo se acentuó más aún.

—Dígame, francamente, su parecer sobre Mrs. Leidner como mujer.

—¡Hum! —refunfuñó ella—. Debo advertirle en primer lugar, monsieur Poirot, que siento grandes prejuicios contra ella. Tanto yo como todos los demás queríamos mucho al doctor Leidner. Y creo que sentimos celos cuando vino su mujer. No nos sentó bien el que ella absorbiera parte de su tiempo y su atención. Nos molestaba la devoción que él le demostraba. Le estoy contando la verdad, monsieur Poirot, y no me resulta muy agradable, se lo aseguro. No me agradaba la presencia de ella aquí; aunque, como es lógico, traté de no demostrarlo nunca. Su presencia hacía que para nosotros todo fuera diferente.

—¿Nosotros? ¿Ha dicho usted «nosotros»?

—Me refería a Mr. Carey y a mí. Éramos los dos veteranos. Nos preocupaba mucho el nuevo orden de cosas. Y supongo que es natural. Quizá fuéramos un poco mezquinos en ello, pero es que todo nos parecía ya diferente.

—¿De qué forma?

—¡Oh! En todas. Antes solíamos pasarlo muy bien. Nos

divertíamos, nos gastábamos bromas, como acostumbra a hacer la gente que trabaja junta. El doctor Leidner era alegre como un muchacho.

—¿Y la llegada de Mrs. Leidner lo cambió todo?

—Yo creo que no fue culpa suya. El año pasado no nos fue mal del todo. Y por favor, créame, monsieur Poirot, ella no hizo nada. Siempre fue muy amable conmigo, muy amable. Por eso a veces me siento avergonzada. Ella no tenía la culpa de que algunas cosas que hiciera o dijera me sentaran mal. Si le digo la verdad, pocas personas podían ser más agradables que ella.

—Pero, a pesar de todo, las cosas cambiaron esta temporada, ¿verdad? El ambiente era diferente.

—Por completo. No sé a qué atribuirlo. Todo parecía ir mal; no respecto al trabajo, sino a nosotros. Teníamos mal humor y los nervios de punta. Algo así como lo que se siente cuando amenaza tormenta.

—¿Lo atribuye a la influencia de Mrs. Leidner?

—Nunca había sucedido antes de venir ella —replicó secamente miss Johnson—. ¡Oh! Soy una vieja gruñona. Soy conservadora, no me gusta que cambien las cosas. No debe hacerme usted caso, monsieur Poirot.

—¿Cómo describiría el carácter y temperamento de Mrs. Leidner?

Miss Johnson titubeó y luego dijo:

—Su temperamento era desigual, con muchos altibajos. Un día era amable con la gente y al siguiente no quería hablar con nadie. Era afable y considerada con los demás. Pero, aun así, se notaba que la habían mimado demasiado durante su vida. Todas las atenciones del doctor Leidner para con ella las tomaba como algo perfectamente natural. Creo que nunca se dio cuenta de la grandeza moral del hombre con quien se había casado. Eso me molestaba muchas veces. Era, además, terriblemente nerviosa y susceptible. ¡Había que ver la de cosas que se imaginaba y en qué estado se ponía en ocasiones! Me alegré mucho cuando el doctor Leidner trajo a la enfermera Leatheran. Era demasiado pesado para él tener que ocuparse a la vez de su trabajo y de los temores de su esposa.

—¿Qué opina de los anónimos que recibía ella?

No pude resistir el impulso. Me incliné hacia delante en mi asiento hasta que pude ver de perfil la cara de miss Johnson, vuelta hacia Poirot cuando le contestaba.

Parecía tranquila y dueña de sí misma.

—Creo que en América había alguien que la quería mal y que trató de asustarla e incomodarla.

—*Pas plus serieux*, ¿eh?

—Ésa es mi opinión. Era una mujer muy hermosa y pudo hacerse enemigos con facilidad. Me parece que esas cartas las escribió alguna mujer con ansias de venganza. Mrs. Leidner, como era nerviosa por temperamento, se las tomó en serio.

—No hay duda de que fue así —dijo Poirot—. Pero recuerde que la última de ellas no llegó por correo.

—Eso pudo tener fácil arreglo si alguien tenía el suficiente interés en ello. Las mujeres se toman muchas molestias cuando tratan de satisfacer su venganza, monsieur Poirot.

«¡Vaya si se la toman!», pensé.

—Tal vez tenga usted razón, mademoiselle. Ha dicho que Mrs. Leidner era hermosa. Y a propósito, ¿conoce a miss Reilly, la hija del médico?

—¿Sheila Reilly? Sí, desde luego.

Poirot adoptó un tono confidencial.

—Oí decir por ahí que había una *tendresse* entre ella y uno de los componentes de la expedición. ¿Está usted enterada de algo?

A miss Johnson pareció divertirle aquello.

—El joven Coleman y David Emmott le echan los tejos. Creo que se suscitó entre ellos una pequeña riña sobre cuál de los dos tenía que ser su acompañante en uno de los actos que se celebran en el club. Por regla general, ambos van allí los sábados por la noche. Pero no creo que por parte de ella exista nada. Es la única joven que hay por aquí y, en consecuencia, todas las atenciones son para ella. También la rondan los de las Fuerzas Aéreas.

—¿Cree usted entonces que no hay nada?

—Pues no lo sé. —Miss Johnson pareció meditar—. Es verdad que viene a las excavaciones muy a menudo. El otro día Mrs. Leidner le gastó una broma a David Emmott sobre ello. Dijo que la chica le perseguía. Creo que fue una broma demasiado pesada y me figuro que a él no le gustó. Sí, esa chica viene mucho por aquí. La tarde del crimen la vi cabalgando hacia las excavaciones. —Hizo un gesto con la cabeza indicando la ventana abierta—. Pero ni David Emmott ni Coleman estaban allí en aquella ocasión. Sólo estaba Richard Carey, al frente de los trabajadores. Tal vez le atraiga uno de los muchachos, pero es una chica tan moderna y tan poco sentimental que no sabe una hasta qué punto se la puede tomar en serio. No tengo idea de cuál de los dos podrá ser. Bill es un buen muchacho, y no tan alelado como pretende aparentar. David Emmott es uno de esos chicos sosegados y capaces que gustan a todo el mundo.

Luego miró perpleja a Poirot y preguntó:

—¿Tiene esto algo que ver con el crimen, monsieur?

Poirot extendió las manos con un ademán muy francés.

—Me hará usted sonrojar, mademoiselle —contestó—. A sus ojos pareceré un hombre aficionado al chismorreo. Pero ¿qué quiere que le haga? Siempre me interesaron los asuntos amorosos de la gente joven.

—Sí —replicó miss Johnson dando un ligero suspiro—. ¡Qué bonito es ver cómo un verdadero amor discurre placenteramente!

El detective, por toda respuesta, dio un suspiro. Me dio la impresión de que miss Johnson estaba pensando en algún amorío que tuvo en su juventud. Me pregunté si monsieur Poirot tendría mujer y si se comportaría en su vida de casado como dicen que lo hacen los maridos extranjeros, con líos de faldas y cosas por el estilo. Pero su aspecto era tan cómico que no pude imaginármelo haciendo algo así.

—Sheila Reilly es una chica de mucho carácter —observó Mrs. Johnson—. Es joven y brusca, pero tiene buen fondo.

—Me fío de su palabra, mademoiselle —dijo Poirot. Se levantó y preguntó—: ¿Habrá alguien más en la casa?

—Marie Mercado debe de andar por ahí. Todos los hombres se han ido hoy a las excavaciones. Tenían ganas de salir de la casa y no les censuro por ello. Si quiere usted ir...

Miss Johnson salió al porche y me dijo sonriendo:

—Creo que a la enfermera Leatheran no le importará acompañarle.

—Claro que no, miss Johnson —repliqué.

—¿Almorzará con nosotros, monsieur Poirot?

—¡Encantado, mademoiselle!

Miss Johnson volvió a entrar en la sala de estar, pues tenía algunas piezas por clasificar.

—Mrs. Mercado está en la azotea —dije—. ¿Quiere verla antes?

—Creo que será preferible. Vamos allá.

Cuando subíamos por la escalera, musité:

—Hice lo que me ordenó. ¿Ha oído usted algo?

—Nada en absoluto.

—Eso le quitará un peso de encima a miss Johnson —observé—. Sentía gran preocupación, pues pensaba que podía haber hecho algo.

Mrs. Mercado estaba sentada en el parapeto, con la cabeza inclinada y tan concentrada en sus pensamientos que no oyó nuestra llegada hasta que Poirot se puso a su lado dándole los buenos días.

Sobresaltada, levantó la mirada. Parecía estar enferma, con el rostro contraído y marchito. Unos círculos oscuros le rodeaban los ojos.

—*Encore moi* —dijo Poirot—. He venido hoy con un objetivo especial.

Y prosiguió hablando, poco más o menos en los mismos términos que empleó con miss Johnson, explicando cuán necesario era conseguir un verdadero retrato de Mrs. Leidner.

Mrs. Mercado, sin embargo, no fue tan sincera como miss Johnson. Empezó a proferir alabanzas con un tono de estudiado afecto.

—¡Pobrecita Louise! Es dificilísimo describírsela a quien no la hubiera conocido. Era una criatura extraña, completamente diferente de los demás. Estoy convencida de que usted también opina así, ¿verdad, enfermera? Era una mártir de los nervios y muy dada a fantasear, pero una le soportaba cosas que a otros no les hubiera aguantado. Y se portaba muy bien con todos nosotros, ¿verdad, enfermera? Y era tan moderna... Quiero decir que no sabía nada de arqueología y, sin embargo, tenía tanto interés en aprender que constantemente estaba haciendo preguntas a mi marido acerca del proceso químico para tratar los objetos metálicos y ayudaba a Mrs. Johnson a reparar cerámica. La queríamos mucho.

—¿Es cierto, madame, que, según me han dicho, se notaba aquí cierta tensión..., un ambiente muy violento?

Mrs. Mercado abrió de par en par sus negros ojos, sorprendida.

—¡Oh! ¿Quién ha podido decirle algo así? ¿La enfermera? ¿El doctor Leidner? Estoy segura de que él no sabía nada.

Y me dirigió una mirada rencorosa. Poirot sonrió.

—Tengo mis espías particulares, madame —anunció jocosamente.

Por un momento, vi que las pestañas de ella temblaban.

—¿No cree usted —preguntó Mrs. Mercado con una dulzura impostada— que después de haber ocurrido un hecho como éste siempre se pretende saber muchas cosas que nunca sucedieron? Ya sabe usted: tensión, aprensiones, un sentimiento de que algo va a pasar. Creo que la gente se inventa todo eso.

—Es muy cierto lo que acaba de decir, madame —asintió Poirot.

—¡Y en todo lo que le han contado no hay nada de verdad! Éramos como una familia bien avenida.

—Esa mujer es una de las mentirosas más descaradas que he conocido —dije cuando monsieur Poirot y yo hubimos abandonado la casa y caminábamos por la senda hacia las excavaciones—. ¡No me cabe la menor duda de que aborrecía a Mrs. Leidner!

—No es de las que se puede esperar que digan la verdad —convino Poirot.

—Hablar con ella es perder el tiempo —exclamé.

—No del todo, no del todo. Si una persona dice mentiras con los labios, algunas veces expresa la verdad con los ojos. ¿Qué es lo que teme Mrs. Mercado? He visto retratado el miedo en sus ojos. Sí, está asustada por algo. Es muy interesante.

—Tengo que decirle algo, monsieur Poirot —anuncié.

Y le conté lo que pasó cuando regresé a casa la noche anterior y mi convicción de que miss Johnson era la autora de los anónimos.

—¡También es una mentirosa! —dije—. Fíjese de qué forma tan fría y segura le ha contestado esta mañana, cuando le ha preguntado por esas cartas.

—Sí —replicó Poirot—. Es interesante porque dio a entender que estaba enterada de la existencia de los anónimos, y de ellos no hemos hablado nunca ante los miembros de la expedición. Es posible, desde luego, que el doctor

Leidner se lo contara ayer. Son viejos amigos... Pero si él no lo hizo, sería un detalle curioso e interesante, ¿verdad?

Mi respeto hacia él creció de pronto. Al mencionarle aquellas cartas había demostrado un gran ingenio.

—¿Quiere usted hacerle confesar de qué manera se enteró de que existían los anónimos? —pregunté.

Pareció sorprenderse ante mi idea.

—No, de ningún modo. No es prudente pregonar a los cuatro vientos lo que uno sabe. Hasta el último momento me lo guardo todo aquí. —Se golpeó la frente—. En el instante preciso, salto como una pantera y, *mon Dieu!*, cunde la consternación.

No pude menos que reírme para mis adentros al imaginarme al menudo monsieur Poirot desempeñando el papel de pantera.

Habíamos llegado a las excavaciones. La primera persona que vimos fue a Mr. Reiter, que estaba fotografiando unas paredes. Siempre creí que los obreros descubrían paredes donde querían. Al menos, así me lo pareció. Mr. Carey me explicó que, utilizando un pico, puede notarse enseguida la diferencia. Trató de demostrármelo, aunque no llegué a comprenderlo. Cuando el hombre que excavaba decía *libn* —«adobe»—, yo sólo veía vulgar barro seco.

Mr. Reiter acabó su tarea y entregó la cámara y las placas a uno de los trabajadores para que las llevara a la casa.

Poirot le hizo unas cuantas preguntas sobre tiempos de exposición y clichés, a todo lo cual contestó él con presteza, complacido al ver que alguien se interesaba por su trabajo.

Se disponía a marcharse cuando Poirot le soltó el consabido discurso. No era, en realidad, una repetición de lo que había dicho antes a las dos mujeres, pues los variaba un poco cada vez, según fuera la persona con quien hablaba. Pero no estoy dispuesta a repetirlo aquí de nuevo. Con personas razonables como miss Johnson iba al grano direc-

tamente. Con alguno de los otros tuvo que dar varios rodeos, aunque al final siempre llegaba al mismo punto.

—Sí, sí. Ya sé lo que pretende —respondió Mr. Reiter—.
Pero, créame, no veo de qué forma le puedo ayudar. Ésta es
la primera temporada que vengo con la expedición y no
hablé mucho con Mrs. Leidner. Lo siento, no podré contarle gran cosa sobre ella.

En la forma como se expresó vislumbré una nota orgu-
llosa y estirada, si bien en su voz no aprecié ningún acento
extraño. Salvo el americano, claro está.

—¿Puede usted decirme, por lo menos, si le gustaba o
no Mrs. Leidner? —dijo Poirot sonriendo.

Mr. Reiter se sonrojó y balbuceó:

—Era una persona encantadora, muy agradable. Era intelectual. Tenía una cabeza muy despejada, sí.

—¡Bien! A usted le gustaba. ¿Y a ella le gustaba usted?

El joven se sonrojó todavía más.

—Pues no creo que se fijara mucho en mí. Además, no
tuve suerte en una o dos ocasiones. Siempre fui desafortu-
nado cuando traté de hacer algo por ella. Temo que le dis-
gusté por mi escasa habilidad. Pero no era mi intención.
Hubiera hecho cualquier cosa...

Poirot se apiadó de sus vacilaciones.

—Perfectamente, perfectamente. Pasemos a otro asunto. ¿Reinaba un ambiente feliz entre ustedes?

—¿Cómo dice?

—¿Eran todos felices? ¿Reían y hablaban?

—No, no era exactamente así. Había un poco de tirantez.

Se detuvo, como si luchara consigo mismo, y dijo:

—No sé desenvolverme muy bien en sociedad. Soy des-
mañado y tímido. El doctor Leidner siempre fue amable
conmigo. Pero, aunque es estúpido por mi parte, no puedo
sobreponerme a mi timidez. Siempre digo las cosas en el
momento menos apropiado. Derramo las jarras de agua y
no tengo suerte.

Realmente, parecía un muchacho desgarbado.

—Todos hacemos eso cuando somos jóvenes —aseguró Poirot sonriendo—. El reposo, el *savoir-faire*, vienen después.

Nos despedimos y seguimos nuestro camino.

—Este joven, *ma sœur*, o bien es un muchacho sencillo en extremo, o bien es un consumado actor.

No contesté. Me sentí sobrecogida, una vez más, por la sensación de que una de aquellas personas era un asesino despiadado. Pero en una mañana tranquila y soleada como aquélla casi parecía imposible algo así.

Capítulo 21

Mr. Mercado
y Richard Carey

—Ya veo que trabajaban en dos sitios diferentes —observó Poirot deteniéndose.

Mr. Reiter había estado fotografiando una de las partes exteriores de las excavaciones. A poca distancia de nosotros, un grupo de hombres acarreaba cestos de tierra de un lado a otro.

—Eso es lo que llaman el nivel profundo —expliqué—. No encuentran ahí muchas cosas, sólo cerámica rota. Pero el doctor Leidner dice que es muy interesante, y supongo que así será.

—Vamos allá.

Caminamos juntos lentamente, pues el sol calentaba.

Mr. Mercado estaba al frente de los trabajadores. Lo vimos a nuestros pies, hablando con el capataz, un viejo con aspecto de tortuga que usaba una chaqueta sobre su túnica de algodón rayada.

Era difícil bajar hasta ellos, pues sólo había una pequeña senda, a manera de escalera, y los hombres que trajinaban con la tierra bajaban y subían por ella constantemente. Parecían ser ciegos como murciélagos, y no se les ocurrió apartarse para dejarnos pasar.

Seguí a Poirot en nuestro camino de descenso. De repente me habló por encima del hombro.

—¿Mr. Mercado es zurdo o diestro?

¡Menuda pregunta disparatada! Reflexioné un instante.

—Diestro —dije con decisión.

Poirot no se dignó a explicar el motivo de su pregunta. Continuó el descenso y le seguí.

Mr. Mercado pareció alegrarse al vernos. Su cara larga y melancólica se iluminó.

Monsieur Poirot demostró un interés por la arqueología que estoy segura de que no tenía nada de verdadero; pero Mr. Mercado se apresuró a satisfacer plenamente su curiosidad. Nos explicó que habían cortado ya doce niveles, ocupados todos ellos por edificaciones.

—Ahora estamos definitivamente en el cuarto milenio —dijo con entusiasmo.

Siempre creí que un milenio era cosa del futuro, cuando todo iría bien.

Mr. Mercado nos enseñó unas capas de cenizas que se veían en el corte de la excavación. ¡Cómo le temblaba la mano! Me pregunté si tendría la malaria. Luego nos explicó los cambios que se notaban en la clase de cerámica que encontraban y nos contó detalles acerca de los enterramientos. Uno de los niveles estaba compuesto, casi en su totalidad, por tumbas de niños. Nos relató después algunas cosas sobre la posición encorvada y la orientación, lo cual, según me pareció, debía de referirse a la forma en que estaban dispuestos los huesos. Y de pronto, cuando nos inclinábamos para coger una especie de cuchillo de sílice que estaba al lado de varios cacharros, en un rincón, Mr. Mercado dio un salto y lanzó un grito.

Dio la vuelta y se encontró con que Poirot y yo lo contemplábamos asombrados. Se cogió el brazo izquierdo con la mano.

—Algo me ha picado, como si fuera un alfiler al rojo vivo.

Poirot pareció animado inmediatamente por una súbita energía:

—Rápido, *mon cher*, vamos. ¡Enfermera Leatheran!

Me adelanté. Poirot cogió el brazo de Mr. Mercado y diestramente le arremangó hasta el hombro la manga de la camisa caqui que llevaba.

—Aquí —dijo Mr. Mercado señalando.

Unos ocho centímetros bajo el hombro se veía una pequeña punzada de la que empezaba a manar sangre.

—Es curioso —dijo Poirot. Registró la manga subida—. No veo nada. Tal vez ha sido una hormiga.

—Será mejor que le ponga yodo —dije.

Siempre llevo conmigo una barrita de yodo. La saqué y apliqué un poco en la herida. Pero mi imaginación, al frotar, volaba muy lejos de allí, pues algo diferente por completo me había llamado la atención. El brazo de Mr. Mercado, desde la muñeca al codo, estaba cubierto de picaduras. Yo sabía demasiado bien de qué se trataba.

Eran las señales de una aguja hipodérmica.

Mr. Mercado se bajó la manga y reanudó sus explicaciones. Poirot escuchaba, pero no trató de llevar la conversación hacia el tema de los Leidner. No hizo ni una pregunta sobre ello. Al poco rato, nos despedimos y subimos otra vez por la senda.

—Lo he hecho con mucha limpieza, ¿no le parece? —preguntó mi acompañante.

Monsieur Poirot cogió una cosa que llevaba prendida en la parte interior de la solapa de la americana y la contempló con cariño. Sorprendida, vi que era una aguja larga, con una bola en el extremo.

—¡Monsieur Poirot! —exclamé—. ¿Ha sido usted quien lo ha hecho?

—Sí. Yo he sido el insecto que ha picado a Mr. Mercado. Y lo he hecho con mucha limpieza, ¿no cree? Usted no me ha visto.

Era verdad. No había visto cómo lo hacía. Y estoy convencida de que Mr. Mercado no sospechó nada. Debió de actuar con la rapidez del rayo.

—¿Por qué lo ha hecho, monsieur Poirot? —pregunté. Me contestó con otra pregunta.

—¿Se ha dado usted cuenta de algo?

Asentí lentamente con la cabeza.

—Señales de una aguja hipodérmica —contesté.

—Por lo tanto, ya sabemos ahora algo más sobre Mr. Mercado —replicó Poirot—. Lo sospechaba, pero no lo sabía de cierto. Es necesario asegurarse de las cosas.

«Y no se detiene demasiado en la forma que emplea para ello», pensé. De pronto, Poirot se golpeó el bolsillo.

—¡Vaya! He dejado caer el pañuelo allá abajo. Tenía escondido el alfiler en él.

—Yo se lo traeré —dije, para a continuación volver apresuradamente hacia las excavaciones.

Todo aquello me producía la sensación de que monsieur Poirot y yo éramos el médico y la enfermera encargados de un caso. Por lo menos, lo consideraba como si fuera una operación quirúrgica y él fuera el cirujano. Tal vez no deba decirlo, pero empezaba a divertirme lo que pasaba.

Recuerdo que poco después de haber terminado mis prácticas fui a una casa particular donde se presentó la necesidad de practicar una operación quirúrgica. Al marido de la paciente no le gustaban los sanatorios y no quería ni pensar en que se llevaran a su mujer a uno de ellos. Insistió en que la operación debía hacerse en casa, como en un sanatorio.

Fue una ocasión espléndida para mí. Nadie vino a meter sus narices en lo que hice. Me encargué de todo. Estuve terriblemente nerviosa, desde luego. Pensé en todo lo que en tal caso necesitaría el cirujano, pero aun así temía haberme olvidado de algo. Nunca se sabe por dónde saldrán los médicos. Algunas veces te piden las cosas más inconcebibles. Sin embargo, salió a pedir de boca. Tuve a punto las cosas cuando me las pidió y al final me felicitó, lo que pocos cirujanos hacen. El anestesista también se desenvolvió muy bien. Y me las arreglé yo solita. Además, la paciente salió muy bien de la operación.

Pues una sensación similar experimentaba yo en esta ocasión. Monsieur Poirot me recordaba, en ciertos aspectos, al cirujano de aquel caso. También era bajito. Muy feo, con cara de mono, pero con unas manos maravillosas. Sabía instintivamente dónde operar. He visto trabajar a muchos y sé apreciar la diferencia entre ellos.

Gradualmente iba creciendo mi confianza en monsieur Poirot. Estaba segura de que también él sabía lo que estaba haciendo. Y que mi deber era ayudarle y tenerle preparadas las pinzas y los hilos, por decirlo así. Por eso me pareció algo natural correr a buscar su pañuelo, como habría hecho si un médico hubiera dejado caer una toalla al suelo.

Pero cuando recogí el pañuelo y volví al sitio donde lo había dejado, no encontré a monsieur Poirot. Miré a mi alrededor y por fin lo divisé. Estaba sentado un poco más allá del montículo, hablando con Mr. Carey. El ayudante indígena del arquitecto se había detenido a pocos pasos, llevando en la mano una regla graduada, pero en aquel momento Mr. Carey le dijo algo y el árabe se alejó. Parecía como si ya hubiera terminado su trabajo.

Deseo que lo que voy a relatar quede bien claro. No sabía a ciencia cierta qué era lo que monsieur Poirot quería de mí. Posiblemente me envió a buscar el pañuelo con el claro propósito de que yo no estuviera por allí.

De nuevo me dio aquello la impresión de que se trataba de una operación quirúrgica. Debía cuidar de darle al cirujano lo que necesitaba sin equivocarme. O sea, como si le diera las pinzas de torsión en un momento inadecuado y luego me retardara en entregárselas cuando las necesitara.

Gracias a Dios, sabía muy bien mi obligación en el quirófano. No suelo equivocarme. Pero en aquel caso podía considerarme como la más torpe de las aprendizas. Y, por lo tanto, debía poner especial cuidado en no cometer estúpidas equivocaciones.

Ni por un instante se me ocurrió que monsieur Poirot no deseara que oyese lo que él y Mr. Carey tenían que hablar. Pero tal vez creyó que, al no estar yo presente, podría conseguir que Mr. Carey hablara con más libertad.

No quiero pasar por una de esas mujeres que se dedican a escuchar conversaciones privadas. Ni aun proponiéndomelo habría hecho algo así.

Quiero decir, en resumen, que de haberse tratado de una conversación confidencial no hubiera hecho lo que hice.

Según mi propio parecer, yo ocupaba una posición privilegiada en el asunto. Al fin y al cabo, cuando un paciente se está recobrando de la anestesia, una tiene que oír muchas cosas. El paciente no quisiera que lo oyeran, pero subsiste el hecho de que una tiene que escuchar por fuerza. Me hice a la idea de que Mr. Carey era el paciente. No se sentiría peor por una cosa de la que no se enteraría. Y si creen que yo sentía curiosidad... bueno, pues sí, la sentía. Si podía, no quería perderme nada.

Todo esto viene a significar que di un rodeo y me dirigí por detrás del vertedero de tierras, hasta que estuve a pocos pasos de los dos hombres. Ellos, sin embargo, no podían verme, pues quedaba resguardada por la esquina que formaba el citado vertedero. Si alguien piensa que aquello no estaba bien, le ruego que me permita discrepar de su opinión. No hay que ocultar nada a la enfermera encargada de un caso. Aunque, como es lógico, el médico es el único que debe decir lo que hay que hacer.

No sabía, naturalmente, cuál había sido el método seguido por monsieur Poirot para abordar a Mr. Carey, pero cuando llegué a mi escondrijo parecía que había cogido al toro por los cuernos, como se suele decir.

—Nadie comprende mejor que yo la devoción que

sentía el doctor Leidner por su esposa —estaba diciendo entonces—. Pero se da el caso de que, en muchas ocasiones, se entera uno mejor de ciertas cosas relativas a una persona si habla con sus enemigos, en lugar de hacerlo con sus amigos.

—¿Quiere usted sugerir que sus defectos eran superiores a sus virtudes? —preguntó Mr. Carey con tono seco e irónico.

—No hay duda, ya que el asesinato fue el final del asunto. Parecerá extraño, pero no sé de nadie que haya sido asesinado por tener un carácter demasiado perfecto. Aunque la perfección es, sin duda, algo muy irritante.

—Creo que soy la persona menos indicada para ayudarle —dijo Mr. Carey—. Si he de serle sincero, le confieso que Mrs. Leidner y yo nunca llegamos a entendernos muy bien. No quiero decir con ello que fuéramos enemigos, pero tampoco éramos amigos. Ella tal vez estaba un poco celosa de mi antigua amistad con su marido. Y por mi parte, aunque la miraba mucho y opinaba que era una mujer atractiva en extremo, estaba algo resentido por la influencia que ejercía sobre Leidner. Como consecuencia de ello, éramos muy educados el uno con el otro, pero no llegamos a intimar.

—Admirablemente explicado —dijo Poirot.

Sólo podía verles la cabeza. Observé cómo la de Mr. Carey se volvía con brusquedad, como si algo en el tono de monsieur Poirot le hubiera afectado desagradablemente. El detective prosiguió:

—¿No estaba disgustado Mr. Leidner al ver que usted y su esposa no se llevaban bien?

Carey titubeó antes de contestar.

—En realidad, no estoy seguro. Nunca dijo nada sobre ello. Siempre confié en que no lo notara. Estaba muy absorto en su trabajo.

—La verdad, por lo tanto, y de acuerdo con lo que ha dicho, es que a usted no le gustaba Mrs. Leidner.

Carey se encogió de hombros.

—Tal vez me habría gustado mucho más si no hubiera estado casada con Leidner.

Se rio, como divertido por su propia declaración.

Poirot estaba arreglando un montoncito de trozos de cerámica. Con voz distraída dijo:

—He hablado esta mañana con miss Johnson. Ha admitido que sentía prejuicios contra Mrs. Leidner y que no le gustaba mucho; pero se ha apresurado a declarar que había sido siempre muy amable con ella.

—Yo diría que eso es completamente cierto —observó Carey.

—Así lo creo yo también. Luego hablé con Mrs. Mercado. Me contó, a grandes rasgos, de qué modo quería a Mrs. Leidner y cuánto la admiraba.

El arquitecto no contestó y, después de aguardar unos instantes, Poirot prosiguió:

—Pero eso... ¡no lo creo! Luego he hablado con usted y lo que me ha contado..., bien bien, tampoco lo creo.

Carey se irguió. Pude oír su tono colérico al hablar.

—No me importa lo que crea o lo que deje de creer, monsieur Poirot. Ya ha oído usted la verdad.

Poirot no se enfadó. Al contrario, pareció particularmente humilde y deprimido.

—¿Es culpa mía que usted crea o no crea las cosas? Tengo un oído muy sensible. Y luego circulan muchas historias por ahí, los rumores flotan en el aire. Uno escucha y llega a saber algo. Sí, hay algunas historias...

Carey se levantó de un salto. Podía ver claramente cómo le latía una vena en la sien. ¡Tenía un aspecto magnífico! Delgado y bronceado, con aquella mandíbula maravillosa, sólida y cuadrada. No me extrañó que las mujeres se prendaran de aquel hombre.

—¿Qué historias? —preguntó con fiereza. Poirot lo miró de reojo.

—Tal vez se las supondrá. La historia de costumbre acerca de usted y Mrs. Leidner.

—¡Qué mente tan vil tiene cierta gente!

—*N'est-ce pas?* Son como los perros. Un perro consigue desenterrar cualquier cosa desagradable, por hondo que se la haya enterrado.

—¿Y cree usted esas historias?

—Deseo saber la verdad —dijo Hércules Poirot gravemente.

—Dudo que la crea cuando la oiga. —Carey se rio con brusquedad.

—Veámoslo —replicó Poirot, mirándole a los ojos.

—¡Se la diré entonces! ¡Sabrá usted la verdad! Odiaba a Louise Leidner, ésa es la verdad. ¡La odiaba con toda mi alma!

Capítulo 22

David Emmott,
el padre Lavigny y
un descubrimiento

Carey dio la vuelta repentinamente y se alejó dando largas y coléricas zancadas. Poirot se quedó mirando cómo se marchaba y al rato murmuró:

—Sí, ya comprendo.

Y sin volver la cabeza, con voz un poco más alta, dijo:

—No salga de ahí detrás hasta dentro de unos instantes, enfermera, por si acaso vuelve la cabeza... Ya puede hacerlo. ¿Tiene usted mi pañuelo? Muchas gracias, ha sido muy amable.

No me dijo nada acerca de mi espionaje. No sé cómo llegó a enterarse de que yo estaba escuchando, pues en ningún momento miró hacia donde me hallaba escondida. Me alegré de que no dijera nada. En mi opinión, no creía haber hecho nada indecoroso, pero me hubiera resultado difícil explicárselo. Por lo tanto, era mejor que, tal como parecía, no necesitara aclaraciones de ninguna clase.

—¿Cree usted que la odiaba, monsieur Poirot? —pregunté.

Asintiendo lentamente con la cabeza y con una curiosa expresión en su cara, Poirot replicó:

—Sí. Creo que la odiaba.

Luego se puso de pie y empezó a caminar hacia donde se veían unos trabajadores, en la cima del montículo. Lo seguí. Al principio no vimos más que árabes, pero finalmente encontramos a Mr. Emmott agachado en el suelo, soplando el polvo que recubría un esqueleto que acababa de ser descubierto.

Nos sonrió con su aire grave y reposado.

—¿Han venido a dar un vistazo? —preguntó—. Termino en un minuto.

Se sentó, sacó una navaja del bolsillo y empezó a quitar delicadamente la tierra adherida a los huesos. De vez en cuando utilizaba un fuelle o su propio soplido para quitar el polvo que se producía. El último procedimiento me pareció muy poco higiénico.

—Se va a llenar la boca de toda clase de bacterias, Mr. Emmott —protesté.

—Las bacterias son mi alimento diario, enfermera —replicó con seriedad—. Los microbios no pueden con un arqueólogo. Lo único que consiguen es desanimarse, después de intentarlo todo.

Raspó un poco más alrededor de un fémur y luego habló con un capataz que tenía al lado, diciéndole qué era exactamente lo que tenía que hacer.

—Bien —dijo levantándose—. Ya está listo para que Reiter impresione unas placas después de almorzar. Tengo otras cosas bonitas.

Nos mostró un tazón de cobre cubierto de cardenillo y algunos alfileres. Y unas piedrecitas doradas y azules que, según nos dijo, eran los restos de un antiquísimo collar. Los huesos y demás objetos se limpiaban y colocaban de forma que pudieran fotografiarse.

—¿De quién es eso? —preguntó Poirot señalando los huesos.

—Del primer milenio. Una dama de campanillas, por lo visto. El cráneo me parece algo raro. Quiero que Mercado le dé un vistazo. Me parece que la muerte se debió a un golpe que recibió en la cabeza.

—¿Una Mrs. Leidner de hace dos mil años y pico? —dijo el detective.

—Quizá —replicó Mr. Emmott.

Bill Coleman estaba haciendo no sé qué cosa en un muro de barro. David Emmott le dijo algo que no logré entender y luego empezó a enseñarle objetos a monsieur Poirot. Caminamos despacio por la desgastada senda.

—Imagino que se habrán alegrado todos de volver a sus tareas —comentó Poirot.

—Sí. Es lo mejor. No era fácil haraganear por la casa tratando de entablar conversación con los demás.

—Sabiendo, además, que uno de ustedes es un asesino.

El joven no contestó ni hizo gesto alguno de desaprobación. Ahora me daba cuenta de que el muchacho había sospechado la verdad desde el principio, cuando interrogó a los criados.

Al cabo de unos momentos, preguntó completamente tranquilo:

—¿Ha conseguido usted algo, monsieur Poirot?

El detective replicó:

—¿Quiere usted ayudarme a conseguirlo?

—¡Claro que sí!

Poirot lo miró fijamente y repuso:

—El eje de la cuestión es Mrs. Leidner. Quiero saberlo todo acerca de ella.

David Emmott preguntó, recalcando las palabras:

—¿Qué quiere decir usted con «todo acerca de ella»?

—No me refiero a saber de dónde vino, ni cuál era su nombre de soltera. No quiero saber cuál era la forma de su cara, ni el color de sus ojos. Me refiero a ella. A ella misma.

—¿Cree usted que eso contará para algo en el caso?

—Estoy absolutamente seguro de ello.

Emmott guardó silencio durante unos instantes y luego añadió:

—Tal vez tenga razón.

—Y ahí es donde creo que será usted capaz de ayudarme. Diciéndome qué clase de mujer era.

—¿De veras? A menudo me he preguntado eso yo mismo.

—¿No se ha formado usted todavía una opinión sobre el particular?

—Creo que al final me la he formado.

—*Eh bien?*

Pero Mr. Emmott volvió a callarse durante unos segundos.

—¿Qué piensa la enfermera de ella? —dijo al fin—. Las mujeres, según aseguran por ahí, calibran rápido a las de su mismo sexo, y las enfermeras tienen ocasión de conocer multitud de tipos.

Aunque yo hubiera querido, Poirot no me dio ocasión de hablar. Intervino con presteza.

—Lo que necesito saber es lo que un hombre opinaba de ella.

Emmott sonrió.

—Supongo que, poco más o menos, todas son iguales. —Hizo una pausa y luego prosiguió—. No era joven, pero creo que tiene usted razón al decir que ése es el eje de la cuestión. Ahí era donde ella quería estar siempre, en el centro de las cosas. Y le gustaba dominar a las personas. Es decir, no le bastaba con que se la atendiera preferentemente en la mesa. Necesitaba que la gente se desnudara la mente y el alma para que ella las pudiera ver.

—¿Y si alguien no le daba gusto en eso? —preguntó Poirot.

—Entonces salía a relucir todo lo que había en ella de perverso.

Vi cómo apretaba los labios con resolución y se le contraían las mandíbulas.

—Supongo, Mr. Emmott, que no tendrá inconveniente en expresar su opinión extraoficial acerca de quién fue el que la mató.

—No lo sé —replicó el joven—. En realidad, no tengo ni

la más mínima idea. Creo que de haberme encontrado en la situación de Carl..., me refiero a Carl Reiter..., hubiera intentado asesinarla. Era una diablesa con él. Aunque el chico lo estaba mereciendo por ser tan tonto. Con su actitud, parece que está invitando a que le den un buen puntapié.

—¿Y Mrs. Leidner le dio un puntapié? —inquirió Poirot. Emmott hizo una súbita mueca.

—No. Fueron pinchaditas con una aguja de bordar; ése era su método. El chico es irritante, desde luego. Como un mocoso llorón y pobre de espíritu. Pero una aguja es un arma dolorosa.

Dirigí una mirada a Poirot y me pareció ver un ligero temblor en sus labios.

—Pero ¿no cree usted que Carl Reiter la mató?

—No. No creo que se deba matar a una mujer por el mero hecho de que le ponga a uno en ridículo en cada comida.

Poirot sacudió la cabeza con aire pensativo.

Mr. Emmott presentaba a Mrs. Leidner bajo un aspecto inhumano por completo. Había que decir algo a su favor. Era cierto que en la actitud de Mr. Reiter había algo que despertaba la irritación de cualquiera. Se sobresaltaba cuando ella hablaba y hacía muchas tonterías, tales como servirle una y otra vez la mermelada, sabiendo de antemano que a ella no le gustaba. En ocasiones sentía el deseo de pincharle yo misma. Los hombres no comprenden de qué modo el amaneramiento afecta a los nervios femeninos y puede hacerlos estallar.

Pensé entonces que debía decírselo a monsieur Poirot en otra ocasión. Habíamos llegado a la casa y Mr. Emmott invitó al detective a que se lavara en su habitación. Ambos se dirigieron hacia allí y yo crucé rápidamente el patio y entré en mi cuarto.

Volví a salir casi al mismo tiempo que ellos. Nos dirigíamos hacia el comedor cuando el padre Lavigny abrió la puerta de su dormitorio y, al ver a Poirot, le rogó que pasara. Mr. Emmott y yo entramos juntos en el comedor. Miss Johnson y Mrs. Mercado estaban ya allí. Al cabo de unos minutos, llegaron Mr. Mercado, Mr. Reiter y Bill Coleman.

Nos sentamos y, mientras Mercado enviaba al criado árabe para que avisara al padre Lavigny de que la comida estaba servida, nos dio un vuelco el corazón al oír un grito tenue y apagado. Supongo que nuestros nervios no estaban todavía muy tranquilos, pues dimos un salto y miss Johnson dijo palideciendo:

—¿Qué ha sido eso? ¿Qué ha ocurrido?

Mrs. Mercado la miró fijamente y después preguntó:

—¿Qué le pasa? Alguien ha gritado fuera, en el campo.

En aquel momento entraron Poirot y el padre Lavigny.

—Creíamos que se había lastimado alguien —observó miss Johnson.

—Mil perdones, mademoiselle —exclamó Poirot—. La culpa ha sido mía. El padre Lavigny me estaba enseñando unas tablillas. Me he llevado una hacia la ventana para verla mejor, y, *ma foi*, no he visto por dónde iba y he tropezado. El dolor ha sido demasiado intenso y he gritado.

—Creíamos que era otro asesinato —dijo riendo Mrs. Mercado.

—¡Marie! —exclamó su marido.

Su tono era de reproche. Ella enrojeció y se mordió los labios. Miss Johnson se apresuró a derivar la conversación hacia el tema de las excavaciones y los objetos interesantes que se habían descubierto aquella mañana. Durante el almuerzo, la conversación versó en su totalidad sobre arqueología. Creo que todos opinamos en nuestro fuero interno que aquello era lo más prudente.

Después de tomar el café nos dirigimos a la sala de estar. Luego los hombres, a excepción del padre Lavigny, se fueron otra vez a las excavaciones.

El religioso se llevó consigo a Poirot para enseñarle el almacén y yo los seguí. Me estaba enterando bastante bien de todo lo referente a la expedición y experimenté una sensación de orgullo, como si aquello me perteneciera, cuando el padre Lavigny sacó la copa de oro y oí la exclamación de asombro que lanzó Poirot.

—¡Qué espléndida obra de arte!

El padre Lavigny convino rápidamente en ello y empezó a señalar los puntos más bellos de la copa, demostrando un entusiasmo auténtico y un profundo conocimiento.

—Hoy no tiene gotas de cera —dije.

—¿Cera? —preguntó Poirot mirándome.

—¿Cera? —repitió el religioso. Expliqué mi observación.

—¡Ah!, *je comprends* —dijo el padre Lavigny—. Sí, sí, cera de vela.

Aquello condujo la conversación hacia el tema del visitante nocturno. Olvidándose de mi presencia, los dos hombres empezaron a hablar en francés. Me volví a la sala. Mrs. Mercado zurcía los calcetines de su marido y miss Johnson leía un libro. Era algo extraño en ella. Por lo general, siempre parecía tener algo que hacer. Al cabo de un rato, el padre Lavigny y Poirot salieron del almacén. El primero se excusó diciendo que debía continuar su trabajo. El detective tomó asiento junto a nosotras.

—Un hombre muy interesante —dijo.

Luego preguntó si el padre Lavigny había tenido mucho trabajo hasta entonces. Miss Johnson explicó que se habían encontrado pocas tablillas y que igual había pasado con los sellos cilíndricos. El padre Lavigny, no obstante, había tomado parte en los trabajos de las excavaciones y estaba aprendiendo rápidamente el árabe.

La conversación recayó entonces sobre los sellos cilíndricos y al cabo de un rato miss Johnson sacó de un armario unas cuantas impresiones hechas con ellos sobre plastilina.

Cuando nos inclinamos para admirar aquellos vivos dibujos, pensé que con estos sellos debió de estar trabajando ella la fatídica tarde en que asesinaron a Mrs. Leidner.

Mientras hablábamos, vi que Poirot daba vueltas entre sus dedos a una pelotita de plastilina.

—¿Gastan mucha pasta de ésta, mademoiselle? —preguntó.

—Bastante. Al parecer, esta temporada hemos gastado ya mucha, aunque no puedo recordar en qué. La mitad de la que teníamos ya ha sido utilizada.

—¿Dónde la guardan, mademoiselle?

—Aquí, en el armario.

Mientras guardaba la hoja de plastilina que nos había estado enseñando, le mostró un estante sobre el que se veían varias hojas más, botes de pegamento, engrudo y otros artículos. Poirot se inclinó.

—¿Y eso? ¿Qué es eso, mademoiselle?

Había deslizado su mano hasta el fondo del armario y sacó un extraño y arrugado objeto.

Cuando lo alisó pudimos ver que se trataba de una especie de máscara. Los ojos y la boca habían sido pintados toscamente con tinta china. El conjunto estaba embadurnado grotescamente con plastilina.

—¡Qué cosa tan rara! —exclamó miss Johnson—. No la había visto antes. ¿Por qué estaba ahí? ¿Qué es?

—De cómo llegó aquí... bueno... podemos considerar que cualquier sitio es bueno para esconder algo. Supongo que este armario no se hubiera vaciado hasta el final de la temporada. Y en cuanto a lo que es, creo que no resulta difícil de explicar. Aquí tenemos la cara que Mrs. Leidner describió. La cara fantasmal vista de noche, en la ventana, como si bailara en el aire.

Mrs. Mercado soltó un ligero chillido.

Miss Johnson había palidecido súbitamente hasta los labios.

—Entonces no eran fantasías —murmuró—. Era un engaño, un vil engaño. Pero ¿quién lo cometió?

—Sí —exclamó Mrs. Mercado—. ¿Quién pudo hacer algo tan indigno?

Poirot no intentó contestar. Tenía la cara torva y ceñuda cuando entró en el almacén y volvió a salir llevando en la mano una caja de cartón vacía. Puso la máscara dentro de ella.

—La policía debe ver esto —explicó.

—¡Es terrible! —dijo miss Johnson en voz baja.

—¡Horrible!

—¿Cree usted que hay más cosas escondidas por aquí? —exclamó Mrs. Mercado con voz chillona—. ¿Cree que acaso el arma, la porra con que la mataron, todavía manchada de sangre, tal vez...? ¡Oh! Estoy asustada, muy asustada.

Miss Johnson la cogió rápida y bruscamente por el hombro.

—¡Cállese! —gritó con furia—. Ahí viene el doctor Leidner. No debemos marearle más.

El coche entraba en aquel momento en el patio. El doctor Leidner se apeó y se dirigió hacia la sala de estar. La fatiga se le marcaba en el rostro y parecía tener el doble de edad de la que aparentaba tres días antes. Con voz tranquila anunció:

—El entierro se celebrará mañana. El mayor Deane leerá el oficio.

Mrs. Mercado balbuceó algo y salió de la habitación.

El arqueólogo preguntó a miss Johnson:

—¿Vendrás, Anne?

Y ella contestó:

—Claro que sí. Iremos todos, como es natural.

No dijo nada más, pero su cara expresó lo que su voz era incapaz de hacer: afecto y momentánea ternura.

—Mi buena Anne —dijo él—. ¡Cuánta ayuda y consuelo encuentro en ti!

Le puso una mano sobre el brazo y vi cómo el sonrojo crecía en la cara de la dama, mientras murmuraba con su voz gruñona de costumbre:

—Está bien.

Pero divisé un rápido destello en su mirada y comprendí que, por un instante, Anne Johnson había sido una mujer completamente feliz.

Otra idea cruzó por mi pensamiento. Tal vez dentro de poco, siguiendo el curso natural de las cosas y contando con la simpatía que sentía hacia su viejo amigo, podía pensarse en un final venturoso.

En realidad, no es que me guste hacer de casamentera. Y no estaba bien pensar en tales cosas, aun antes de haberse celebrado el funeral. Pero, al fin y al cabo, sería una buena solución. El doctor Leidner la apreciaba mucho y no había duda de que ella le era muy fiel y sería dichosa dedicándole el resto de su vida. Ello, claro está, contando con que pudiera soportar el continuo recuerdo de las perfecciones de Louise. Pero las mujeres pasan por cualquier trance con tal de conseguir lo que desean.

El doctor Leidner saludó después a Poirot y le preguntó si había hecho algún progreso en la investigación. Miss Johnson estaba detrás del arqueólogo y dirigió una mirada insistente a la caja de cartón que Poirot llevaba en la mano, mientras sacudía la cabeza. Comprendí que con ello le estaba pidiendo al detective que no dijera nada acerca de la máscara. Pensó, seguramente, que el pobre doctor Leidner había soportado ya bastantes emociones aquel día.

Poirot accedió a sus deseos.

Después de cruzar unas frases que no tuvieron nada que ver con el caso, salió de la habitación.

—Estas cosas marchan lentamente, monsieur —dijo.

Le acompañé hasta su coche. Tenía que preguntarle media docena de cosas, pero cuando se dio la vuelta y me miró opté por no decir nada. Era como si fuera a preguntarle a un cirujano cómo le había salido la operación. Me limité a quedarme allí parada, con aspecto humilde, esperando instrucciones. Pero para mi sorpresa dijo:

—Cuídese, hija mía.

Y luego añadió:

—Me he estado preguntando si es conveniente que se quede usted aquí.

—Debo hablar de mi partida con el doctor Leidner —observé—. Pero creo que será mejor hacerlo después del funeral.

Asintió, aprobando mi determinación.

—Entretanto —me advirtió—, no trate de averiguar muchas cosas. Compréndame, no quiero que parezca demasiado lista. —Y añadió, sonriendo—: Usted debe tener preparadas las gasas y a mí me toca hacer la operación.

¿No es curioso que dijera aquello? Luego prosiguió, incongruente:

—Ese padre Lavigny es un hombre muy interesante.

—Me parece algo raro que un fraile sea arqueólogo —opiné.

—¡Ah, sí! Usted es protestante. Yo soy un buen católico. Conozco algo sobre los sacerdotes y frailes de mi religión.

Frunció el entrecejo y después de titubear me dijo:

—Recuerde que es lo bastante listo para, si así lo desea, volverla a usted del revés.

Si con ello quería decirme que no me dedicara a fisgonear, estaba segura de que no necesitaba hacerme advertencia alguna en tal sentido. Aquello me molestó y, aunque no me decidí a preguntarle las cosas que en realidad me interesaba conocer, no vi razón alguna que me impidiera decirle algo que llevaba en el pensamiento.

—Perdone, monsieur Poirot —observé—. Se dice tropezar, no pisar.

—¡Ah! Gracias, *ma sœur*.

—De nada. Pero es conveniente decir correctamente las cosas.

—Lo recordaré —replicó.

Subió al coche y se marchó. Yo crucé el patio mientras reflexionaba sobre infinidad de cosas. Acerca de los pinchazos en el brazo de Mr. Mercado y qué droga sería la que tomaría. Y sobre aquella horrible máscara amarilla. Y qué extraño era que Poirot y miss Johnson no hubieran oído mi grito aquella mañana estando en la sala, pues desde el comedor todos habíamos oído perfectamente el que lanzó Poirot, y la habitación del padre Lavigny y la de Mrs. Leidner distaban exactamente igual del comedor y de la sala de estar.

Me alegré de haber aclarado al «doctor» Poirot una palabra inglesa. Tenía que haberse dado cuenta de que, aunque fuera un gran detective, no lo sabía todo.

Capítulo 23

Tengo visiones

El funeral fue una ceremonia conmovedora. Asistieron a él, además de nosotros, todos los ingleses que residían en Hassanieh. Incluso vi a Sheila Reilly, vestida con falda y chaqueta oscuras y con aspecto triste y respetuoso. Supuse que sentiría algún remordimiento por todas las cosas desagradables que había dicho. Cuando volvimos a casa, seguí al doctor Leidner hasta su despacho y abordé el tema de mi partida. Fue muy considerado al respecto y me dio las gracias por lo que había hecho. ¡Por lo que había hecho! Eso fue poco menos que inútil. Insistió en que aceptara el sueldo de una semana como gratificación.

Protesté, pues estaba convencida de que no había hecho nada para ganarlo.

—De veras, doctor Leidner. No tiene por qué pagarme ningún sueldo. Con tal de que me abone el viaje de regreso no quiero nada más.

Pero no quiso hablar de ello.

—Comprenda usted —dije—. No creo que me lo haya ganado, doctor Leidner. Quiero decir que... bueno... que fracasé. Mi presencia no la salvó.

—Deje de pensar en eso, enfermera —replicó gravemente—. Al fin y al cabo, no la contraté para que actuara como detective. Nunca pensé que la vida de mi mujer corriera peligro. Estaba convencido de que todo era cuestión de sus nervios y de que ella misma se había creado un extraño estado de ánimo. Usted hizo todo lo que pudo. Fue usted de su gusto y ella le tenía confianza. Creo que en sus últimos días fue más feliz y se sintió más segura debido a su presencia. No tiene, pues, nada en absoluto que reprocharse.

Su voz tembló ligeramente y adiviné cuáles eran sus pensamientos. Era él quien tenía la culpa, por no tomarse en serio los temores de su esposa.

—Doctor Leidner —pregunté—, ¿ha llegado usted a alguna conclusión acerca de esos anónimos?

Dio un suspiro.

—No sé qué pensar —respondió—. ¿Ha sacado monsieur Poirot algo en claro?

—Ayer todavía no lo había conseguido —repliqué con tono suave.

Con ello, según pensé, bordeaba la mentira sin apartarme de la verdad, pues Poirot no había sacado nada en limpio de todo aquello, hasta que le conté lo de miss Johnson. Tenía el propósito de hacerle una insinuación al doctor Leidner y ver cómo reaccionaba. Era una consecuencia de la satisfacción que sentí el día anterior, ante la escena que presencié entre él y miss Johnson, en la que advertí el afecto y la confianza que tenía en ella. Por eso se me había olvidado todo lo referente a las cartas.

Entonces me pareció algo ruin sacar a relucir la cuestión. Aun en el supuesto de que ella las hubiera escrito, la pobre había sentido ya bastante arrepentimiento después de la muerte de Mrs. Leidner. No obstante, quería comprobar si aquella posibilidad había pasado alguna vez por el pensamiento del doctor Leidner.

—Por lo general, los anónimos son obra de una mujer —dije, esperando ver cómo se lo tomaba él.

—Puede ser —contestó dando un suspiro—. Pero parece que se olvida, enfermera, de que éstos pueden ser verdaderos. De que pueden haber sido escritos por el propio Frederick Bosner.

—No, no lo olvido —repliqué—. De todos modos, no puedo creer que esa sea la verdadera explicación del asunto.

—Pues yo sí —repuso él—. Opino que es una tontería pensar que uno de los componentes de mi expedición sea Frederick. No es más que una ingeniosa teoría de monsieur Poirot. Yo creo que la verdad es mucho más sencilla. Ese hombre es un loco, no cabe duda. Estuvo rondando la casa, tal vez disfrazado de alguna forma. Y logró entrar aquella tarde. Los criados pueden mentir, quizá fueron sobornados.

—Es posible... —dije, con acento dubitativo.

El doctor Leidner siguió hablando. Su voz demostraba un ligero enfado.

—No puedo oponerme a que monsieur Poirot sospeche de los miembros de mi propia expedición. Pero estoy completamente seguro de que ninguno de ellos tiene nada que ver con esto. He tratado con todos y los conozco.

Se detuvo de repente y luego añadió:

—¿Cree usted, enfermera, que los anónimos suelen escribirlos las mujeres?

—No siempre —contesté—. Pero hay una clase de despecho femenino que encuentra satisfacción de esa forma.

—Supongo que está pensando en Mrs. Mercado. —Luego sacudió la cabeza—. Pero aunque fuera tan ruin como para hacerle algo así a Louise, difícilmente pudo estar enterada de todo.

Me acordé de los anónimos de fecha más atrasada que Mrs. Leidner guardaba en la cartera de mano. Pudo quedar abierta en alguna ocasión, y en el caso de que a Mrs. Mercado, encontrándose sola en la casa, le hubiera dado por fisgonear, era posible que los hubiera leído. Los hombres, al parecer, no piensan en las posibilidades más sencillas.

—Y aparte de ella sólo está miss Johnson —observé, mirándole fijamente.

—¡Eso sería ridículo!

La sonrisita con que acompañó sus palabras fue conclusiva. Nunca había pasado por su imaginación la idea de que miss Johnson fuera la autora de los anónimos.

Estuve indecisa durante unos instantes y al final opté por callarme. No está bien denunciar a alguien del propio sexo y, además, yo había sido testigo de su verdadero y conmovedor arrepentimiento. Lo hecho no tenía remedio. ¿Por qué ocasionar una nueva desilusión al doctor Leidner después de lo que había pasado?

Se convino en que yo me marcharía a la mañana siguiente. Previamente había quedado de acuerdo con el doctor Reilly en que me mandaría un par de días con la matrona del hospital, mientras arreglaba mi regreso a Inglaterra, bien por Bagdad, o bien directamente por Nissibin, en coche y luego en tren.

El doctor Leidner llevó su amabilidad al extremo de decirme que le gustaría que escogiera alguna cosilla de las que pertenecieron a su esposa y me la llevara como recuerdo.

—¡Oh, no, doctor Leidner! —atajé—. No puedo hacerlo. Es usted demasiado amable.

Insistió.

—Pues me gustaría que se llevara algo. Estoy seguro de que a Louise también le hubiera gustado.

Luego sugirió que me quedara con el juego de tocador.

—¡No, doctor Leidner! Es un juego muy caro. No puedo, de veras.

—Ella no tiene hermanas, nadie que necesite esas cosas. Nadie que pueda quedárselas.

Me imaginé que no quería ver aquel juego en las manitas codiciosas de Mrs. Mercado. Y estaba convencida de que no estaba dispuesto a ofrecérselo a miss Johnson.

El doctor Leidner prosiguió amablemente:

—Piénselo bien. Y, a propósito, aquí tiene la llave del joyero de Louise. Tal vez encuentre allí alguna cosa que le guste. Y le quedaría muy agradecido si pudiera empaquetar sus ropas. Reilly encontrará un lugar para ellas entre las familias cristianas pobres de Hassanieh.

Me alegré de poder hacer aquello, y así se lo expuse. Sin perder un momento comencé a trabajar.

Mrs. Leidner tenía un guardarropa muy sencillo y pronto lo tuve clasificado y colocado en un par de maletas. Todos sus papeles estaban en la cartera de mano. El joyero contenía unas pocas piezas: un anillo con una perla, un broche de diamantes, un collar de perlas, un par de broches lisos de oro en forma de barra, de los que cierran con un imperdible, y un collar de grandes cuentas ambarinas.

No iba a quedarme con las perlas o los diamantes, como parece lógico, pero titubeé entre el collar de ámbar y el juego de tocador. Sin embargo, al final me pregunté por qué no debía quedarme con este último. Fue una idea muy amable por parte de Mr. Leidner y estaba segura de que en ella no había intención alguna de humillarme. Lo tomé, pues, confiando en que me lo habían ofrecido sin orgullo de ninguna clase. Y, al fin y al cabo, yo había sentido afecto hacia Mrs. Leidner.

Terminé todo lo que tenía que hacer. Las maletas estaban dispuestas; el joyero cerrado de nuevo y puesto aparte para devolvérselo al doctor Leidner, junto con la fotografía del padre de su mujer y algunos objetos de uso personal.

Ahora que la había vaciado de todos sus ornamentos, la habitación tenía un aspecto desnudo y desolado. No tenía nada más que hacer allí, y sin embargo no me decidía a salir del cuarto. Parecía como si aún tuviera algo que hacer. Algo que debiera ver... o algo que debiera saber. No soy supersticiosa, pero por mi mente pasó la idea de que era posible que el espíritu de Mrs. Leidner rondase por el dormitorio y tratara de ponerse en contacto conmigo.

Recuerdo que una vez, en el hospital, una de las chicas trajo una *ouija* y escribió cosas en verdad asombrosas. Aunque nunca pensé en ello, quizá tenía yo cualidades de médium. En ocasiones se encuentra una dispuesta a imaginar toda clase de sandeces.

Vagué por la habitación, desosegada, tocando una cosa aquí y otra allá, aunque en el cuarto no quedaban más que los muebles pelados. Nada se había deslizado detrás de los cajones ni había quedado escondido. No sé qué esperaba encontrar. Al final, como si no me encontrara bien de la cabeza, hice algo extravagante. Me acosté en la cama y cerré los ojos.

Traté de olvidar deliberadamente quién era y qué hacía allí. Procuré que mi pensamiento volviera a la tarde del crimen. Yo era Mrs. Leidner, tendida allí, descansando pacíficamente, sin sospechar nada.

Es curiosa la forma en que puede llegar a excitarse la imaginación. Yo soy una persona perfectamente normal y práctica, que no se deja asaltar fácilmente por la fantasía; pero puedo asegurar que, después de estar allí tendida durante unos cinco minutos, empecé a imaginar cosas.

No traté de resistir. Animé aquel sentido con toda deliberación.

Me dije:

—Yo soy Mrs. Leidner. Soy Mrs. Leidner. Estoy aquí tendida, medio dormida. Dentro de poco, dentro de muy poco, la puerta empezará a abrirse.

Seguí diciéndome aquello, como si estuviera hipnotizándome.

—Son cerca de la una y media... es justamente la hora... La puerta se abrirá... La puerta se abrirá... Veré quién entra...

Seguí con la vista fija en la puerta. Dentro de poco se abriría.

La vería abrirse y vería también a la persona que entrara.

Debí de estar un tanto fuera de mí para imaginar que podría resolver el misterio de aquella forma.

Pero entonces estaba convencida de que lo conseguiría.

Una especie de soplo helado pasó por mi espalda y quedó fijo en mis piernas. Las tenía entumecidas, paralizadas.

—Vas a quedarte en trance —me dije—. Y entonces verás...

Y de nuevo repetí monótonamente, como inconsciente, una y otra vez:

—La puerta se abrirá... la puerta se abrirá...

El entumecimiento se acentuó.

Y entonces, muy despacio, vi cómo la puerta empezaba a abrirse. Fue horrible. Nunca he experimentado nada tan pavoroso. Estaba paralizada, helada hasta los huesos. No podía moverme. No me hubiera movido por nada del mundo. El terror me hacía sentir enferma, muda y ciega a todo lo que no fuera aquella puerta. Se abría lenta, silenciosamente...

Dentro de un instante vería...

Lenta, lentamente... Cada vez era mayor la abertura entre la puerta y el marco...

Era Bill Coleman.

Debió de recibir la impresión más grande de su vida.

Salté de la cama dando un grito y crucé de un brinco la habitación.

El muchacho se detuvo, con la cara más colorada que de costumbre y abriendo una boca de palmo.

—¡Hola, hola, hola! —dijo—. ¿Qué ocurre por aquí, enfermera?

Con un estremecimiento, volví a la realidad.

—¡Dios santo, Mr. Coleman! —exclamé—. ¡Qué susto me ha dado!

—Lo siento —dijo él haciendo una mueca.

Vi entonces que llevaba en la mano un ramo de ranúnculos de color escarlata. Eran unas florecillas muy bonitas que crecían en estado silvestre en las laderas del Tell. A Mrs. Leidner le habían gustado mucho.

Se sonrojó violentamente al decir:

—En Hassanieh no se pueden conseguir flores. No está bien que en su tumba no haya ni un ramo. Y por eso he pensado que podía venir y poner éste en el jarroncillo que tenía sobre la mesa. Para que vean que no se la olvida, ¿verdad? Ya sé que es un poco estrafalario, pero... bueno... tal era mi intención.

Opiné que era un rasgo muy delicado. El chico demostraba su embarazo, como todo buen inglés al que se sorprende haciendo algo de carácter sentimental. Sí, Bill había tenido un hermoso pensamiento.

—Pues yo creo que ha sido una idea muy delicada, Mr. Coleman —expuse en voz alta.

Cogí el pequeño jarrón, fui a buscar agua y pusimos allí las flores.

Aquel rasgo del joven lo había ensalzado a mis ojos. Denotaba que tenía corazón y buenos sentimientos. Le quedé muy agradecida por no preguntarme las causas de que hubiera soltado aquel alarido cuando entró él. De haber tenido que explicarlo, me habría sentido muy ridícula.

—En adelante, ten un poco de sentido común —me dije en voz alta mientras me arreglaba los puños y alisaba el delantal—. No tienes condición alguna para estas cosas del espiritismo.

Hice luego mi propio equipaje y estuve ocupada durante el resto del día.

El padre Lavigny, muy cortésmente, expresó su profundo sentimiento por mi marcha. Dijo que mi jovialidad y mi sentido común habían sido muy útiles para todos.

¡Sentido común! Me alegré de que no supiera nada sobre mi estúpido comportamiento en la habitación de Mrs. Leidner.

—No hemos visto a monsieur Poirot —observó él.

Le dije que el detective había anunciado que iba a estar ocupado todo el día, pues tenía que poner algunos telegramas. El padre Lavigny levantó las cejas.

—¿Telegramas? ¿Para América?

—Así lo creo. Dijo que eran para todo el mundo, pero me parece que eso fue exageración propia del personaje extranjero.

Me puse colorada, pues recordé que también el padre Lavigny lo era. Pero no pareció ofenderse; se limitó a reírse cordialmente y a preguntarme si se tenían noticias del hombre bizco. Le contesté que no había oído ninguna nueva, ni tan siquiera indicios.

El religioso volvió a interrogarme acerca de la hora en que Mrs. Leidner y yo habíamos visto a aquel hombre y de qué forma estaba tratando de mirar por los cristales de la ventana.

—Por lo visto, Mrs. Leidner le interesaba muchísimo —dijo pensativamente—. Desde entonces me he estado preguntando si no se trataría de un europeo que quería pasar por iraquí.

Aquélla era una idea nueva para mí y la consideré cuidadosamente. Había dado por sentado que el hombre era un árabe, pero si se pensaba bien, aquella impresión me la dio el corte de sus ropas y el tinte amarillento de su tez.

El padre Lavigny me expuso su intención de dar la vuelta a la casa, hasta el lugar donde Mrs. Leidner y yo habíamos visto a aquel hombre.

—Tal vez se le cayó algo, ¿quién sabe? En las novelas de misterio, al criminal siempre le ocurre algo así.

—Creo que en la vida real los asesinos son más cuidadosos —dije.

Recogí unos cuantos calcetines que había estado zurciendo y los dejé sobre la mesa para que los hombres escogieran cada cual los suyos cuando llegaran. Luego, como no había mucho más que hacer, subí a la azotea.

Miss Johnson estaba allí, aunque no me oyó llegar. Caminé hasta su lado sin que se diera cuenta de mi presencia. Pero antes de detenerme junto a ella, vi que algo extraño le pasaba. Estaba parada en mitad de la azotea, mirando fijamente al frente, y su cara tenía una expresión aterrorizada. Como si hubiera visto algo y no pudiera creerlo.

Aquello me causó una desagradable e incomprensible impresión. Unas cuantas noches atrás la había visto también muy trastornada. Pero esta vez era diferente.

—¿Qué le ocurre? —dije yendo apresuradamente hacia ella.

Volvió la cabeza y me miró con expresión vacía, como si no me viera.

—¿Qué pasa? —persistí.

Hizo una mueca extraña, como si tratara de tragar pero tuviera demasiado seca la garganta. Con voz ronca, dijo como desasosegada:

—Acabo de ver algo.

—¿Qué ha visto? Dígamelo. ¿Qué ha podido ser? Parece asustada.

Hizo un esfuerzo para sobreponerse, pero a pesar de ello tenía un aspecto aterrorizado. Con igual tono de voz, entrecortado y ronco, continuó:

—He visto cómo se puede entrar en la casa... sin que nadie pueda imaginárselo.

Seguí la dirección de su mirada, pero no pude ver nada.

Mr. Reiter estaba de pie, ante la puerta del estudio fotográfico, y el padre Lavigny cruzaba en aquel momento el patio, pero nada más.

Di la vuelta perpleja y vi que miss Johnson tenía sus ojos fijos en mí, y en ellos se reflejaba una expresión rara.

—No sé a qué se refiere —dije—. ¿Quiere explicármelo?
Ella sacudió la cabeza.

—Ahora no; después. Debimos haberlo visto. ¡Oh, sí! Debimos haberlo visto.

—Si me lo dijera...

—Tengo que pensarlo primero.

Y apartándose de mi lado, bajó tambaleándose por la escalera. No la seguí, pues evidentemente no quería que la acompañara. Me senté en el parapeto y traté de ordenar un poco mis pensamientos, aunque no conseguí nada. Al patio sólo se podía entrar por un sitio: por el portalón. Ante él vi el aguador que estaba hablando con el cocinero indio. Nadie podía pasar junto a ellos sin ser visto.

Hecha un lío, sacudí la cabeza y bajé al patio.

Capítulo 24

Asesinar es una costumbre

Aquella noche nos acostamos temprano. Miss Johnson acudió a cenar y se portó más o menos como de costumbre. Tenía, sin embargo, un aspecto abatido y en una o dos ocasiones pareció no entender lo que le decían.

No fue una comida agradable. Era lógico suponer algo así en una casa donde había habido un entierro aquel mismo día. Pero yo bien sé a qué me refiero. Nuestras comidas, últimamente, habían sido silenciosas y taciturnas, y a pesar de ello se notaba que reinaba entre nosotros un sentimiento de compañerismo. Todos experimentábamos simpatía hacia los demás, esa especie de camaradería que se siente entre los que navegan en el mismo barco.

Mas aquella noche me vino a la memoria la primera cena que hice allí, cuando Mrs. Mercado me estuvo observando con tanta fijeza y me dio la impresión de que algo iba a estallar de un momento a otro.

Algo parecido experimenté, aunque con más intensidad, cuando Poirot nos reunió a todos en el comedor.

Pero durante la cena de aquella noche, la sensación fue mucho más fuerte. Todos parecían tener los nervios de punta. De haber dejado caer algo al suelo, estoy segura de que uno de nosotros hubiera gritado.

Como he dicho antes, nos separamos inmediatamente después de cenar. Me acosté casi enseguida. Lo último que oí antes de dormirme fue la voz de Mrs. Mercado deseándole buenas noches a miss Johnson justamente frente a mi puerta. No tardé en dormirme, cansada por el trabajo que había hecho durante el día y, principalmente, por las rarezas que hice en el dormitorio de Mrs. Leidner.

Durante varias horas dormí pesadamente, sin soñar en nada.

Me desperté sobresaltada y con el presentimiento de que se acercaba una catástrofe. Un ruido me despertó, y al sentarme en la cama y escuchar, lo volví a oír claramente.

Era un horrible gemido, ahogado y agonizante.

En un abrir y cerrar de ojos, encendí la vela y salté de la cama. Cogí también una linterna, por si la vela se apagaba. Salí al patio y escuché. Sabía que el ruido no venía de muy lejos. Volví a oírlo. Provenía de la habitación vecina a la mía, la que ocupaba miss Johnson.

Entré apresuradamente. La mujer estaba acostada en la cama, su cuerpo retorcido por la agonía. Después de dejar la vela me incliné sobre ella. Movió los labios y trató de hablar, pero sólo profirió un quejido espeluznante. Vi que las comisuras de sus labios y la piel de la barbilla tenían una especie de quemaduras blanquecinas.

Sus ojos fueron de mí a un vaso que estaba en el suelo, donde evidentemente había caído desde su mano. La alfombrilla bajo él había quedado manchada por un color rojo vivo. Cogí el vaso y pasé un dedo por su interior, pero lo retiré enseguida lanzando una aguda exclamación. Luego examiné el interior de la boca de la pobre mujer.

No cabía la menor duda sobre lo que había ocurrido. Sea como fuera, intencionadamente o no, había tragado cierta cantidad de ácido corrosivo. Supuse que sería oxálico o clorhídrico.

Corrí a despertar al doctor Leidner y él se encargó de llamar a los demás. Hicimos lo que pudimos por ella, pero desde el principio tuve el presentimiento de que nuestros esfuerzos eran inútiles. Tratamos de darle una fuerte solución de bicarbonato de sosa seguida por una dosis de aceite de oliva. Para calmarle el dolor le puse una inyección de sulfato de morfina.

David Emmott fue a Hassanieh para buscar al doctor Reilly, pero todo había acabado antes de que éste llegara.

No quiero entrar en detalles. El envenenamiento con una fuerte dosis de ácido clorhídrico, pues tal era el veneno, produce una de las muertes más dolorosas que se conocen.

Cuando me incliné para aplicarle la inyección, hizo un gran esfuerzo para hablar. Fue sólo un murmullo medio ahogado.

—La ventana... —murmuró—. Enfermera... la ventana...

Aquello fue todo; no pudo proseguir. Desfalleció por completo. Nunca olvidaré aquella noche. La llegada del doctor Reilly. La del capitán Maitland. Y finalmente, cuando ya amanecía, la de Hércules Poirot.

Me cogió del brazo y me llevó consigo hasta el comedor, donde me hizo sentar y tomar una taza de té bien cargado.

—Vamos, *mon enfant* —dijo—, así estará mejor. Está usted cansada.

Al oír aquello me eché a llorar.

—¡Qué horrible! —sollocé—. Es como una pesadilla. ¡Qué sufrimientos tan terribles! ¡Y sus ojos...! ¡Oh, monsieur Poirot, sus ojos...!

Me dio un golpecito en la espalda. Una mujer no habría podido mostrar más ternura.

—Sí, sí. No piense en ello. Hizo usted lo que pudo.

—Fue un ácido corrosivo.

—Una solución muy fuerte de ácido clorhídrico.

—¿La que utilizan para limpiar la cerámica?

—Sí. Miss Johnson lo bebió, probablemente, antes de que estuviera despierta por completo. A no ser... que lo tomara ex profeso.

—¡Oh, monsieur Poirot! ¡Qué idea más terrible!

—Al fin y al cabo, es posible. ¿Qué opina usted?

Recapacité unos segundos y luego sacudí la cabeza con decisión.

—No lo creo. No, no lo creo ni por un instante. —Titubeé y luego dije—: Me parece que descubrió algo ayer por la tarde.

—¿Qué ha dicho usted? ¿Descubrió algo?

Le relaté la conversación que sostuvimos.

—*La pauvre femme!* —dijo—. De modo que necesitaba pensarlo, ¿verdad? Eso fue lo que firmó su sentencia de muerte. Si hubiera hablado entonces... enseguida...

Y me rogó:

—Repita sus propias palabras.

Las repetí.

—¿Así que descubrió cómo alguien podía entrar en la casa sin que ninguno de ustedes se enterara? Vamos, *ma sœur*, subamos a la azotea y dígame dónde estaba miss Johnson.

Subimos y le enseñé a Poirot el sitio exacto en que encontré a la mujer.

—¿En esta posición? —preguntó Poirot—. Vamos a ver, ¿qué es lo que diviso desde aquí? Veo medio patio, el portalón y las puertas de la sala de dibujo, del estudio fotográfico y el laboratorio. ¿Había alguna persona en el patio?

—El padre Lavigny iba hacia el portalón y Mr. Reiter estaba ante la puerta del estudio.

—Pues sigo sin entender cómo alguien pudo entrar sin que ustedes se enteraran. Pero si ella descubrió...

Se dio por vencido, al fin, y sacudió la cabeza.

—*Sacré nom d'un chien, va!* ¿Qué es lo que descubrió?

Estaba saliendo el sol. El horizonte oriental era una borrachera de colores, rosa, naranja y grises que iban del perla al pálido.

—¡Qué hermosa salida de sol!

El río fluía a nuestra izquierda y el Tell se destacaba con un color dorado. Al sur se veían los árboles en flor y los verdes campos. La noria chirriaba a distancia, con un ruido débil e irreal. Al norte se distinguían los esbeltos minaretes de Hassanieh y su blancura fantasmagórica.

Era increíblemente bello.

Y entonces, junto a mí, oí como Poirot exhalaba un profundo suspiro.

—He sido un imbécil —murmuró—. Cuando la verdad estaba tan clara... tan clara...

Capítulo 25

¿Suicidio o asesinato?

No tuve tiempo de preguntar a Poirot qué era lo que quería decir, pues el capitán Maitland nos llamó para rogarnos que bajáramos.

Descendimos a saltos la escalera.

—Oiga, Poirot —barbotó—, hay otra complicación. El fraile no aparece.

—¿El padre Lavigny?

—Sí. Nadie se ha dado cuenta hasta ahora. Alguien ha notado que era el único de la expedición que faltaba y ha ido a buscarlo a su habitación. La cama estaba sin deshacer y no había rastro de él.

Todo aquello parecía una pesadilla. Primero la muerte de miss Johnson y luego la desaparición del padre Lavigny.

Llamaron a los criados y se los interrogó, pero no pudieron aclarar nada. Al parecer, se le había visto por última vez alrededor de las ocho de la noche anterior. Entonces dijo que iba a dar un paseo antes de acostarse. Nadie lo vio regresar. El portalón, como de costumbre, se había cerrado a las nueve. No obstante, no había quien recordara haber descorrido los cerrojos por la mañana. Cada uno de los criados creía que era el otro el que los había descorrido.

¿Había vuelto el padre Lavigny la noche anterior? ¿Había descubierto, en el curso de su primer paseo, algo sospechoso y al ir a investigar más tarde había acabado por ser la tercera víctima?

El capitán dio la vuelta al oír acercarse al doctor Reilly, quien llevaba tras de sí a Mr. Mercado.

—Hola, Reilly. ¿Ha averiguado algo?

—Sí. El ácido procedía del laboratorio. Acabo de comprobar las existencias con Mercado.

—El laboratorio, ¿verdad? ¿Estaba cerrado?

Mr. Mercado sacudió la cabeza. Le temblaban las manos y su cara se contraía en espasmos. Tenía el aspecto de un hombre deshecho física y moralmente.

—No solíamos cerrarlo —tartamudeó—, pues precisamente ahora... lo utilizábamos constantemente. Yo... Nadie pensó...

—¿Lo cierran todo por las noches?

—Sí. Se cierran las habitaciones. Las llaves quedan colgadas en la sala.

—Por lo tanto, si alguien posee la llave de la sala de estar, puede coger todas las demás.

—Sí.

—Supongo que será una llave corriente.

—Sí.

—¿No hay nada que indique si fue ella misma la que cogió el veneno del laboratorio? —preguntó el capitán Maitland.

—Ella no fue —dije en voz alta, con tono firme.

Sentí que alguien me daba un golpecito en el brazo. Poirot estaba junto a mí. Entonces ocurrió algo espeluznante.

No espeluznante en sí. En realidad, fue su incongruencia lo que hizo que pareciera así.

Un coche entró en el patio y un hombrecillo saltó de él. Llevaba un salacot y una gabardina corta y gruesa. Fue directo hacia el doctor Leidner, que estaba al lado del doctor Reilly, y le estrechó la mano calurosamente.

—*Vous, voilà... mon cher* —exclamó—. Encantado de verle. Pasé por aquí el sábado por la tarde, camino de Fugima, donde excavan los italianos. Pero cuando llegué al Tell no encontré ni un solo europeo y, por desgracia, no sé una palabra de árabe. No tuve tiempo de venir hasta la casa. He salido de Fugima esta mañana a las cinco. Estaré dos horas con usted y luego me uniré al convoy. *Eh bien*, ¿qué tal va la temporada?

Fue horrible.

Aquella voz jovial, aquellas maneras positivas y toda la agradable cordura de un mundo cotidiano, tan lejano ahora. Llegó alegremente, sin saber nada y sin darse cuenta de lo que en aquellos momentos pasaba, lleno de cordial afabilidad.

No fue extraño que el doctor Leidner diera un respingo y mirase con expresión de súplica al doctor Reilly.

El médico aprovechó la ocasión. Se llevó al hombrecillo, que era un arqueólogo francés llamado Verrier, y le puso al corriente de la anormal situación.

Verrier se horrorizó. Durante los últimos días había estado en las excavaciones italianas, apartado de la civilización, y no se había enterado de nada. Se deshizo en condolencias y excusas. Finalmente, fue hacia el doctor Leidner y lo abrazó con calor.

—¡Qué tragedia! ¡Dios mío, qué tragedia! No sé cómo expresarlo. *Mon pauvre collègue.*

Y sacudiendo la cabeza, en un último e inefectivo esfuerzo por demostrar sus sentimientos, el hombrecillo subió a su coche y se fue.

Como he dicho antes, aquel intermedio cómico en la tragedia pareció realmente más espeluznante que todo lo que había ocurrido.

—Lo que debemos hacer ahora es desayunar —dijo el doctor Reilly con firmeza —. Sí, insisto en ello. Vamos, Leidner, tiene usted que comer algo.

El pobre doctor Leidner estaba destrozado. Vino con nosotros al comedor, donde se sirvió un tétrico desayuno. Creo que el café caliente y los huevos fritos nos sentaron muy bien a todos, aunque nadie tenía ganas de comer. El doctor Leidner tomó un poco de café y no probó nada más, limitándose a desmigajar el pan. Tenía la cara pálida, contraída por el dolor y las preocupaciones.

Una vez acabado el desayuno, el capitán Maitland volvió a ocuparse del asunto. Expliqué cómo me había despertado y que, después de oír un ruido extraño, había entrado en la habitación de miss Johnson.

—¿Dice usted que el vaso estaba en el suelo?

—Sí, debió de dejarlo caer después de haber bebido.

—¿Estaba roto?

—No. Cayó sobre la alfombra y creo que la ha estropeado.

Cogí el vaso y lo volví a poner sobre la mesa.

—Me alegro de que haya aclarado usted eso. Hay en él dos clases de huellas dactilares: las de la misma miss Johnson y otras que deben ser de usted.

Guardó silencio durante un momento y luego dijo:

—Continúe, por favor.

Describí detalladamente lo que había hecho y los métodos que había ensayado, mientras miraba con cierta ansiedad al doctor Reilly, esperando un signo de aprobación por su parte. Al final vi cómo asentía con la cabeza.

—Intentó usted todo lo que podía dar resultado positivo —dijo.

Y aunque yo estaba segura de que así era, me sentía aliviada al ver que se confirmaba mi creencia.

—¿Sabía usted exactamente qué era lo que miss Johnson había tomado? —preguntó el capitán.

—No. Pero se veía, desde luego, que era un ácido corrosivo.

—¿Opina usted, enfermera, que miss Johnson se administró ella misma tal sustancia?

—¡Oh, no! —exclamé—. ¡Nunca he pensado algo así!

No sé por qué estaba tan segura de ello. Tal vez fuera, en parte, por las insinuaciones de monsieur Poirot. Aquello de que «asesinar es una costumbre» se me había queda-do grabado en el pensamiento. Y, por otra parte, no era fá-cil pensar que alguien se suicidara eligiendo una clase de muerte tan dolorosa. Expresé en voz alta esto último y el capitán Maitland, con aspecto abstraído, hizo un gesto afirmativo con la cabeza.

—Convengo en que no es lo que uno elegiría para qui-tarse la vida —dijo—. Pero si alguien se encontrara preso de una gran agitación moral y no tuviera a mano más que esa sustancia, es posible que se decidiera por ella.

—Pero ¿ella estaba presa de tan gran agitación? —pre-gunté dubitativamente.

—Así lo dice Mrs. Mercado. Nos ha contado que miss Johnson no parecía la misma durante la cena de anoche, que casi no contestaba a lo que se le decía. Añade que está completamente segura de que miss Johnson estaba muy preocupada por algo, y que la idea del suicidio ya se le de-bía de haber ocurrido.

—Pues no lo creo —insistí.

«¡Vaya con Mrs. Mercado! ¡Qué bicho más escurridizo!»

—Entonces, ¿qué es lo que cree usted?

—Creo que la asesinaron —dije tozudamente.

Formuló la siguiente pregunta en un tono tan seco que me dio la impresión de que me encontraba ante un tribunal militar.

—¿Tiene alguna razón para pensar eso?

—Me parece la solución más probable.

—Ésa será su propia opinión. No había ninguna razón por la cual miss Johnson pudiera ser asesinada.

—¡Perdone! —corté—. Sí la había. Descubrió algo.

—¿Descubrió algo? ¿Qué fue?

Repetí palabra por palabra la conversación que tuvimos en la azotea.

—¿Rehusó decirle qué era lo que había descubierto?

—Sí. Me dijo que necesitaba tiempo para pensarlo.

—¿Y estaba muy excitada por ello?

—Sí.

—«Una forma para poder entrar desde el exterior.» —El capitán Maitland recapacitó mientras fruncía el ceño—. ¿No tiene usted idea de lo que quería decir?

—Ni la más mínima. Estuve dándole vueltas y más vueltas al asunto, pero después de agotarme no saqué nada en claro.

—¿Qué opina usted, monsieur Poirot? —preguntó el capitán.

—Creo que ahí tiene usted un posible motivo.

—¿Para el asesinato?

—Sí.

—¿No pudo hablar antes de morir?

—Sólo pudo pronunciar dos palabras.

—¿Cuáles fueron?

—«La ventana...»

—¿La ventana? —repitió el capitán—. ¿Sabía usted a qué se refería?

Sacudí la cabeza.

—¿Cuántas ventanas tiene la habitación de miss Johnson?

—Solamente una.

—¿Da al patio?

—Sí.

—¿Estaba abierta o cerrada? Me parece recordar que se encontraba abierta. ¿Tal vez alguno de ustedes la abrió?

—No. Estaba ya abierta cuando entré. Me pregunté entonces...

Callé de pronto.

—Siga, enfermera.

—Examiné la ventana, desde luego, pero no vi nada extraño. Me pregunté si, tal vez, alguien cambió los vasos a través de ella.

—¿Cambió los vasos?

—Sí. Miss Johnson siempre se llevaba consigo un vaso

de agua cuando se iba a dormir. Creo que se lo cambiaron por un vaso de ácido.

—¿Qué dice usted, Reilly?

—Si se trata de asesinato, ésa es probablemente la forma en que se efectuó —se apresuró a contestar el médico—. Ninguna persona medianamente observadora beberá un vaso de ácido confundiéndolo con uno de agua si está en posesión de todas sus facultades. Pero si alguien está acostumbrado a tomar un vaso de agua a medianoche, extenderá la mano, encontrará el vaso e ingerirá parte del contenido antes de darse cuenta del cambio.

El capitán Maitland reflexionó durante un prolongado momento.

—Volveré a examinar esa ventana. ¿Está muy alejada de la cabecera de la cama?

Recordé su posición.

—Estirando mucho el brazo se puede llegar justamente a la mesilla de noche.

—¿La mesa sobre la que estaba el vaso de agua?

—Sí.

—¿Estaba cerrada la puerta?

—No.

—Por lo tanto, quienquiera que fuese pudo entrar por ella y hacer el cambio, ¿no es eso?

—Desde luego.

—Ese sistema hubiera sido más peligroso —intervino el doctor Reilly—. Una persona puede estar dormida profundamente, pero despertarse por el ruido de una pisada. Si la mesilla podía ser alcanzada desde la ventana, el método era más seguro.

—No pensaba únicamente en el vaso —replicó el capitán con aspecto abstraído.

Al cabo de algunos instantes, pareció volver en sí de su abstracción y, dirigiéndose a mí, preguntó con su tono normal de voz:

—¿Opina usted que cuando la pobre señora vio que se estaba muriendo quiso darle a entender que alguien sustituyó el agua a través de la ventana? ¿No le parece que el nombre de esa persona hubiera sido una revelación más apropiada?

—Pudo no saber ese nombre —observé.

—¿Cree que habría sido su intención, pues, insinuarle lo que había descubierto el día anterior?

El doctor Reilly dijo:

—Cuando uno se está muriendo, Maitland, pierde todo el sentido de la proporción. El que una mano asesina había entrado por la ventana pudo ser el principal hecho que la obsesionara en aquel momento. Tal vez le pareció que era de la mayor importancia el que los otros lo supieran. Y, en mi opinión, no andaba muy equivocada. Era importante. Pensó, quizá, que los demás creerían que se había suicidado. De haber podido hablar, tal vez hubiera dicho: «No me he suicidado. No he tomado el veneno a sabiendas. Alguien lo ha puesto cerca de mi cama, a través de la ventana».

El capitán Maitland tamborileó con sus dedos sobre la mesa y no contestó. Al cabo de unos segundos, dijo con seguridad:

—No hay duda de que el asunto puede considerarse desde esos dos puntos. O se trata de suicidio, o es asesinato. ¿Por qué se inclina usted, doctor Leidner?

El interpelado pareció meditar durante unos instantes y luego replicó sosegadamente y con acento decisivo:

—Por el asesinato. Anne Johnson no era una mujer capaz de suicidarse.

—De acuerdo —convino el capitán Maitland—. Eso puede ser cuando las cosas siguen un curso normal. Pero puede haber circunstancias en que el hecho resulte algo natural.

—¿En qué circunstancias?

El capitán se inclinó y cogió un paquete que, según había visto antes, había dejado al lado de su silla. Lo puso sobre la mesa haciendo un ligero esfuerzo.

—Aquí hay algo que ninguno de ustedes conoce —anunció—. Lo encontré bajo la cama en que dormía miss Johnson.

Manipuló el envoltorio, lo abrió y apareció una gran y pesada piedra de molino de mano. No tenía en sí nada de particular, pues en el curso de las excavaciones se habían encontrado más de una docena de ellas.

Pero lo que atrajo nuestra atención sobre aquel ejemplar fue una mancha oscura y un fragmento de algo que parecía cabello humano.

—Tendrá que estudiar esto, Reilly —dijo Maitland—. Pero no creo equivocarme si aseguro que con esta piedra se asesinó a Mrs. Leidner.

Capítulo 26

¡La próxima seré yo!

Fue horrendo. El doctor Leidner pareció a punto de desmayarse y yo misma me sentí mareada.

El doctor Reilly examinó la piedra con aire profesional.

—Supongo que no tendrá huellas dactilares —aventuró con tranquilidad.

—Ni una.

El médico sacó un par de pinzas y empezó a investigar delicadamente el pedrusco.

—Hum... un fragmento de piel humana... un cabello... rubio. Esto es una opinión particular. Tengo que hacer un análisis detenido; comprobar el grupo al que pertenece la sangre, etc. Pero no creo que existan muchas dudas acerca de su procedencia. ¿Ha dicho usted que lo encontró bajo la cama de miss Johnson? Bien, bien, de modo que era esto. Cometió el asesinato y luego le entraron remordimientos y se suicidó. Es una teoría..., una bonita teoría.

El doctor Leidner sólo pudo sacudir la cabeza con aspecto desolado.

—Anne, no..., no pudo ser Anne... —murmuró.

—No sé dónde pudo esconder esta piedra —dijo el capitán—. Registramos todas las habitaciones después de que se cometiera el primer asesinato.

Algo me vino al pensamiento. «En el armario de la sala de estar.» Pero no dije nada.

—Como fuese, al parecer, ella no se sintió satisfecha del

escondrijo y se llevó la piedra a su propio dormitorio, que ya había sido registrado como los demás. O tal vez lo hizo una vez que decidió suicidarse.

—No lo creo —dije en voz alta.

Y, en realidad, no podía imaginarse a la amable y dulce miss Johnson abriéndole la cabeza a Mrs. Leidner. ¡No podía hacerme a esa idea! No obstante, aquello encajaba con algunas de las cosas que habían ocurrido; las lágrimas que derramó hacía unas cuantas noches, por ejemplo. Después de todo, yo lo había tomado como efecto del remordimiento, aunque creí que se trataba de arrepentimiento por un crimen de menor importancia.

—No sé qué hacer —continuó Maitland—. Tenemos que aclarar también la desaparición del religioso francés. Mis hombres están buscando por los alrededores, por si acaso le han dado un golpe en la cabeza y han arrojado su cuerpo a una acequia de riego.

—¡Oh! Ahora que recuerdo... —empecé a decir. Todos me miraron con expectación—. Fue ayer por la tarde —continué—. Me estuvo preguntando acerca del hombre bizco que miraba por la ventana el otro día. Me rogó que le dijera en qué lugar exacto de la senda se había detenido y luego me dijo que iba a dar una ojeada por allí. Me hizo observar que en las novelas policíacas el criminal siempre deja una pista.

—¡Que me aspen si alguno de los criminales que me ha tocado en suerte perseguir la ha dejado en alguna ocasión! —estalló el capitán Maitland—. Así que era eso lo que buscaba, ¿verdad? ¡Por mil diablos! Me extraña que encontrara algo. Sería mucha coincidencia que él y miss Johnson descubrieran, prácticamente al mismo tiempo, una pista que permitiese conocer la identidad del criminal.

Y añadió con acento irritado:

—¿Un hombre bizco? ¿Un hombre bizco? En ese cuento del hombre bizco hay algo más de lo que se ve a simple vista. No sé por qué diablos mis hombres no han podido atraparlo todavía.

—Posiblemente porque no es bizco —opinó sosegadamente Poirot.

—¿Quiere usted decir que imitaba ese defecto? No sabía que pudiera hacerse con fidelidad durante mucho tiempo.

—Un estrabismo puede ser algo de mucha utilidad.

—¡Por supuesto que sí! No sé qué daría por saber dónde se encuentra ahora ese tipo, bizco o normal.

—Barrunto que ya debe de haber pasado la frontera siria —dijo Poirot.

—Hemos prevenido a Tell Kotchek y Abul Kemal; a todos los puestos fronterizos.

—Yo diría que siguió la ruta que atraviesa las montañas. La utilizada por los camiones cargados de contrabando.

El capitán Maitland gruñó.

—¿Entonces será mejor que telegrafiemos a Deir ez-Zor?

—Ya lo hice ayer avisándoles para que vigilaran el paso de un coche ocupado por dos hombres cuyos pasaportes estarían absolutamente en regla.

El capitán le dirigió una mirada penetrante.

—De manera que eso hizo. Dos hombres, ¿verdad?

Poirot asintió.

—Dos hombres son los que están implicados en esto.

—Me sorprende, monsieur Poirot, que haya estado reservándose tantas cosas.

El detective sacudió la cabeza.

—No —dijo—. Eso no es cierto. Comprendí la verdad de lo ocurrido esta misma mañana, cuando contemplaba la salida del sol. Una salida de sol magnífica.

No creo que ninguno de nosotros se percatara de que Mrs. Mercado había entrado en la habitación. Debió de hacerlo cuando nos quedamos helados ante la vista de aquella horrible piedra manchada de sangre. Pero entonces, sin avisar, la mujer lanzó un chillido parecido al de un cerdo cuando lo degüellan.

—¡Oh, Dios mío! —exclamó—. Ahora lo comprendo. Ahora lo comprendo todo. Fue el padre Lavigny. Está loco, es un fanático religioso. Cree que las mujeres están llenas de pecado. Y las mata a todas. Primero Mrs. Leidner..., después, miss Johnson. ¡La próxima vez seré yo!

Dando un alarido histérico, cruzó precipitadamente la habitación y se cogió desesperada y frenética a la chaqueta del doctor Reilly.

—¡No quiero quedarme aquí! No quiero quedarme aquí ni un día más. Esto es peligroso. Nos está acechando el peligro. Está escondido en algún sitio, esperando la ocasión. ¡Saltará sobre mí!

Abrió la boca de nuevo y volvió a chillar.

Me dirigí apresuradamente hacia donde estaba el médico, que la había cogido por las muñecas. Di dos buenas bofetadas a Mrs. Mercado; entre el doctor Reilly y yo la hicimos sentar en una silla. Los dos procuramos calmarla.

—Nadie la va a matar —dije—. Ya cuidaremos todos de que no ocurra nada de eso. Siéntese y pórtese bien.

No volvió a chillar. Cerró la boca y se quedó sentada, mirándome con ojos de expresión sobresaltada y estupefacta.

Luego se produjo otra interrupción. Se abrió la puerta y entró Sheila Reilly. Su cara estaba pálida y tenía un aspecto grave. Fue directamente hacia Poirot.

—He ido temprano a la estafeta de correos, monsieur Poirot —dijo—. Había un telegrama para usted... y se lo he traído.

—Muchas gracias, mademoiselle.

Cogió el telegrama y lo abrió, mientras la muchacha vigilaba la expresión de sus ojos y su rostro. Pero la cara de Poirot no se inmutó lo más mínimo. Leyó el telegrama, lo alisó, lo dobló cuidadosamente y se lo guardó en un bolsillo.

Mrs. Mercado no le perdía de vista. Con voz ahogada preguntó:

—¿Es... de América?

El detective sacudió la cabeza.

—No, madame —replicó—. Es de Túnez.

Ella lo contempló durante un momento como si no hubiera entendido lo que le había dicho y luego, dando un profundo suspiro, se recostó en su asiento.

—El padre Lavigny —dijo—. Tenía yo razón. Siempre creí que había algo en él que resultaba extraño. Cierta vez me dijo unas cosas...

—Supongo que está loco... —Hizo una pausa y luego añadió—: Tendré serenidad. Pero debo irme de aquí. Joseph y yo dormiremos esta noche en la posada.

—Tenga paciencia, madame —dijo Poirot—. Se lo explicaré todo.

El capitán Maitland lo miró con curiosidad.

—¿Cree usted que ha conseguido dar por fin con el quid de la cuestión? —preguntó.

Poirot hizo una reverencia. Fue una reverencia teatral en extremo. Creo que molestó un poco al capitán.

—Bueno —estalló el militar—, suéltelo de una vez.

Pero no era ésa la forma en que Poirot solía hacer las cosas. Comprendí perfectamente que lo que pretendía era organizar un buen espectáculo a cuenta de aquello. Me pregunté si en realidad conocía la verdad del caso o sólo estaba presumiendo. Se volvió hacia el doctor Reilly.

—¿Tendría usted la bondad de llamar a los demás? —rogó.

El médico se levantó y cumplimentó la petición de Poirot. Al cabo de unos minutos, empezaron a entrar en el comedor los demás componentes de la expedición. Primero Reiter y Emmott; después Bill Coleman; luego Richard Carey, y por último Mr. Mercado. El pobre hombre tenía cara de difunto. Supuse que estaba mortalmente asustado por si le pedían cuentas sobre su descuido, tras dejar al alcance de cualquiera unos productos químicos de carácter peligroso que habían sido confiados a su custodia.

Todos tomaron asiento alrededor de la mesa, en forma parecida a la del día en que llegó monsieur Poirot. Tanto Bill Coleman como David Emmott titubearon antes de sentarse y miraron hacia donde estaba Sheila Reilly. Ella estaba vuelta de espaldas y miraba por la ventana.

—¿Te sientas, Sheila? —dijo Bill.

David Emmott agregó con su acento suave y simpático:

—¿No te quieres sentar?

La muchacha dio la vuelta y se quedó mirándolos. Cada uno de ellos le estaba ofreciendo una silla. Esperé a ver cuál de las dos aceptaría.

Pero al final no aceptó ninguna.

—Me sentaré aquí —dijo con brusquedad.

Y tomó asiento en el borde de una mesa que había junto a la ventana.

—Es decir —añadió—, si al capitán Maitland no le importa que me quede.

No sé qué hubiera dicho el capitán, pues Poirot se apresuró a observar:

—Quédese, mademoiselle. En realidad, es necesario que así lo haga.

La chica levantó las cejas.

—¿Necesario?

—Eso he dicho, mademoiselle. Tengo que hacerle varias preguntas.

Ella volvió a levantar las cejas, pero esta vez no dijo nada. Miró de nuevo por la ventana, como si estuviera determinada a no darse por enterada de lo que sucedía a su espalda en el comedor.

—Y ahora tal vez lleguemos a saber la verdad —dijo el capitán Maitland.

Habló con cierta impaciencia. Era un hombre de acción.

Yo estaba segura de que en aquel momento estaba ardiendo en deseos de salir al campo y hacer algo. Dirigir la búsqueda del padre Lavigny, enviar patrullas para que lo capturaran. Dirigió una mirada a Poirot en la que se reflejaba cierto disgusto. Vi que iba a decir alguna frase desagradable, pero se contuvo.

Poirot dio una ojeada circular a todos nosotros y luego se levantó.

No sé a ciencia cierta qué es lo que esperaba yo que dijera entonces. Tal vez una frase dramática, puesto que algo así hubiera cuadrado muy bien con su forma de ser. Pero de lo que estoy segura es de que no esperaba que empezara a hablar utilizando una frase árabe.

Pues sí. Esto fue lo que sucedió. Pronunció las palabras lenta y solemnemente, con mucha religiosidad.

—*Bismillahi ar rahman ar rahim.*

Y luego tradujo:

—En el nombre de Alá, el misericordioso, el compasivo.

Capítulo 27

En el principio de un viaje

—*Bismillahi ar rahman ar rahim*. Ésta es la frase que los árabes emplean antes de emprender un viaje. *Eh bien*, nosotros también empezamos uno. Un viaje al pasado. Un viaje a esos lugares recónditos del alma humana.

No creo que hasta aquel momento hubiera yo experimentado el llamado «encanto de Oriente». Con franqueza, lo que más me había impresionado de él había sido la suciedad y la confusión que encontraba por todas partes. Pero de pronto, al oír las palabras de monsieur Poirot, una extraña visión pareció surgir ante mis ojos. Me acordé de palabras como *Samarcanda* e *Isfahán*, de mercaderes de luengas barbas, de camellos arrodillados y tambaleantes portadores que llevaban grandes bultos a la espalda, sujetos con una correa pasada por su frente, y de mujeres de pelo teñido con alheña y cara tatuada lavando ropa al lado del Tigris. Oí sus extraños y sollozantes cantos y el lejano chirrido de la noria. Eran, en su mayoría, cosas que yo había visto y oído, pero en las que no me había fijado. Sin embargo, ahora me parecían diferentes, como ocurre cuando se saca a la luz un objeto viejo y se aprecian de pronto los ricos colores y la filigrana de un bordado antiguo...

Di una ojeada a mi alrededor y me asaltó el pensamiento de que lo que acababa de decir monsieur Poirot era cierto. Estábamos empezando un viaje. Nos encontrábamos todos reunidos, pero nos dirigíamos a distintos sitios.

Contemplé a cada uno como si en cierto aspecto los viera por primera y por última vez. Parecerá estúpido, pero eso fue lo que sentí.

Mr. Mercado se retorcía los dedos nerviosamente. Sus extraños ojos claros, de dilatadas pupilas, estaban fijos en Poirot. Mrs. Mercado no perdía de vista a su marido. Tenía un aspecto raro, como el de un tigre dispuesto a saltar. El doctor Leidner parecía haberse encogido. Este último golpe lo había destruido. Podía decirse que no estaba en aquella habitación. Se encontraba en un sitio muy lejano, de su exclusiva propiedad. Mr. Coleman miraba fijamente al detective. Tenía la boca ligeramente abierta y los ojos parecían salírsele de las órbitas, con una expresión medio atontada. Mr. Emmott tenía la vista fija en la punta de sus zapatos y no pude verle claramente la cara. Mr. Reiter parecía estar aturdido. Con los labios fruncidos, como si fuera a echarse a llorar, se parecía más que nunca a un cochinillo. Miss Reilly seguía mirando por la ventana. No sé en qué estaría pensando. Luego observé a Mr. Carey, pero la expresión de su cara me lastimó y aparté la mirada. Allí estábamos todos. Tuve el presentimiento de que cuando monsieur Poirot acabara de hablar todos seríamos diferentes por completo. Era una sensación extraña...

Poirot siguió hablando sosegadamente. Sus palabras eran como el agua de un río que discurre apacible camino del mar.

—Desde el principio me di cuenta de que para comprender este caso no debían buscarse pistas o signos aparentes, sino la verdadera pista del conflicto entre personalidades y de los secretos del amor. Debo confesar que, aunque he conseguido hallar lo que yo considero que es la verdadera solución del caso, no tengo pruebas materiales en que apoyarme. Sé que es así porque debe ser así. Porque de ninguna otra manera pueden ajustarse los hechos y quedar ordenados donde corresponden.

Hizo una pausa y luego prosiguió:

—Empezaré mi recorrido en el momento en que me ocupé del asunto, cuando se me expuso como un hecho consumado. Cada caso, en mi opinión, tiene un aspecto y una forma. El nuestro giraba todo él alrededor de la personalidad de Mrs. Leidner. Hasta que se supiera exactamente qué clase de mujer era, no sería capaz de decir por qué fue asesinada y quién la mató. Éste, pues, fue mi punto de partida. Su personalidad.

»Había también otro punto, interesante bajo un aspecto psicológico. El curioso estado de tensión que existía, según me describieron, entre los de la expedición. Esto lo confirmaron varios testigos, algunos de ellos ajenos a esta casa; y yo tomé nota de ello, pues también era un punto de partida y, aunque débil, debía tenerlo presente en el curso de la investigación.

»La opinión general parecía ser que aquello era el resultado de la influencia de Mrs. Leidner sobre los demás componentes de la expedición; pero, por razones que más tarde expondré, esto no me parecía aceptable.

»Para empezar, como he dicho, me concentré única y exclusivamente en la personalidad de Mrs. Leidner. Tenía varios medios para ello. Podía comprobar las reacciones que producía ella en cierto número de personas, muy diferentes entre sí, tanto en carácter como en temperamento; y además, contaba con todo lo que podía recoger yo con mi propia observación. El alcance de esto último era limitado. Pero me enteré de ciertos hechos.

»Los gustos de Mrs. Leidner eran sencillos y hasta austeros. No le preocupaba el lujo. Por otro lado, vi que una labor de bordado que había estado haciendo era de una belleza y finura extraordinarias. Eso daba a entender que era una mujer de gusto refinado y artístico. Por la observación de los libros que guardaba en su dormitorio, me formé una opinión más amplia de ella. Era inteligente y, además, según imaginé, sencillamente egoísta.

»Se me había sugerido que Mrs. Leidner era una mujer cuya mayor preocupación era atraer a los hombres, que era, en resumen, una coqueta. No creí que éste fuera el caso. En un estante de su habitación vi los siguientes libros: *¿Quiénes eran los griegos?*, *Introducción a la relatividad*, *La vida de lady Hester Stanhope*, *La vuelta a Matusalén*, *Linda Condon* y *La procesión de los cantarillos*.

»Estaba interesada, por una parte, en temas culturales y científicos, es decir, denotaba su lado intelectual. La novela *Linda Condon* y en menor grado *La procesión de los cantarillos* parecían demostrar que Mrs. Leidner sentía simpatía e interés por la mujer independiente no dominada ni engañada por el hombre. También sentía interés por lady Hester Stanhope. *Linda Condon* es un exquisito estudio de la adoración que siente una mujer hacia su propia belleza. *La procesión de los cantarillos* es un ensayo sobre una individualista apasionada. *La vuelta a Matusalén* es una obra que simpatiza abiertamente con la postura intelectual ante la vida, más que con la emocional. Juzgué entonces que empezaba a comprender a Mrs. Leidner.

»Después estudié las reacciones de los que formaban el círculo de relaciones más próximas a ella, y a mi juicio se completó.

»Me convencí, por lo que deduje de los relatos del doctor Reilly y los demás, de que Mrs. Leidner era una de esas mujeres dotadas por la naturaleza, no sólo de belleza, sino de una especie de hechizo fatal que a veces acompaña a la hermosura, pero que puede, desde luego, existir sin ella. Tales mujeres, por lo general, dejan tras de sí una estela de hechos violentos. Llevan consigo el desastre; en ocasiones para los demás y a veces para ellas mismas.

»Estaba seguro de que Mrs. Leidner era una mujer que ante todo sentía una profunda adoración por ella misma y que disfrutaba ejerciendo su autoridad. Dondequiera que estuviese, ella debía ser el centro del universo. Y todos los que la rodeaban, hombres o mujeres, tenían que sentir su influencia. Esto resultaba fácil con algunos. La enfermera Leatheran, por ejemplo, que es una mujer de generosa disposición y con una imaginación romántica, fue capturada al instante y sintió de buen grado una gran inclinación hacia ella. Pero existía otro método con el que Mrs. Leidner ejercía su influencia: el miedo. Cuando la conquista era demasiado fácil daba gusto a su naturaleza de una manera más cruel; aunque debo insistir en que no era lo que pudiéramos llamar una crueldad deliberada. Era tan natural e inconsciente como la conducta de un gato con un ratón. Al volver en sí de estos extravíos, era amable y muchas veces se salía de sus costumbres para realizar acciones caritativas.

»Después, desde luego, el problema más importante y apremiante que debía resolver era el de los anónimos. ¿Quién los había escrito y por qué? Me pregunté entonces: "¿Pudo escribirlos Mrs. Leidner?".

»Para contestar a esta pregunta era necesario volver atrás un buen trecho; volver, en resumen, a la fecha del primer matrimonio de Mrs. Leidner. Aquí es donde, en realidad, empezamos nuestro viaje. El viaje de la vida de Mrs. Leidner.

»En primer lugar, debemos convencernos de que la Louise Leidner de aquellos años era, en esencia, la misma Louise Leidner de ahora. Entonces era joven y bella, con esa belleza etérea que afecta al espíritu y los sentidos de un hombre, mucho más que cualquier belleza material. Era ya, además, una egoísta.

»Tales mujeres, como es natural, repudian toda idea de matrimonio. Pueden sentirse atraídas por los hombres, pero prefieren pertenecerse a sí mismas. Son las verdaderas "altivas e ingratas señoras" de las leyendas. A pesar de ello, Mrs. Leidner se casó; y creo que, por eso mismo, podemos presuponer que su marido debió de ser un hombre de cierta fuerza moral.

»Luego salieron a la luz sus actividades subversivas y ella obró tal como lo contó la enfermera Leatheran. Informó al Gobierno de lo que ocurría. Opino que en su forma de obrar hubo un significado psicológico. Le contó a la enfermera que era entonces una muchacha llena de fervor patriótico y que este sentimiento fue la causa de su acción. Pero es cosa sabida que la tendencia de todos es a engañarse respecto a los motivos de las propias acciones. De una forma instintiva elegimos el motivo más altisonante. Mrs. Leidner pudo creer que era el patriotismo lo que la inspiró, pero estoy convencido de que aquello fue el modo de expresar un oculto deseo de desembarazarse de su marido. Odiaba ser dominada, no le gustaba la idea de pertenecer a otro; en resumen, no le apetecía desempeñar un segundo papel. Se escudó en el patriotismo para ganar su libertad.

»Pero en el fondo de su conciencia había un torturante sentimiento de culpabilidad, que jugaría un importante papel en su destino futuro.

»Y llegamos ahora a la cuestión de los anónimos. Mrs. Leidner era muy atractiva a los ojos de los hombres. En varias ocasiones, ella se sintió también atraída por ellos, aunque en cada caso jugó su parte uno de los anónimos y el asunto no fue a más.

»¿Quién escribió aquellas cartas? ¿Frederick Bosner, su hermano William o la propia Mr. Leidner? Cualquiera habría podido ser.

»Para cada una de esas teorías existe una buena explicación. Me parece evidente que Mrs. Leidner era una de esas mujeres que pueden inspirar devociones ardientes en los hombres; una devoción que puede acabar en obsesión. No estimo disparatado creer en un Frederick Bosner para quien Louise, su esposa, importaba más que nada en el mundo. Ella le traicionó una vez y él no se atrevía a acercársele abiertamente, si bien estaba dispuesto a que no fuera de nadie más. Prefería verla muerta a que perteneciera a otro hombre.

»Por otra parte, si Mrs. Leidner sentía una profunda aversión a ligarse con el lazo del matrimonio, parece posible que hubiera elegido aquella manera de excusar toda postura difícil. Era una cazadora a quien no le interesaba lo más mínimo la caza una vez abatida. Como ansiaba mezclar el drama con su vida, inventó uno a su entera satisfacción. Un marido resucitado que prohibía todo posible enlace matrimonial. Aquello satisfacía sus más profundos instintos. Hacía que apareciera ante todo como una figura romántica, como una heroína de tragedia. Y le permitía además presentar una poderosa excusa para no volver a casarse.

»Tal estado de cosas continuó durante cierto número de años. Cada vez que asomaba el matrimonio, recibía una carta amenazadora.

»Pero ahora nos encontramos con un punto de verdadero interés. Salió a escena el doctor Leidner, aunque entonces no llegó ninguna carta. Nada se interpuso entre ella y el matrimonio. Nada. Hasta que después de casada, recibió uno de los anónimos. Y enseguida nos preguntamos... ¿por qué?

»Consideremos por turno cada una de las teorías.

»Si Mrs. Leidner escribió ella misma las cartas, el problema se explica fácilmente. Quería casarse con el doctor Leidner, y con él se casó. Pero en tal supuesto, ¿por qué se escribió ella misma una carta después de la boda? ¿Era tanto el deseo de dramatizar su vida? ¿Y por qué únicamente dos cartas? Después de aquello no recibió ninguna hasta hace año y medio.

»Centrémonos ahora sobre la otra teoría, la de que las cartas las escribió su primer marido, Frederick Bosner, o el hermano de éste. ¿Por qué se recibió la carta amenazadora después del matrimonio? Parece probable que Frederick no quisiera que ella se casara con Leidner. ¿Por qué, entonces, no impidió la boda? Lo había conseguido en ocasiones anteriores. ¿Y por qué, habiendo esperado a que el matrimonio se consumara, reanudó sus amenazas?

»La respuesta, poco satisfactoria, es que no tuvo ocasión de interponer más pronto su protesta. Tal vez estuvo en la cárcel o en el extranjero.

»Luego debemos considerar el intento de asfixia por el gas. No parece posible que lo ocasionara un agente externo. Las personas más indicadas para planearlo eran el propio doctor Leidner o su mujer. Aparentemente, no existía razón alguna de que fuera él quien hiciera algo así y, por lo tanto, llegamos a la conclusión de que fue Mrs. Leidner la que concibió y llevó a cabo la idea.

»¿Por qué? ¿Más drama?

»Después de aquello, el matrimonio viajó por el extranjero y durante dieciocho meses llevaron una vida feliz y pacífica, sin que ninguna amenaza los perturbara. Lo atribuyeron a que habían sabido borrar sus huellas, aunque dicha explicación es absurda por completo. Irse al extranjero en la actualidad no tiene objeto alguno en ese sentido. Y en el caso de los Leidner menos todavía. Él era el director de una expedición organizada por un museo. Indagando en dicho museo, Frederick Bosner podía haber obtenido en un momento su dirección exacta. Y aun dando por sentado que se viera acosado por las circunstancias, nada le impedía perseguir a la pareja con sus cartas amenazadoras. Creo que un hombre obsesionado como él habría hecho eso.

»Pero en lugar de ello nada se supo de Frederick hasta hace cerca de dos años, cuando volvieron a recibirse los anónimos.

»¿Por qué volvieron a recibirse?

»Es una pregunta difícil, aunque puede contestarse sencillamente diciendo que Mrs. Leidner se aburría y necesitaba más drama. Pero yo no estaba satisfecho completamen te con tal explicación. Esta particular clase de drama me parecía un poco demasiado vulgar para que coincidiera con su personalidad, tan refinada.

»Lo único que cabía hacer era mantener un amplio criterio sobre la cuestión.

»Existían tres posibilidades bien definidas. Primera, que las cartas hubieran sido escritas por la propia Mrs. Leidner; segunda, que su autor fuera Frederick Bosner, o el joven William Bosner, y tercera, que hubieran sido escritas al principio, bien por Mrs. Leidner, o bien por su primer marido, aunque ahora se trataba de falsificaciones. Es decir, que el autor fuera una tercera persona que estuviera enterada de la existencia de las primitivas cartas.

»Ahora voy a considerar directamente el ambiente que rodeaba a Mrs. Leidner. Examinaré primero las oportunidades que cada componente de la expedición había tenido de cometer el asesinato. A simple vista, cualquiera pudo llevarlo a cabo por lo que se refiere a oportunidades, con la excepción de tres personas.

»El doctor Leidner, según irrefutables testimonios, no bajó en ningún momento de la azotea. Mr. Carey estuvo en las excavaciones y Mr. Coleman fue a Hassanieh. Pero estas coartadas, amigos míos, no eran tan buenas como parecían. Exceptúo al doctor Leidner. No hay ninguna duda de que estuvo en la azotea y no bajó de ella hasta una hora y cuarto después de cometido el crimen.

»Pero ¿podía estar seguro de que Mr. Carey estuvo entretanto en las excavaciones? ¿Y estuvo Mr. Coleman en Hassanieh mientras ocurría el asesinato?

Mr. Coleman enrojeció, abrió la boca, la volvió a cerrar y miró a su alrededor. La expresión de la cara de Mr. Carey no cambió en absoluto.

Poirot prosiguió suavemente:

—Tomé en consideración también a otra persona que, según opiné, era perfectamente capaz de cometer un asesinato si así se lo proponía. Miss Reilly tiene suficiente valor e inteligencia, así como cierta predisposición a la crueldad. Cuando miss Reilly me habló de Mrs. Leidner, le dije bromeando que esperaba que tuviera una buena coartada. Creo que miss Reilly se dio cuenta entonces de que en su corazón había abrigado, por lo menos, el deseo de matar. Sea como fuere, inmediatamente me contó una mentira, inocente y sin objeto. Al día siguiente me enteré por casualidad, hablando con miss Johnson, de que, lejos de estar jugando al tenis, miss Reilly había sido vista por los alrededores de esta casa, poco más o menos a la hora en que se cometió el crimen. Tal vez miss Reilly, aunque no sea culpable del asesinato, podrá contarme algo interesante.

Se detuvo y luego dijo con mucho sosiego:

—¿Quiere contarnos, miss Reilly, qué fue lo que vio aquella tarde?

La muchacha no replicó enseguida. Miraba todavía por la ventana, sin volver la cabeza, y cuando habló, lo hizo con voz firme y mesurada.

—Después de almorzar monté a caballo y vine hasta las excavaciones. Llegué alrededor de las dos menos cuarto.

—¿Encontró a alguno de sus amigos en las excavaciones?

—No. No encontré a nadie, excepto al capataz árabe.

—¿No vio usted a Mr. Carey?

—No.

—Es curioso —dijo Poirot—. Tampoco lo vio monsieur Verrier cuando pasó por allí.

Miró a Carey como si le invitara a hablar, pero el interesado no se movió ni dijo una palabra.

—¿Tiene usted alguna explicación que crea conveniente dar, Mr. Carey?

—Fui a pasear. En las excavaciones no se descubrió nada interesante aquel día.

—¿En qué dirección dio su paseo?

—Río abajo.

—¿No volvió hacia la casa?

—No.

—Supongo —dijo miss Reilly— que estaría usted esperando a alguien que no llegó.

Carey la miró fijamente, pero no replicó.

Poirot no insistió sobre aquel punto. Se dirigió una vez más a la joven.

—¿Vio usted algo más, mademoiselle?

—Sí. Cerca de la casa vi el camión de la expedición metido en una torrentera. Aquello me pareció extraño. Luego divisé a Mr. Coleman. Iba caminando con la cabeza inclinada, como si buscara algo.

—¡Oiga! —exclamó el aludido—. Yo...

Poirot lo detuvo con un gesto imperativo.

—Espere. ¿Habló con él, miss Reilly?

—No.

—¿Por qué?

La chica replicó lentamente:

—Porque de vez en cuando se detenía y miraba a su alrededor de un modo furtivo. Aquello me dio mala espina. Hice volver al caballo y me alejé. No creo que me viera. Yo estaba algo separada de él y parecía absorto.

—Oiga —Mr. Coleman no estaba dispuesto ahora a que le interrumpieran—, tengo una perfecta explicación para lo que por fuerza debo admitir que parece un poco sospechoso. En realidad, el día anterior me puse en el bolsillo de la americana un precioso sello cilíndrico en lugar de dejarlo en el almacén. Luego me olvidé de él, y cuando me acordé, descubrí que lo había perdido. Se me debió de caer del bolsillo. No quería armar ningún lío por ello y, en consecuencia, decidí buscarlo sin llamar la atención. Estaba seguro de que se había extraviado, bien al ir hacia las excavaciones, bien al volver de allá. Me apresuré a despachar los asuntos de Hassanieh. Envié a un árabe a que me hiciera varias compras y volví hacia aquí tan pronto como pude. Dejé la «rubia» donde no la pudieran ver y estuve buscando durante casi una hora. Pero no pude encontrar ese maldito sello. Entonces subí al coche y me dirigí hacia la casa. Como es lógico, todos creyeron que acababa de regresar de Hassanieh.

—¿Y no trató usted de sacarles de su error? —preguntó Poirot.

—Bueno... Era algo natural, dadas las circunstancias, ¿no le parece?

—No lo creo yo así —replicó Poirot.

—¡Oh! Vamos... Tengo por lema el no meterme en líos. Pero no puede usted atribuirme nada. No entré en el patio y no podrá encontrar a nadie que asegure que me vio hacerlo.

—Ésa, desde luego, ha sido la dificultad hasta ahora —dijo el detective—. El testimonio de los criados de que nadie entró en la casa. Aunque se me ha ocurrido, después de reflexionar sobre ello, que no fue eso lo que en realidad dijeron. Ellos juran que ningún extraño entró en la casa. Pero no se les ha preguntado si lo hizo alguno de los componentes de la expedición.

—Bien, pregúnteselo entonces —dijo Coleman—. Estoy dispuesto a apostar lo que sea a que no nos vieron ni a mí ni a Carey.

—¡Ah! Pero eso suscita una cuestión interesante. No hay duda de que se hubieran dado cuenta de un extraño, pero ¿habría ocurrido lo mismo con uno de los de la expedición? Los miembros de ésta estaban entrando y saliendo todo el día. Difícilmente los criados se hubieran fijado en ellos. Es posible, según creo, que tanto Mr. Carey como Mr. Coleman pudieran entrar y que los criados no recordaran tal hecho.

—¡Tonterías! —dijo Mr. Coleman.

Poirot prosiguió calmosamente:

—De los dos, estimo que Mr. Carey pasaría más inadvertido. Mr. Coleman había salido en coche, por la mañana, hacia Hassanieh, y era de esperar que regresara en él. Si hubiese vuelto a pie, se habría notado tal anomalía.

—¡Claro que sí! —exclamó Coleman.

Richard Carey levantó la cabeza. Sus ojos, de color azul profundo, miraron a Poirot. El detective hizo una ligera reverencia en su dirección.

—Hasta ahora sólo he hecho que me acompañaran en un viaje..., mi viaje hacia la verdad. He dejado bien sentado que todos los de la expedición, incluso la enfermera Leatheran, pudieron cometer el crimen. El que alguno de ellos no parezca haberlo hecho es una cuestión secundaria.

»Examiné los medios y las oportunidades. Luego pasé a considerar el motivo. Descubrí que todos y cada uno de ustedes podía tenerlo.

—¡Oh, monsieur Poirot! —exclamé—. ¡Yo no! Soy una extraña. Acabo de llegar.

—*Eh bien, ma sœur*, ¿y no era eso justamente lo que temía Mrs. Leidner? ¿A un extraño?

—Pero..., pero... el doctor Reilly sabía quién era yo. Fue él quien me sugirió que viniera.

—¿Hasta qué punto sabe él quién es usted? Lo que sabe se lo contó usted misma. Ya ha habido antes de ahora impostoras que se han hecho pasar por enfermeras.

—Puede escribir al Hospital de San Cristóbal... —empecé a decir.

—De momento, hará mejor callándose. Es imposible proseguir si continúa discutiendo. No he querido decir que ahora es cuando he sospechado de usted. Quiero significar que, manteniendo un criterio amplio, puede ser usted fácilmente otra persona que la que pretende. Hay muchos hombres que pueden personificar muy bien a una mujer. El joven William pudo ser uno de ellos.

Estuve a punto de replicar adecuadamente. ¡De modo que yo era un hombre disfrazado de mujer! Pero Poirot levantó la voz y prosiguió apresuradamente, con tal aire de determinación que lo pensé mejor y me callé.

—Voy a ser ahora brutalmente franco. Es necesario. Voy a exponer crudamente la estructura interna de lo que aquí ocurría.

»Analicé a cada uno de los que viven en esta casa. Respecto al doctor Leidner, pronto me convencí de que el amor que sentía por su esposa era el principal objeto de su vida. Era un hombre roto y destrozado por el dolor moral. A la enfermera Leatheran ya me he referido antes. Si era un hombre que se hacía pasar por mujer, podía considerarse como un actor de cualidades asombrosas. Me incliné a creer que era exactamente lo que pretendía ser: una enfermera muy buena y competente en todos los aspectos.

—¡Muchas gracias! —dije, algo despectiva.

—Mi intención se sintió atraída al instante por Mr. y Mrs. Mercado. Ambos evidenciaban un estado de gran agitación, de inquietud. Me fijé primero en ella. ¿Era capaz de asesinar? Y en este caso, ¿por qué razón?

»Mrs. Mercado es físicamente débil. A primera vista no parecía posible que hubiera tenido la suficiente fuerza para derribar, aunque fuera con la ayuda de una pesada piedra, a una mujer como Mrs. Leidner. No obstante, si esta última hubiera estado arrodillada, la cosa, por lo menos, podía haber sido físicamente posible. Existen varias maneras de que una mujer induzca a otra a que se arrodille. Una mujer, por ejemplo, puede levantarse el dobladillo de su falda y rogar a otra que le prenda unos alfileres. La otra se arrodillará en el suelo sin sospechar absolutamente nada.

»Pero ¿y el motivo? La enfermera Leatheran me contó lo de las coléricas miradas que Mrs. Mercado dirigía a Mrs. Leidner. La primera, por lo visto, había sucumbido fácilmente al hechizo de la segunda. Aunque no creo que la solución estribe en unos simples celos. Estaba seguro de que Mrs. Leidner no sentía el menor interés por Mr. Merca-

241

do, y no hay duda de que la esposa de éste se había dado cuenta de ello. Tal vez, al principio, se puso furiosa, pero para llegar al asesinato tenía que mediar una provocación mucho mayor. Mrs. Mercado es una mujer de fuerte instinto maternal. Por la forma que tenía de mirar a su marido aprecié no sólo que lo quería, sino que lucharía por él con uñas y dientes. Y vi mucho más todavía: vi que ella presentía la posibilidad de que tuviera que hacerlo. Estaba siempre en guardia e intranquila. La intranquilidad era por él, no por ella misma. Y cuando estudié a Mr. Mercado, pude suponer fácilmente cuál era la causa de la inquietud. Mr. Mercado es un adicto a las drogas y el vicio ha arraigado profundamente en él.

»No es necesario que les diga que el consumo de drogas durante un largo período de tiempo trae consigo el embotamiento del sentido moral. Bajo la influencia de las drogas, un hombre realiza acciones que ni siquiera hubiera soñado cometer unos cuantos años antes, cuando todavía no había prendido en él tal vicio. En algunos casos, un hombre ha llegado hasta el asesinato, y ha sido difícil determinar si era completamente responsable de sus actos o no. La principal característica del criminal aficionado a las drogas es la arrogante y completa confianza que tiene en su propia destreza.

»Pensé que tal vez hubiera algún incidente deshonroso, o criminal, en el pasado de Mr. Mercado, y que su esposa lo estuviera encubriendo. Podía asegurar que su carrera pendía de un hilo. Mr. Mercado quedaría arruinado si se filtraba algo de aquel incidente. Su esposa estaba siempre en guardia. Pero había que contar con Mrs. Leidner. Tenía una viva inteligencia y una enorme ansia de ejercer su autoridad. Hasta pudo hacer que el desdichado confiara en ella. Saber un secreto que podía publicar cuando quisiera, con resultados desastrosos, habría satisfecho su peculiar temperamento de una manera completa.

»Aquí, por lo tanto, había un posible motivo para el asesinato por parte de los Mercado. Para proteger a su compañero, yo tenía la plena confianza de que Mrs. Mercado no se detendría ante nada. Ambos habían tenido oportunidad durante aquellos diez minutos en que el patio quedó solitario.

Mrs. Mercado exclamó:

—¡No es verdad!

Poirot no le prestó atención.

—Luego me fijé en miss Johnson. ¿Era capaz de asesinar?

»Para mí sí lo era. Se trataba de una persona de notable fuerza de voluntad y férreo dominio de sí misma. Tales personas están constantemente conteniéndose, pero un día estallan. Sin embargo, si miss Johnson había cometido el crimen sólo era posible por una razón relacionada con el doctor Leidner. Si había llegado a la convicción de que Mrs. Leidner estaba arruinando la vida de su marido, los encubiertos celos de miss Johnson podían haber sido un posible motivo y desbocarse con gran facilidad.

»Sí, miss Johnson podía haber sido.

»Luego tenía a los tres jóvenes. Carl Reiter, en primer lugar. Si, por casualidad, uno de los componentes de la expedición era William Bosner, Reiter era el más indicado. Pero si se trataba en realidad de William Bosner, era un consumado actor. Aunque en el caso contrario, ¿tenía alguna razón para matar?

»Desde el punto de vista de Mrs. Leidner, Reiter era una víctima demasiado fácil para resultar interesante. Estaba dispuesto, a la primera indicación, a echarse a sus pies y demostrarle su veneración. Mrs. Leidner despreciaba toda adoración ciega. La actitud de completa sumisión casi siempre pone de manifiesto el peor lado de la mujer. En su trato con Carl Reiter, Mrs. Leidner desplegaba siempre una crueldad deliberada. Insertaba de cuando en cuando una burla o un desprecio. Hizo que al pobre joven la vida le resultara bastante insoportable.

Poirot se detuvo de pronto y se dirigió a Reiter con un tono personal y confidencial.

—*Mon ami*, espero que esto le sirva de lección. Es usted un hombre. ¡Pórtese entonces como tal! Arrastrarse va contra la naturaleza masculina. Y las mujeres, al igual que la naturaleza, tienen las mismas reacciones. Recuerde que lo mejor es coger el mayor plato que se tenga a mano y tirárselo a la cabeza de una mujer, en vez de retorcerse como un gusano cuando ella le mira.

Dejó este tono privado y volvió a su estilo de conferenciante.

—¿Había llegado Carl Reiter a tales abismos de desesperación que se revolvió contra su atormentadora y la mató? El sufrimiento produce extraños efectos en un hombre. No podía estar seguro de que no fuera así.

»Luego tenía a William Coleman. Su conducta, tal como nos la ha explicado miss Reilly, fue sospechosa. Si era el criminal, sólo podía serlo debido a que su alegre personalidad ocultaba la de William Bosner. No creo que William Coleman, como tal William Coleman, tenga el temperamento de un asesino. Sus faltas pueden ser de otro estilo. ¡Ah!, tal vez la enfermera Leatheran sepa de qué se trata.

¿Cómo lo conseguía? Estaba segura de que mi rostro no revelaba que estuviera pensando en algo así.

—No tiene importancia —dije—. Si ha de saberse toda la verdad, debo confesar que Mr. Coleman, en cierta ocasión, me contó que habría podido ser un buen falsificador.

—Una peculiaridad muy estimable —observó Poirot—. Por lo tanto, en el caso de que hubiera conseguido alguno de los primeros anónimos, pudo copiarlo sin ninguna dificultad.

—¡Eh, eh, eh! —exclamó Mr. Coleman—. Eso es lo que llaman liarle a uno.

Poirot prosiguió rápidamente:

—Respecto a saber si se trata verdaderamente de William Bosner, resulta difícil verificarlo. Mr. Coleman habló de un tutor, no de un padre; y no hay nada definido para poner el veto a tal idea.

—¡Disparates! —dijo Coleman—. No sé cómo escuchan a ese tipo.

—De los tres jóvenes, nos queda Mr. Emmott —prosiguió Poirot—. Pudo ser, también, el posible escudo de la personalidad de William Bosner. Pronto me di cuenta de que, cualquiera que fueran las razones, no tenía medios de enterarme de ello por mediación del joven. Podía guardar su secreto con efectividad o engañarlo para que se traicionara en algún punto. De todos los de la expedición, parecía ser el mejor y más desapasionado juez de la personalidad de Mrs. Leidner. Creo que siempre la tuvo por lo que realmente era, pero me fue imposible descubrir cuál era la impresión que dicha personalidad produjo en él. Me imagino que la propia Mrs. Leidner tuvo que sentirse provocada y colérica por la actitud del joven.

»He de añadir que, por lo que se refiere a carácter y capacidad, Mr. Emmott me pareció el más apto para llevar a cabo satisfactoriamente un hábil y bien planeado crimen.

El joven levantó por primera vez la mirada, que había tenido hasta entonces fija en la punta de sus zapatos.

—Gracias —dijo.

Parecía que en su voz había un ligero acento divertido.

—Las dos últimas personas de mi lista son: Richard Carey y el padre Lavigny. De acuerdo con el testimonio de la enfermera Leatheran y de otros, Mr. Carey y Mrs. Leidner se tenían antipatía. Se esforzaban en parecer corteses el uno con el otro. Miss Reilly propuso una teoría del todo diferente para explicar su extraña actitud de fría cortesía.

»Poco me costó convencerme de que la explicación de miss Reilly era la correcta. Adquirí esta certidumbre por el simple método de excitar a Mr. Carey para que hablara precipitada y descuidadamente. No me fue difícil conseguirlo. Me di cuenta de que se encontraba dominado por una fuerte tensión nerviosa. Estaba, y está, al borde de un completo derrumbamiento nervioso. Un hombre que sufre hasta casi llegar al límite de su capacidad raramente puede ofrecer resistencia.

»Las defensas de Mr. Carey se abatieron al instante. Me dijo, con una sinceridad de la cual no dudé ni por un momento, que odiaba a Mrs. Leidner. Y estaba diciendo, indudablemente, la verdad. Odiaba a Mrs. Leidner. Pero ¿cuál era la verdadera causa de su odio?

»Antes he hablado de mujeres que poseen un hechizo fatal, pero hay hombres que también lo tienen. Los hay que, sin el menor esfuerzo, atraen a las mujeres. Es lo que llaman en la actualidad *sex appeal*. Mr. Carey tiene muy desarrollada esta cualidad. Apreciaba por una parte a su amigo y jefe, y le era indiferente la esposa de éste. Ello no le hizo mucha gracia a Mrs. Leidner. Debía dominarlo y, por lo tanto, se dispuso a la captura de Richard Carey. Pero entonces, según creo, ocurrió algo imprevisto. Ella misma, quizá por primera vez en su vida, cayó víctima de una pasión arrolladora. Se enamoró sin reservas de Richard Carey.

»Y él... era incapaz de resistírsele. Ésta es la verdad de esa terrible tensión nerviosa que ha estado soportando. Ha sido un hombre destrozado por dos pasiones opuestas. Amaba a Louise Leidner, sí, pero también la odiaba. La odiaba porque estaba minando la lealtad que sentía hacia su amigo. No hay odio más grande que el de un hombre que ha tenido que amar a una mujer contra su propia voluntad.

»Allí tenía todo el motivo que necesitaba. Estaba convencido de que en determinados momentos la cosa más natural que hubiera podido hacer Richard Carey era golpear con toda la fuerza de su brazo aquella hermosa cara cuyo poderoso atractivo lo había hechizado.

»Desde un principio estuve seguro de que el asesinato

de Louise Leidner era un *crime passionel*. En Mr. Carey había encontrado un tipo ideal para esta clase de crímenes.

»Nos queda todavía otro candidato al título de asesino: el padre Lavigny. Me llamó inmediatamente la atención por cierta discrepancia existente entre su descripción del hombre que fue sorprendido mirando por la ventana y la que dio la enfermera Leatheran. En toda descripción hecha por diferentes testigos siempre hay, por lo general, alguna discrepancia; pero ésta era demasiado notoria. Además, el padre Lavigny insistió en determinada característica: en un estrabismo que debía hacer mucho más fácil la identificación.

»Pronto se puso de manifiesto que mientras la descripción de la enfermera Leatheran era sustancialmente correcta, no ocurría lo mismo con la del padre Lavigny. Parecía como si éste se propusiera despistarnos deliberadamente; como si quisiera que no encontráramos al misterioso individuo.

»Pero en tal caso debía haber algo sobre él. Fue visto hablando con aquel hombre, aunque sólo podíamos fiarnos de su palabra respecto a lo que habían hablado.

»¿Qué estaba haciendo el iraquí cuando la enfermera Leatheran y Mrs. Leidner lo vieron? Tratando de atisbar por una ventana; la de Mrs. Leidner, según pensaron. Pero cuando fui hasta donde las dos se habían detenido aquella tarde, comprobé que podía haberse tratado igualmente de la ventana correspondiente al almacén.

»Aquella noche se produjo una alarma. Alguien había estado en el almacén, pero se comprobó que no faltaba nada de allí. El punto interesante para mí es que, cuando el doctor Leidner llegó al almacén, se encontró con que el padre Lavigny había acudido antes que él. El religioso dijo que había visto una luz, pero en esto también sólo podemos fiarnos de su palabra.

»Empecé a sentir curiosidad por el padre Lavigny. El

otro día, cuando sugerí que podía ser Frederick Bosner, el doctor Leidner rechazó tal pensamiento. Dijo que el padre Lavigny era una personalidad muy conocida en su especialidad. Adelanté la suposición de que Frederick Bosner había tenido casi veinte años para labrarse una nueva carrera bajo otro nombre y que podía ser en la actualidad una persona muy conocida. A pesar de ello, no creo que hubiera permanecido todo ese tiempo en una comunidad religiosa. Se me presentaba una solución mucho más sencilla.

»¿Alguno de la expedición había conocido de vista al padre Lavigny antes de que viniera? Aparentemente, no. ¿Por qué, entonces, no podía ser alguien que estuviera suplantando la personalidad del religioso? Me enteré de que se había mandado un telegrama a Cartago con motivo de la repentina enfermedad del doctor Byrd, que era el que debía venir con esta expedición. ¿Hay nada más fácil que interceptar un telegrama? Y por lo que se refiere a su trabajo, no había entre los miembros de la expedición nadie que supiera descifrar inscripciones. Un hombre listo, con unos ligeros conocimientos, podía llevar a feliz término la suplantación. Además, se encontraron muy pocas tablillas e inscripciones. Y por otra parte, pude inferir que los juicios del padre Lavigny habían sido considerados como algo insólito. Parecía más bien que el padre Lavigny era un impostor. Pero ¿era Frederick Bosner? Las cosas no parecían encajar muy bien en ese sentido. La verdad, al parecer, debía encontrarse en una dirección totalmente diferente.

»Tuve un extenso cambio de impresiones con el padre Lavigny. Soy católico y conozco a muchos sacerdotes y miembros de comunidades religiosas. El padre Lavigny me dio la impresión de no ajustarse muy bien a su papel. Y, además, me dio la impresión de que estaba familiarizado con ocupaciones totalmente distintas. Con mucha frecuencia había conocido hombres de su tipo, pero no pertenecían a comunidades religiosas... ¡Nada de eso!

»Me dediqué a expedir telegramas. Y entonces, inconscientemente, la enfermera Leatheran me proporcionó una valiosa pista. Estábamos en el almacén, examinando los objetos de oro, y mencionó que en una copa de dicho metal se habían encontrado trazas de cera. Yo dije: "¿Cera?". Y el padre Lavigny repitió: "¿Cera?". Su tono, al decir esto, fue suficiente para mí. Supe entonces qué era lo que estaba haciendo aquí.

Poirot se detuvo y luego habló directamente al doctor Leidner.

—Siento decirle, monsieur, que la copa, la daga y otros objetos que guarda ahora en el almacén no son los que encontró usted en las excavaciones. Son imitaciones galvanoplásticas muy bien hechas. El padre Lavigny, según acabo de enterarme por esta contestación a uno de mis telegramas, no es otro que Raoul Menier, uno de los ladrones más listos y conocido por la policía francesa. Está especializado en el robo de museos, de *objets d'art* y cosas similares. Tiene un socio llamado Alí Yusuf, un medio turco que es un orfebre de primera categoría. Nos enteramos de la existencia de Menier cuando se comprobó que algunos objetos del Louvre no eran auténticos. Se descubrió, en cada caso, que un eminente arqueólogo, al que el director del museo no conocía en persona, había manipulado recientemente dichos objetos durante una visita al Louvre. Preguntados todos aquellos distinguidos caballeros, negaron que hubieran visitado el Louvre en las fechas indicadas.

»Me enteré de que Menier estaba en Túnez, preparando un robo a los Padres Blancos, cuando llegó el telegrama que pusieron ustedes desde aquí. El padre Lavigny, que entonces estaba enfermo, se vio obligado a rehusar, pero Menier consiguió interceptar el telegrama de respuesta y lo sustituyó por otro en el que anunciaba la llegada del religioso. No corría ningún peligro al hacerlo. Aun en el caso de que los padres leyeran en algún periódico, cosa improbable, que el padre Lavigny estaba en Irak, se limitarían a pensar que los periodistas se habían enterado de una verdad a medias, como tantas veces ocurre.

»Menier y su cómplice llegaron aquí. El último fue visto cuando reconocía el almacén desde el exterior. El plan consistía en que el padre Lavigny sacaría moldes de cera y Alí haría luego los duplicados. Siempre hay coleccionistas dispuestos a pagar buenos precios por objetos legítimos sin hacer preguntas embarazosas. El padre Lavigny sustituiría los objetos auténticos por las falsificaciones, aprovechándose de la noche.

»Y, sin duda, eso era lo que estaba haciendo cuando Mrs. Leidner lo oyó y dio la alarma. ¿Qué podía hacer él entonces? Inventó apresuradamente la historia de que había visto una luz.

»Esto, como dicen ustedes, se lo "tragaron" sin reparos. Pero Mrs. Leidner no era tonta. Pudo recordar los restos de cera que vio en la copa y sacar sus propias conclusiones. Y si lo hizo así, ¿qué determinación cabía tomar? ¿No entraría *dans son caractère* no hacer nada de momento y disfrutar formulando insinuaciones que desconcertarían al padre Lavigny? Le dejaría entrever que sospechaba, aunque no lo sabía con certeza. Tal vez era un juego peligroso, pero a ella le gustaba.

»Y quizá llevó el juego demasiado lejos. El padre Lavigny se dio cuenta de la verdad y descargó el golpe antes de que ella supiera lo que intentaba hacer él.

»El padre Lavigny es Raoul Menier, un ladrón, pero ¿es también un asesino?

Poirot dio unos pasos por el comedor. Sacó un pañuelo, se enjugó la frente y continuó:

—Tal era mi posición esta misma mañana. Había ocho posibilidades distintas y no sabía cuál de ellas era la verdadera. No sabía todavía quién era el solapado y pertinaz asesino.

»Pero asesinar es una costumbre. El hombre o la mujer que mata una vez vuelve a hacerlo otra, si se presenta la ocasión. Y en virtud del segundo asesinato, el asesino cae en mis manos.

»Desde el principio estuvo presente en el fondo de mi pensamiento que alguno de ustedes sabía algo que se reservaba, algo que incriminaba al asesino. De ser así, tal persona estaba en peligro.

»Mi solicitud se dirigió principalmente hacia la enfermera Leatheran. Tiene una personalidad llena de energía y una mente viva e inquisitiva. Me asustaba la posibilidad de que descubriera más de lo que era conveniente para su propia seguridad personal. Como todos saben, se cometió un segundo asesinato. Pero la víctima no fue la enfermera Leatheran, sino miss Johnson.

»Me consuela pensar que de todos modos hubiera llegado a la solución del caso por puro razonamiento; pero es cierto que miss Johnson me ayudó a llegar a ella mucho más rápidamente.

»En primer lugar, uno de los sospechosos quedaba eliminado: la propia miss Johnson, pues ni por un momento sostuve la teoría del suicidio.

»Examinemos ahora los hechos de este segundo asesinato.

»Hecho número uno. El domingo por la noche, la enfermera Leatheran encontró a miss Johnson hecha un mar de lágrimas, y aquella misma noche la propia miss Johnson quemó un pedazo de papel que, según creyó la enfermera, estaba escrito con el mismo tipo de letra de los anónimos.

»Hecho número dos. La tarde anterior a la noche en que murió, miss Johnson estaba en la azotea y la enfermera la encontró en un estado que describe como de increíble horror. Cuando la enfermera le pregunta, contesta: "He visto cómo pudo alguien entrar en la casa sin que nadie sospeche cómo lo hizo". No quiso añadir nada más. El padre Lavigny cruzaba en aquel momento el patio y Mr. Reiter se encontraba ante la puerta del estudio fotográfico.

»Hecho número tres. Miss Johnson estaba agonizando. Las únicas palabras que pudo articular fueron: "La ventana..., la ventana...".

»Éstos son los hechos.

»Y éstos son los problemas con que nos enfrentamos: ¿Qué hay de cierto en los anónimos? ¿Qué vio miss Johnson desde la azotea? ¿Qué quería decir al referirse a la ventana?

»*Eh bien*. Tomemos en primer lugar el segundo de estos problemas como el de más fácil solución. Subí a la azotea acompañado por la enfermera Leatheran y me situé en el mismo sitio donde estuvo miss Johnson. Desde allí se veía el patio y el portalón en la parte norte de la casa. La mujer vio también a dos componentes de la expedición. ¿Tenían algo que ver sus palabras con Mr. Reiter o con el padre Lavigny?

»Una posible explicación me vino al pensamiento casi al instante. Si un extraño entraba en la casa, sólo podía hacerlo disfrazado. Y sólo había una persona cuyo aspecto permitiera una suplantación de personalidad. El padre Lavigny. Con un salacot, gafas de sol, barba negra y hábito de fraile, un extraño podía pasar por la puerta sin que los criados se dieran cuenta de que había entrado un forastero.

»¿Era esto lo que quería decir miss Johnson? ¿O había llegado más lejos? ¿Se había percatado de que la personalidad del padre Lavigny en sí ya era un disfraz? ¿Sabía que era otro hombre distinto del que pretendía ser?

»Conocido quién era el padre Lavigny, yo estaba dispuesto a considerar resuelto el misterio. Raoul Menier era el asesino. Había matado a Mrs. Leidner antes de que ésta pudiera delatarlo. Otra persona le dio a entender que conocía su secreto y después fue eliminada.

»Con aquello todo quedaba explicado. El segundo asesinato. La huida del padre Lavigny, sin hábitos ni barba. Su amigo y él estarán seguramente a estas horas atravesando Siria con dos excelentes pasaportes, como dos comerciantes. Hasta quedaba explicada su acción de colocar la piedra ensangrentada bajo la cama de miss Johnson.

»Como he dicho, estaba casi satisfecho con aquello..., pero no del todo, pues la solución perfecta debía explicarla mejor aún. Y ésta no alcanzaba a ello.

»No explicaba, por ejemplo, la causa de que miss Johnson dijera: "la ventana..., la ventana" cuando agonizaba. No explicaba su actitud en la azotea, su horror y su negativa a decirle a la enfermera Leatheran qué era lo que sospechaba o sabía.

»Era una solución que cuadraba con los hechos aparentes, pero no satisfacía los requisitos psicológicos.

»Y entonces, mientras estaba en la azotea pensando en aquellos tres puntos: en los anónimos, en lo que vio miss Johnson y en la ventana, todo se aclaró ante mí...

»¡Lo que vi en aquel momento lo explicaba todo!

Capítulo 28

El término del viaje

Poirot miró a su alrededor. Todos los ojos estaban fijos en él. Un instante antes se había notado una especie de relajación, como si la tensión disminuyera. Pero ahora, de pronto, pareció volver a dominar entre nosotros.

Se acercaba algo...

La voz de Poirot, sosegada e inconmovible, prosiguió:

—Los anónimos, la azotea, la ventana... Sí, todo quedaba explicado, todo se ajustaba en el lugar correspondiente.

»Antes he dicho que sólo tres personas tenían una coartada cuando ocurrió el asesinato. Dos de ellas, como he demostrado, no tenían ningún valor. Entonces comprendí mi equivocación. La tercera carecía también de valor. El doctor Leidner no sólo pudo cometer el crimen, sino que estoy convencido de que él fue el autor.

Se produjo un silencio originado por el estupor y la incredulidad. El doctor Leidner no dijo nada. Parecía estar todavía ausente. David Emmott, sin embargo, se movió en su silla y habló:

—No sé qué se propone con ello, monsieur Poirot. Le he dicho que el doctor Leidner no bajó de la azotea hasta las tres menos cuarto. Ésa es la pura verdad. Lo juro solemnemente. No estoy mintiendo. Y le hubiera sido imposible bajar sin verlo yo.

Poirot asintió:

—Le creo. El doctor Leidner no abandonó la azotea. Ése

es un hecho indiscutible. Pero lo que vi, igual que hizo miss Johnson, fue que el doctor Leidner pudo matar a su mujer desde la azotea sin bajar de ella.

Nos quedamos mirándole fijamente.

—La ventana —exclamó Poirot—. ¡Su ventana! De eso me di cuenta... igual que miss Johnson. La ventana de Mrs. Leidner está justamente debajo, en la parte que da al campo. Y el doctor Leidner estuvo solo allí arriba, sin que nadie presenciara lo que hacía. Todas aquellas piedras de molino las tenía a su disposición. Sencillo en extremo, dando por sentada una cosa: que el asesino tuviese la oportunidad de mover el cadáver antes de que nadie lo viera. ¡Oh, es estupendo, de una increíble sencillez!

»Escuchen, la cosa fue así: el doctor Leidner está en la terraza ordenando los montones de cerámica. Le llama a usted, Mr. Emmott, y mientras le está hablando ve que, como de costumbre, el muchacho árabe se aprovecha de su ausencia para abandonar el trabajo y salir del patio. Lo entretiene a usted durante diez minutos y luego le deja marchar; y tan pronto como usted baja al patio dándole gritos al chico, el doctor Leidner pone en práctica su plan.

»Saca del bolsillo la máscara embadurnada de arcilla, con la que ya asustó a su mujer en otra ocasión, y la deja caer, atada a un hilo, hasta que golpea la ventana de Mrs. Leidner.

»Aquella ventana, como recordarán, da al campo, al lado opuesto al patio.

»Mrs. Leidner está tendida en la cama, dormitando. Se siente feliz, tranquila. De repente, la máscara empieza a golpear la ventana y atrae su atención. Pero ahora no está anocheciendo. Es pleno día. No hay nada terrorífico en aquello. La mujer se da cuenta de lo que se trata: de un truco burdo. No se asusta, sino que se indigna. Y hace lo que cualquier otra mujer hubiera hecho en su lugar. Salta de la cama, abre la ventana, pasa la cabeza por los hierros de la reja y mira hacia arriba para ver quién le está gastando aquella broma.

»El doctor Leidner está esperando. Tiene en la mano, preparada, una pesada piedra de molino. Y en el instante preciso la deja caer. Dando un grito ahogado, que oyó miss Johnson, Mrs. Leidner se desploma sobre la alfombra, al pie de la ventana.

»La piedra, como ustedes saben, tiene un orificio central, y el doctor Leidner pasó una cuerda a través del mismo. Sólo tenía que tirar de ella, recobrar el arma homicida y luego dejar la piedra entre las demás, en la azotea, cuidando de que la mancha de sangre no quedara a la vista.

»Continúa su trabajo durante más de una hora, hasta que juzga que ha llegado el momento de poner en escena el segundo acto. Baja la escalera, habla con Mr. Emmott y con la enfermera Leatheran, cruza el patio y entra en la habitación de su esposa. La explicación que él mismo da sobre lo que hizo allí dentro es la siguiente: "Vi el cuerpo de mi mujer tendido al lado de la cama. Por unos momentos quedé paralizado, sin poder moverme del sitio. Al final, di unos pasos y me arrodillé a su lado, levantándole la cabeza. Comprobé que estaba muerta... Me incorporé. Estaba mareado, como si hubiera bebido. Llegué como pude hasta la puerta y llamé a la enfermera".

»Un relato, perfectamente posible, de los actos de un hombre agobiado por el dolor. Pero ahora oigan lo que yo creo que en realidad pasó. El doctor Leidner entra en la habitación, corre hacia la ventana y, con los guantes puestos, la cierra y pasa las fallebas. Luego coge el cuerpo de su esposa y lo coloca entre la cama y la puerta. Se da cuenta entonces de que en la alfombra, al pie de la ventana, se ve una pequeña mancha de sangre. No puede cambiarla por la otra, pues son de diferente tamaño, pero hace lo más indicado, dadas las circunstancias. Coge la alfombra manchada y la coloca ante el lavabo; y la que había delante de éste la pone bajo la ventana. Si alguien se da cuenta de la mancha de sangre la relacionará con el lavabo, pero no con la ventana. Era un punto muy importante. No debía traslucirse que la ventana jugaba un papel importante en la cuestión. Después va hacia la puerta y desempeña su parte de marido desesperado. Y esto, según creo, no le fue difícil porque amaba de veras a su mujer.

—¡Pero hombre de Dios! —exclamó, ya impacientado, el doctor Reilly—. Si la amaba, ¿por qué la mató? ¿Cuál fue el motivo? ¿No puede usted hablar, Leidner? Dígale que está loco.

El doctor Leidner no habló, ni se movió.

—¿No les dije antes que se trataba de un *crime passionel*? ¿Por qué su primer marido, Frederick Bosner, la amenazó con matarla? Porque la amaba... Y al final, como hemos visto, se cumplieron sus amenazas.

»*Mais oui... mais oui...* Una vez que me convencí de que el doctor Leidner había cometido el crimen, todo encaja a la perfección.

»Por segunda vez, tengo que empezar el viaje desde el principio: la boda de Mrs. Leidner, los anónimos amenazadores y el segundo matrimonio de ella. Las cartas que le impedían casarse con otro hombre, aunque no ocurrió así con el doctor Leidner. ¡Qué sencillo se explica esto si Leidner es el propio Frederick Bosner!

»Iniciemos, pues, el viaje, desde el punto de vista del joven Frederick Bosner.

»En primer lugar, sabemos que ama a su esposa con pasión; una pasión que sólo una mujer de su clase puede encender. Pero ella le traiciona. Le condenan a muerte. Escapa y se encuentra en un accidente ferroviario, del cual se las arregla para salir con una nueva personalidad: la de un joven arqueólogo de origen sueco, Eric Leidner, cuyo cuerpo resultó completamente desfigurado, y que fue enterrado como el de Frederick Bosner.

»¿Cuál es la actitud del nuevo Eric Leidner hacia la mujer que le deseó la muerte? Hay que considerar que lo más importante para él era que seguía queriéndola. Se puso a trabajar para reconstruir su vida. Era un hombre hábil y, como su nueva profesión cuadraba con su temperamento, pronto llegó a ser célebre en su especialidad. Pero nunca se olvidó de la pasión que gobernaba su vida. Estuvo constantemente informado de los movimientos de su mujer; determinado, ante todo, a que no perteneciera a otro hombre. Recuerden la descripción que del carácter de Frederick hizo Mrs. Leidner a la enfermera Leatheran. Era dulce y amable, pero despiadado. Siempre que lo juzgaba necesario, despachaba un anónimo. Imitó alguno de los rasgos de la escritura de su mujer por si a ésta se le ocurría presentar los anónimos a la policía. Las mujeres que se dirigen a sí mismas anónimos de carácter sensacional son un fenómeno tan corriente que, dada la semejanza de la caligrafía, la policía no tendría duda alguna sobre la procedencia de las cartas. Con ello, al mismo tiempo, Leidner seguía manteniendo la incertidumbre de su mujer acerca de si estaba vivo.

»Por fin, al cabo de muchos años, estimó que había llegado la hora de volver a entrar en la vida de ella. Todo fue bien. Su mujer no llegó a sospechar cuál era su verdadera identidad. Era un hombre conocidísimo en los medios científicos. El joven erguido y de buena presencia de antes era ahora un hombre de mediana edad, cargado de hombros, que llevaba barba. Y vemos cómo se repite la historia. Frederick es capaz de dominar a Louise, tal como hizo años antes. Ella consiente, por segunda vez, en casarse con él. Ninguna carta vino a romper el compromiso.

»Pero poco después se recibe una de ellas. ¿Por qué?

»Creo que el doctor Leidner no quería dejar nada al azar. La intimidad del matrimonio podía despertar en ella ciertos recuerdos capaces de desbaratar sus planes. Deseaba grabar en la mente de su esposa, de una vez para siempre, que Eric Leidner y Frederick Bosner eran dos personas diferentes por completo. Y a tal efecto se recibió uno de los anónimos, que escribió el primero por cuenta del segundo. A esto le sigue el pueril asunto del gas. Fue el mismo doctor Leidner quien lo planeó con el mismo propósito.

»Una vez hecho aquello, quedó satisfecho. Ya podían disfrutar de una feliz vida conyugal. Pero, hace casi dos años, vuelven a recibirse los anónimos. ¿Por qué causa? *Eh bien*, creo saberlo. Porque la amenaza contenida en aquellas cartas era una amenaza verdadera. Por ello estaba siempre asustada Mrs. Leidner. Sabía que Frederick era suave, pero despiadado en el fondo. Que la mataría si llegaba a pertenecer a otro hombre. Y ella se había entregado ya a Richard Carey.

»Por lo tanto, una vez que descubrió esto, el doctor Leidner preparó con toda calma y sangre fría el escenario del crimen. Y posteriormente lo llevó a cabo, convencido de que su autor no sería descubierto.

»¿Ven ustedes ahora el importante papel desempeñado por la enfermera Leatheran? Queda explicada la conducta un tanto curiosa del doctor Leidner al contratar los servicios de una enfermera para cuidar de su esposa, una conducta que al principio me confundió. Era necesario que un testigo de reconocida solvencia profesional pudiera asegurar de forma incontrovertible que Mrs. Leidner había muerto hacía más de una hora cuando se descubrió su cadáver. Es decir, que había sido asesinada a una hora en que todos jurarían que su marido estaba en la azotea. Podía suscitarse la sospecha de que él la había matado cuando entró en la habitación y encontró el cadáver. Pero esto carecía de importancia si una enfermera competente podía asegurar positivamente que había muerto hacía más de una hora.

»Otra cosa que queda explicada es el extraño estado de tensión que se notaba este año entre los componentes de la expedición. No creí que eso pudiera atribuirse exclusivamente a Mrs. Leidner. Durante muchos años habían reinado el compañerismo y la alegría en esta expedición. Opino que el estado anímico de una comunidad siempre se ajusta a la influencia del hombre que la dirige. Debido a su tacto, a su juicio y a su forma de manejar a los seres humanos, el doctor Leidner había conseguido que el ambiente fuera siempre grato.

»De producirse un cambio, debía de ser a causa del hombre que dirigía la expedición, es decir, del doctor Leidner. Era él, y no Mrs. Leidner, el responsable de la tensión y la intranquilidad. No es extraño que los demás, sin comprenderlo, notaran el cambio. Aunque en el aspecto externo era el mismo, el amable y cordial doctor Leidner no hacía más que representar una farsa. El verdadero Leidner era el fanático obsesionado en cuya mente se fraguaba el crimen.

»Y ahora pasemos al segundo asesinato, el de miss Johnson. Mientras ponía en orden los papeles del doctor Leidner, un trabajo que se impuso ella misma en su deseo de hacer algo, debió encontrar el borrador de uno de los anónimos. Tuvo que ser algo incomprensible y desconcertante para ella. ¡El doctor Leidner había atemorizado a su mujer con toda deliberación! No podía comprenderlo... y aquello la trastornó. Fue entonces cuando la enfermera Leatheran la encontró llorando desesperadamente.

»No creo que entonces sospechara que el doctor Leidner era el asesino, pero mis experiencias con los gritos en las habitaciones de Mrs. Leidner y del padre Lavigny no le pasaron por alto. Se dio cuenta de que si el grito que oyó fue lanzado por Mrs. Leidner, la ventana debió de estar abierta, no cerrada. De momento, aquello no tenía significado alguno para ella, pero lo recordó. Su mente siguió trabajando; avanzando hacia la verdad. Tal vez se refirió a los anónimos de una forma bastante clara ante el doctor Leidner y éste comprendió que ella sabía la verdad respecto a ellos. Miss Johnson pudo ver entonces que las maneras de él cambiaban; que no hablaba, que se asustaba.

»Pero el doctor Leidner, según pensó ella, no podía haber asesinado a su mujer. Estaba en la azotea.

»Y entonces, una tarde, mientras estaba en la terraza meditando sobre lo ocurrido, se dio cuenta súbitamente de la verdad. Mrs. Leidner había sido asesinada desde la parte alta, a través de la ventana abierta.

»En aquel momento apareció la enfermera Leatheran.

»Pero al instante, su viejo afecto hacia el doctor Leidner volvió a dominarla y se apresuró a disimular lo que sentía. La enfermera no debía sospechar el terrible descubrimiento que acababa de hacer. Miró deliberadamente en dirección opuesta, hacia el patio, e hizo una observación, sugerida por la presencia del padre Lavigny, que en aquel momento se dirigía hacia el portalón. Rehusó decir nada más. Tenía que recapacitar sobre ello.

»Y el doctor Leidner, que la estaba vigilando estrechamente, quedó convencido de que ella sabía quién era el asesino. No era una mujer capaz de disimular ante él su horror y su angustia. Hasta entonces, pensó Leidner, no le había delatado, pero ¿hasta qué punto podía confiar en ella?

»Asesinar es una costumbre. Aquella noche, el doctor Leidner sustituyó un vaso de agua por uno de ácido. Existía la posibilidad de que se creyera que ella misma se había envenenado. Podía también creerse que fue la autora del primer asesinato y que los remordimientos habían acabado por hacerle llegar a la determinación de suicidarse. Con objeto de reforzar esta última idea, bajó de la azotea la piedra de molino y la puso bajo su cama.

»No es extraño que la pobre miss Johnson, en su agonía, tratase desesperadamente de hacer saber a los demás la información que había conseguido a costa de su propia vida.

"Por la ventana", así es como fue asesinada Mrs. Leidner; no por la puerta, sino "por la ventana".

»Y con ello todo se explica; todo encaja en su lugar... Todo es psicológicamente perfecto.

»Pero no tengo pruebas. Ni una sola prueba...

Ninguno de nosotros habló. Estábamos sumergidos en un océano de horror. De horror y de lástima a la vez.

El doctor Leidner seguía callado, sin hacer ningún movimiento. Estaba sentado en la misma posición que había adoptado desde el principio. Parecía un hombre envejecido, arruinado, destrozado... Por fin se movió ligeramente y miró a Poirot con ojos de expresión suave y hastiada.

—No —dijo—. No hay ninguna prueba. Pero no importa. Usted sabe que no voy a negar la verdad. Nunca lo he hecho. Creo que, realmente, me alegro de que esto haya acabado. Estoy tan cansado...

Y luego añadió simplemente:

—Lo siento por Anne. Fue una acción perversa, disparatada... ¡No fui yo! La pobre sufrió mucho antes de morir. Sí, no fui yo... Me obligó a ello el miedo que sentía.

Una sonrisa asomó a sus labios crispados por el dolor.

—Hubiera sido usted un buen arqueólogo, monsieur Poirot. Posee el don de saber reconstruir el pasado.

—Eso es lo que he tenido que hacer.

—Amaba a Louise y la maté. De haber conocido usted a Louise, lo hubiera comprendido. Pero no, creo que lo entiende de todos modos.

Capítulo 29

Envío

No queda ya mucho más que decir.

Atraparon al padre Lavigny y a su compañero cuando estaban a punto de embarcar en el puerto de Beirut.

Sheila Reilly se casó con el joven Emmott. Creo que fue conveniente para ella. El chico ya no se doblega y sabe mantener a raya a su mujer. Sheila habría hecho lo que hubiese querido con el pobre Bill Coleman.

Estuve cuidando a Bill hace un año, cuando se operó de apendicitis. Le tomé afecto. Sus parientes lo enviaban a trabajar a una granja de África del Sur.

No he vuelto más a Oriente. Pero lo curioso es que algunas veces me gustaría volver. Me acuerdo del chirrido de la noria, de las lavanderas y del altivo aspecto de los camellos. Tengo cierta añoranza. Después de todo, tal vez la suciedad no sea tan insalubre como dicen.

El doctor Reilly pasa a verme cuando viene a Inglaterra, fue él quien me enredó en estos líos literarios.

—Puede cogerlo o dejarlo —le advertí cuando tuve terminado mi trabajo—. Ya sé que mi sintaxis es una calamidad y que el estilo literario deja mucho que desear, pero ahí lo tiene.

Y lo cogió. No tuvo inconveniente. Si algún día lo veo publicado, voy a experimentar un sentimiento extraño.

Monsieur Poirot volvió a Siria y al cabo de una semana emprendió el regreso a Inglaterra en el Orient Express, donde se vio envuelto en otro asesinato. Es un hombre listo, no lo niego, pero no puedo perdonarle, de buenas a primeras, que me tomara el pelo de la forma en que lo hizo. ¡Con qué desfachatez pretendió creer que yo estaba implicada en el crimen y que no era una enfermera auténtica!

Los médicos a veces son así. Gastan bromas sin tener nunca en cuenta los sentimientos de los demás.

He pensado en Mrs. Leidner, tratando de imaginar cómo era en realidad; algunas veces me parece que era una mujer fatal, pero en otras ocasiones recuerdo lo amable que fue conmigo. Qué suave era su voz y qué hermoso su pelo rubio. Y creo que, al fin y al cabo, tal vez era más digna de compasión que de censura.

Y también me compadezco del doctor Leidner. Asesinó por dos veces, pero ello no parece significar nada ante la terrible pasión que sentía por ella. No es conveniente enamorarse así.

A medida que me voy haciendo vieja y veo tristezas y enfermedades, y conozco a más personas, mayor compasión siento por todos. He de confesar que, en ocasiones, no sé qué se ha hecho de los santos y estrictos principios en que me educó mi tía, una mujer muy religiosa y verdaderamente peculiar. No hay vecino del que no conozca todas sus faltas pasadas y presentes.

¡Dios mío! Era verdad lo que me dijo el doctor Reilly. ¿Cómo podría acabar este relato? Si pudiera encontrar una frase adecuada... Le pediré al doctor que me proporcione una sentencia árabe como la que utilizó monsieur Poirot: «En el nombre de Alá, el misericordioso, el compasivo...».

Algo parecido.

Descubre los clásicos de Agatha Christie

¿POR QUÉ NO LE PREGUNTAN A EVANS?
UN PUÑADO DE CENTENO
EL MISTERIOSO SEÑOR BROWN